Meet you
at the balcony

[韩]金柱希————著

张静怡，丁鑫————译

阳台见

上

图书在版编目（CIP）数据

阳台见：全二册／（韩）金柱希著；张静怡，丁鑫译． — 北京：北京联合出版公司，2019.7
 ISBN 978-7-5596-3298-2

Ⅰ．①阳… Ⅱ．①金…②张…③丁… Ⅲ．①长篇小说－韩国－现代 Ⅳ．① I312.645

中国版本图书馆 CIP 数据核字（2019）第 102875 号

우리 베란다에서 만나요
Copyright 2019 by （金柱希）
All rights reserved.
Simple Chinese copyright © 2018 by Beijing Moledge Culture Communication Co., Ltd.
Simple Chinese language edition arranged with Wisdomhosue Mediagroup Inc.
through 韓國連亞國際文化傳播公司（yeona1230@naver.com）
著作权合同登记 图字：01-2019-4539

阳台见：全二册

作　　者：（韩）金柱希
选题策划：北京宏泰恒信文化传播有限公司
责任编辑：孙志文　楼淑敏
策划编辑：连　慧
封面设计：三形三色
版式设计：王玉双
责任校对：罗　盛

北京联合出版公司出版
（北京市西城区德外大街 83 号楼 9 层　100088）
三河市兴国印务有限公司印刷　新华书店经销
字数 360 千字　880 毫米 ×1230 毫米　1/32　21 印张
2019 年 7 月第 1 版　2019 年 7 月第 1 次印刷
ISBN 978-7-5596-3298-2
定价：69.80 元（全二册）

未经许可，不得以任何方式复制或抄袭本书部分或全部内容
版权所有，侵权必究
本书若有质量问题，请与本公司图书销售中心联系调换。电话：010-58572848

CONTENTS

目 录

>>>>>>>>>>>>>>>>>> 阳台见：全二册

壹　酒鬼　001

贰　让人停止心跳的男人　061

叁　无法翻越的阳台　163

肆　从时间另一边吹来的风　333

伍　数千数万个小时的时光长河　451

陆　两个人的阳台　581

作者后记　661

壹

酒鬼

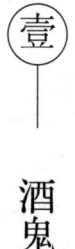

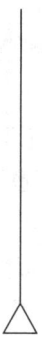

对面那户原来有阳台吗？

以前来姐姐家的时候并没有发现，真是奇怪。

异彩稍稍伸了下胳膊，感觉离得更近了。这要是对面阳台的人也伸出胳膊的话，估计都能抓住彼此的手了。

"是在去机场的路上吧?"

手机那头传来睿熙魅惑的声音。

"嗯,是啊!"

道河一边挪动脚步,一边漫不经心地答道。他不经意地抬起头,正巧瞥见了大厦上端正在播放的广告短片。屏幕里的睿熙单手撩起秀发,眼含笑意地说出那句别有深意的广告词:"就今晚,怎么样?"那是只有巨星才能拍摄的烧酒广告。

那模样虽迷人,但并未吸引道河。他的脸上写满了厌烦。

"我明天要去日本工作,碰巧也是大阪。"手机里再次传来睿熙的声音。

所以呢?道河咽下这句将要到嘴边的话,心不在焉地回了句:"一路顺风。"

一想到作品,道河的脸便僵住了。素有"行走的芭比娃娃"之称的罗睿熙被选定出演他作品的女主角。这也就意味着他不能再由着自己的性子肆意地对待她,也不能像往常一样拒她于千里之外。

"邮件沟通吧。"道河尽量保持风度。

"你喜欢吃寿司吗?这次要是再拒绝我的话可就不应该喽,多尴尬呀!话说,我们还得聊聊下部作品不是?"

电话那头传来女人的笑声。

"道河老师知道自己很有魅力吗?我就喜欢你这种让人有征服欲的男人。记得联系我哦!"

道河把手机塞进外套内兜,边走边粗鲁地乱抓着头发。他最讨厌这种麻烦事儿。

她怎么会知道我的电话？道河不解。

红色信号灯亮起，道河走到人行横道前，再次掏出手机。他把睿熙的电话号码设置成骚扰电话后看见了一封已收邮件。

确认完发件人，道河的面容逐渐舒展开来。邮件中附有"文物修复原理"的相关报告和问卷反馈信息。除了亲切简洁的说明外，还添加了便于理解的图表。可以说是大幅度缩小了道河的资料调查范围。

查看完所有附件，道河确认了一下相关负责人的邮件签名：

皇博物馆　郑异彩

道河按下通话键，彩铃声立刻响了起来。

那是一首他从未听过的歌，歌词里充满了春日暖阳的感觉。歌词太美，道河侧耳倾听，电话那头却传来了"无法接听"的提示语音。道河和这位负责人虽有过几次邮件往来，打电话却还是第一次，也许是对方误以为这是骚扰电话或广告推销电话了吧。

就在这时，道河突然听见附近有人叫了声自己的名字。"孔道河！"瞬间，街上的行人不是兴奋地捶着旁边人的肩膀，就是忙着用手机偷拍道河。

道河不属于花美男类型。单眼皮，眼尾上挑，眼神犀利，双唇绵软。这种奇妙的组合却散发出一种别样的性感。不仅如此，他的身上还带着畅销书作家的光环。世上罕有相貌与头脑皆性感的男人，他们就如同濒临灭绝的大熊猫，是值得重点保护的存在。

耳边的窃窃私语声越来越大，道河却并不在意。这种目光他早就习以为常了。

信号灯刚变绿，道河便再次迈开了步子。天好像马上要下雨了，带着湿气的风吹乱了道河的头发。

这潮湿的风，便是所有故事的开端。他皱着眉转过头，一个女人映入眼帘。

女人看起来有些怪异，她正坐在便利店门前的折叠桌旁，用吸管喝着盒装烧酒。桌上一片狼藉,横七竖八地躺着许多个皱巴巴的烧酒盒,若这些都是她的杰作,那这个女人还真算得上是一个资深酒鬼了。不过比起这一点,她生无可恋的表情似乎更让人印象深刻。

下午五点的便利店门前难得看见这般景象,再加上她还是个相貌出众的美女,路过的行人纷纷为她驻足侧目。女人身穿一件松松垮垮的黑色衬衫,下身搭配一条牛仔裤,从头到脚都表露出她是个有故事的人。

道河停下来盯着她看了一会儿,很快便又再次迈开脚步。

他刚一步入公共停车场,天空便开始下起了雨。上车前道河再次拨打了刚才那个电话。彩铃副歌部分快要结束,电话才被接了起来。

"请问您是?"

手机里传来一个中年女性的声音。

"您好,我是孔道河。邮件确认过了,给您打个电话。"

"正好,你快把这姑娘领走,立刻,马上!"

道河被这前言不搭后语的回答弄昏了头。

"您这话是……"

"这姑娘来我这儿有半个多钟头了,一直猛灌酒,喝得不省人事。这里是……"

道河听到地址和便利店店名的瞬间,立刻想起了刚才坐在折叠桌旁那个喝着盒装烧酒的女人。

"您还是联系别人吧!"

"要是能联系我早就联系了,我总不能一直干等着电话打过来吧,这得等到什么时候啊!你还是过来把这姑娘带走吧!"

这么看来她的手机该是设置了锁屏。

"我和她不太熟。那,我就先挂了。"

道河果断地挂断电话上了车。

他将双手放上方向盘,眼见雨势变得越来越大。道河无精打采地盯着打在挡风玻璃上的雨珠,烦躁难耐的他突然转动了方向盘。

女人一动不动地趴在折叠桌上，任由雨水敲打着自己。道河将车子紧紧停靠在路边，犹豫不决了好一会儿。愈渐滂沱的大雨挡住了他的视线，他开启雨刷器，接着打开车门，走向了那条下雨的街道。

女人身上那件湿透的衬衫触动了道河的神经。

"郑异彩小姐？"

道河走上前，试探着叫了声女人的名字，可那女人却没有一丝反应，于是道河又试着拨打了电话。只见桌上的手机突然亮了起来，水迹斑斑的手机屏上赫然显示出"孔道河作家"几个字，此情此景令他哭笑不得。

看来这就是郑异彩本人了。

"郑异彩小姐。"

道河又叫了一声，却还是无济于事。桌上散落着的烧酒盒足有五个之多。

"郑异彩。"

道河心有不悦，语气中透着不满，可女人却依旧没有任何动静。道河一边感受着自己的忍耐极限，一边将外套脱下来披在女人的肩膀上。

管她会不会丢人现眼，要不现在打电话给博物馆？扔到警局应该也是个不错的办法。

道河一面盯着异彩的后脑勺，一面苦恼着该怎么解决这个难题。就在这时，便利店的门开了，一个围着围裙的大妈向外看了几眼，而后撑起一把伞走过来，用伞大致遮住了两个人的脑袋。

"哎哟，小两口这是吵架了吧？赶紧把她带走吧，不然该感冒了。"

无可奈何的道河只好像搬运行李一般抱起异彩，将她塞进了车后座。见道河返回驾驶座，大妈也回到了店里。

那么问题来了。

"郑异彩小姐，您家住哪儿？"

依旧是一片死寂。

道河猛打方向盘，启动了车子。他所抵达的地方是距离便利店最近的一家酒店。办完入住手续前往客房的道河愈发觉得不自在。因为怀里抱着醉成一摊烂泥的异彩，他不得不承受旁人投向自己的异样眼光，甚至还有人认出了道河。

走入客房的道河一把将异彩扔到床上，这才得空坐在沙发上喘口气。被雨水淋透的异彩害得他也浑身湿漉漉的。

道河用毛巾大致擦了擦自己的衬衫，又瞥了眼像是睡着了的异彩。他想着自己做到这个份儿上，也算是仁至义尽了，这完全足够支付邮件里的资料费了。

道河刚要出门，沉睡中的异彩开始全身发抖。

"啊，这是闹哪样啊！"

道河不耐烦地解开了领带。

这周得小心水才行。

异彩突然感觉到温度的变化，猛地睁开眼睛，映入眼帘的却全是水。惊恐万分的异彩试着挣扎，却越陷越深。灌入鼻腔和嘴巴里的水呛得她一阵火辣辣的疼。

我要死了吗？为什么？

至于为何会掉进水里，异彩不得而知。突然，拼命挣扎的她感觉到一道陌生的视线。有个男人正在俯视着自己。那人站在离她稍远的地方，嘴角微微向上扬起。他身着一件凌乱的衬衫，裸露于衣领间的锁骨吸引了异彩的视线。

那是谁？

对方是谁并不重要。

"救，救救我！"

要抓住这根救命稻草的异彩刚一伸手，男人就不禁笑了出来。他上前抓住异彩的手，一把将她拉了出来。溅起的水花打湿了男人的衣服，他让异彩坐到了雪白的瓷砖上。

异彩一边抬手拭去脸上的水，一边环视四周，这才惊奇地发现刚才差点儿淹死自己的地方竟然是个浴缸。

我怎么会在这里？

异彩瞠目结舌。一条硕大的毛巾朝她飞了过去，异彩接过毛巾，用它裹住身体，正巧看到了男人那张坏笑的脸。

孔道河？

看清了男人的脸，异彩的眼珠骨碌碌地转了起来。

我在做梦？

眼前这个男人分明和孔道河长得一模一样。可他绝对不可能出现在这里啊！也许是因为最近跟他有些业务上的邮件往来，才会梦见他吧。

"我是孔道河。我并没有绑架您，所以，您最好不要叫出声来。"

"哦？这不是梦吗？"

"酒还没有醒吗？"

道河双手环臂，皱着眉头说道。异彩的眼珠子又开始转了起来，搞清状况的她扬起了低垂的眉毛。

难道是绑架……就怪了。看道河的神色，想必自己应该给他带来了不小的麻烦。酒，没错，我喝了酒！异彩突然想起自己在便利店买盒装酒的情景。

可是孔道河怎么会出现在自己的面前呢？

异彩动员了她所有的想象力和推理能力，终于她驱散醉意，开始一点点地找回那些杂乱无章的记忆。可是她的记忆却完全无法与道河联系到一起。

异彩动了动被水浸润的粉唇，吞吞吐吐地问道：

"我，我是不是犯错了？"

"我该怎么做才能让您知道，您现在正在犯错呢？"

异彩偷偷避开道河失望的眼神，这才意识到自己刚才掉进了浴缸里。

"该不会，该不会是您把我弄进去的吧？"

"不然呢？难不成您还希望我亲自给您换上衣服吗？身子已经暖和过来的话就换好衣服出来吧。"

道河冷冷地说完之后便关上了浴室的门。

被独自留下的异彩呆呆地看着地板。她需要时间来整理自己的思绪。

这一天，她觉得世界唯独对自己是那样的残酷。一心想逃离那个地方的她漫无目地走在街上，恰巧看见有个卖纸盒装烧酒的便利店。

所以还能怎么样，当然要喝了。

她本想喝完一盒就回家，但是喝完一盒又喝了一盒，后面又有了第三盒。

喝完就睡着了？

异彩再次滑进浴缸，将脸埋入水中。为什么会和孔道河在一起？明明只是互通邮件的关系而已，为什么？

完蛋了。

怪不得让我小心水，原来是怕我淹死在浴缸里啊！在水中进行自我反省的异彩再也憋不住气，这才抬起头来。

异彩吐了口气，脱下湿透的衬衫和牛仔裤，拿起了道河留下的购物袋。

购物袋里整齐地摆放着一套内衣和一身连衣裙。内衣虽然小了点儿，但还能凑合穿，毕竟她已经充分地意识到，现在这种情况根本由不得自己再去抱怨什么。连衣裙是一条黑色A字裙，无论是颜色还是款式都还不错。只是这尺码实在有些不合适。

连衣裙是XS码的。

为什么？！到底为什么？！

身高165cm以上的女人要想穿上XS码的裙子，就必须瘦成皮包骨才行。男人怎么就不知道这一点呢？更何况异彩的身高足有168cm。

异彩勉强将身体塞进衣服里，却根本拉不上拉链。细窄的裙子和异彩的骨架实在是格格不入。然而比起这些，裙子太短才是最大的问题。

异彩一边抱怨那些女明星给男人制造的刻板印象，一边拧干湿衣服上的水，将衣服扔进了购物袋。她环顾四周，拿起那条硕大的毛巾。

异彩摇摆不定的眼神触碰到毛巾上的标识。

酒店？！

到底发生了什么事儿？

蹲坐在马桶上的异彩伸了伸开始发麻的双腿。兴许赤身裸体地从浴缸中醒来，反倒更容易想通事情的前因后果吧！

异彩苦思冥想，却仍旧理不清头绪。与其动员自己贫瘠的想象力、绞尽脑汁地思来想去，还不如直截了当地出去问一问门外那个男人。

一直闷在浴室里也不是个办法。想到这里，异彩一边驱散沉沉的醉意，一边将毛巾披到肩上。她紧闭双眼，悄悄打开房门，门外立刻传来一阵敲打键盘的打字声。

不出所料，这里的确是酒店客房。时钟指向八点。从博物馆出来的时候五点刚过，也就是说，时间只过了三个小时。

如果现在不是早上八点的话。

道河正坐在桌旁看着笔记本电脑。异彩偷偷打量他的侧脸，听到动静的道河并没有转过头去，只是抬起手指了指桌子。

异彩像个偷了东西被人发现的孩子一样，吓了一大跳。

桌上放着一个印有药店标志的塑料袋。一直在察言观色的异彩拿起袋子，发现里面装的是些解酒药和感冒药。

这时，她的耳边传来道河漫不经心的声音："先吃解酒药，明天酒醒之后再吃感冒药。"

这点儿常识异彩还是有的。浓浓的酒气随着她的呼吸在空中蔓延开来。倘若她在这种情况下同时吃了解酒药和感冒药，后果将不堪设想。

异彩打开解酒药倒进嘴里，一种难以言说的滋味令她不自觉地皱起眉来。道河歪坐在沙发上扭头望向异彩，两人视线相交。

异彩强忍着将嘴里的药水一并吞下，一边将空药瓶轻轻放下，一边对道河说："您能告诉我这究竟是怎么一回事儿吗？"

道河一脸不耐烦地把手机往床上一扔，转而看向电脑。

"您听听电话录音吧！"

异彩伸手拿起手机点亮屏幕，又转头看向正在打字的道河。

"那个，解锁图案是……"

"'ㄱ'字形。"

"好的。"

突然来了精神的异彩解开屏锁，查看起手机主界面。

主界面非常简洁，只有电话、邮件、记事本和通话存储这几个APP，连一个普通的游戏软件和社交软件都没有。

异彩听过自动储存的电话录音后，得知了事情的来龙去脉，原来"罪魁祸首"就是那个便利店大妈。虽然道河嘴上并没有答应大妈的请求，却还是把异彩捡了回来。异彩把手机轻轻地放回床上，又将两只手毕恭毕敬地放在一起，站到了道河面前。

"真的很抱歉。"

道河凝视异彩，无力地扬起嘴角。

"您看起来应该没事儿了，请回吧！"

"啊？"

异彩下意识地抬起头，却再一次撞上了道河的目光，她慌忙转移视线，望向别处。

异彩开始焦躁不安起来。著名小说作家孔道河向皇博物馆发出邀请，表示希望获取文物修复师的相关资料并对其进行一次专访。战略宣传室指定异彩全权负责这项任务，并对她千叮咛万嘱咐，让她一定要为博物馆和文物修复师树立一个良好的形象。

怎么偏偏在这个节骨眼儿发生了这种事儿呢？这件事如果被博物馆知道了，可就丢人了。

"那个……今天的事儿，您会为我保守秘密吗？"

道河再次将视线转向电脑，用极其不耐烦的声音回答她：

"我看起来有那么闲吗？"

"不是的！不过……您给我打电话是有什么事儿吗？"

"没事儿了。"

"您很生气吗？"

面对沮丧的异彩，道河一直没好气地回应而听到这句话，他敲打键盘的手指瞬间停了下来。他并没有生气，不过确实有些不耐烦。

"打电话是因为有事儿要问您。回头再说吧，我会发邮件给您的。"

"现在就问吧！您请问吧。我已经醒酒了。"

道河一脸狐疑地看向异彩，异彩则向他频频点头，似乎在示意对方自己一切正常。道河慢慢将视线移向电脑屏幕，打开了事先整理好的问卷资料。

"我想问的是有关龙纹砚滴的事情，您发给我的资料里并没有发掘方面的相关资料。"

异彩一边拉过身旁的椅子坐下来，一边向道河说明情况，精明干练的样子让人完全忘记了刚才那个垂头丧气的她。

"当时的发掘情况我们无从知晓。龙纹砚滴这件文物在八十年代做过保存处理，现被保管于博物馆中，以当时的技术还无法对其进行全面修复。随着时间的流逝，一些修复材料的黏着力渐渐变弱，所以又做了二次修复。"

"二次修复是常有的事儿吗？"

"并不是。因为保存处理都是半永久性的，一经修复就无法复原了。不过随着未来技术的革新发展，情况也许会有所不同。"

"这么说来，修复工作的压力应该很大吧？"

"那是当然。不过比起压力，修复工作会带来更大的成就感。这就好比要拼出一万块的拼图，乍看上去那不过是些碎石子一样的东西，可是一旦你将那些碎片拼凑起来，它就会脱胎换骨，变成了一件文物。文物修复就是一边想象着成品的模样，一边一片一片地拼凑碎片。"

如此干净利落的回答不免让人惊叹，谁能想到她就是刚才那个喝得烂醉如泥的女人呢？道河看了看时间。距离飞机起飞还有一段时间。看来没必要再发问卷给她，直接在这里问就好了。

"异彩小姐为什么要成为一名文物修复师呢？"

"您知道郑多彩修复师吗？"

道河回想起收集资料时曾经看过的一篇报道。报道称此人仅在皇博物馆工作三年就成功研发出了一种特殊颜料，这种颜料的颜色在最大程度上近似于无法再现的高丽青瓷的色泽，这在文物修复史上具有划时代的意义。

"我看过她的报道。你们在同一家博物馆工作喽？是受她影响吗？"

"她是我姐姐，亲姐姐。姐姐叫多彩，绚丽多彩的多彩，我叫异彩，奇光异彩的异彩。"

说到姐姐多彩，异彩的声音里满是骄傲。

"姐妹俩选择了同一行？"

"我特别喜欢姐姐，从小就跟在她屁股后面跑。不管姐姐做什么我都觉得很棒，所以我总是学她。自然而然地，我就跟她做了同行。"

这一点倒是和道河的弟弟柳河很是相似。从小到大，他们之间的兄弟情谊一直都很特别。不过更特别的是，他们并非亲生兄弟，而是同父异母的两兄弟。

不过这已经成了过去式。

"好了，我没什么问题了。"

道河将视线从笔记本屏幕上移开，发现异彩正温柔地看着自己，笑得很是灿烂。她的眼神是那样的深切，深切到似乎能渗透人心。说起多彩之后，异彩就一直都是那种眼神。

初见她时那张面无表情的脸庞仿佛只是道河的错觉而已。

"今天真的很抱歉。啊，对了，房费和衣服的费用我会还给您的。"

异彩的神情瞬间变得沮丧万分。也许是因为醉酒的缘故，异彩心底的小情绪统统写在了脸上。不知怎的，道河突然笑了出来。

"算了，就当是给您的审校费吧！"

如此一来就不用再费力找其他审校人员了。

"审校？"

"初稿完成之后，我会发邮件给您。您帮忙检查一下，文物修复的部分如果有什么问题的话，麻烦您标记出来，回封邮件给我。"

"好的！"

二人之间的对话在这声铿锵有力的回应之后戛然而止。令人窒息的沉默让异彩的目光无处安放。

道河不停地敲打着电脑键盘，像是在整理刚刚的采访内容。他那慵懒而又性感的气质让人忍不住想要多看一眼。

异彩一边偷看道河，一边摩挲着裙角。这裙子本就短小，坐下来就更觉得短了不少。她突然有些尴尬，两手向下拽了拽裙子，却还是无济于事。她"哼哧哼哧"地掖了掖围在身上的毛巾,极力想要遮住更多。

话说回来,回去也是个麻烦事儿。

打声招呼就走?要穿着这身衣服走吗?要不去前台问问能不能把这条毛巾带走?啊,这可怎么办啊?

就在异彩纠结万分之时,门外忽然传来一阵门铃声。

道河不慌不忙地站起身打开了房门,像是早就知道有人要来似的。洗衣店送来了洗好的外套。他拿着用塑料袋罩着的外套回到房间,顺势收起了笔记本电脑。

道河一边取下塑料罩,一边看向异彩。

"您休息一会儿再走吧!"

"啊?"

道河穿上外套,单手扣好扣子,没等异彩回答,他就走出了房间。

空荡荡的房间里只剩下异彩孤零零一个人。她发了会儿呆,突然意识到自己现在所处的地方正是酒店客房。她庆幸没发生什么不光彩的事情,可心里却是五味杂陈,毕竟对方似乎并没有把她当作异性来看待。

异彩挪开指纹识别器上的手指,机器声瞬间响起,玻璃门自动开启。她走入博物馆办公楼的走廊,一头长发伴着焦急的步伐在空中摇曳生姿。

走到透着光亮的修复室门前,异彩停下脚步,小心翼翼地打开了房门。一个留着二分区发型的后脑勺随即映入眼帘,是正在加班的成洙。

听到动静的成洙扭头看向异彩,表情瞬间拧作一团。他不敢相信这个穿着紧身短裙、身披白色毛巾的女人就是异彩。

"你怎么这副鬼样子?衣服都快被你撑爆了。"

"别提了,唉!"

瘫坐在工位上的异彩一把抓过行李箱。她随手拿起一身衣服,径直走向洗手间。

直到换回衬衫和牛仔裤,异彩才平静下来。她看了看那件XS码连衣裙,将它折叠整齐。回到修复室,手里拿着一沓材料的成洙说道:

"比刚才那身儿强多了。千万别再穿那些个奇奇怪怪的衣服了,眼睛遭罪知道吗?"

"你以为我想穿吗?要不是因为掉进水里,我才不会穿呢。"

"怎么突然就掉水里了呢?啊,对了,你说过这周得小心水的。你是不是喝酒了?怎么这么大味儿?话说你是掉喷泉里了吗?"

不,是浴缸。

"唉,我为什么要喝酒啊。"

异彩趴到桌子上唉声叹气,羞愧感如海啸般汹涌而至。

"你这是闯什么祸啦?话说你也不是那种容易喝醉的人啊,只是偶尔会醉狗罢了。"

"我今天就成了你说的那条狗。"

接下来自我反省的时间。异彩一动不动地盯着修复室的墙壁发呆,成洙手里拿着的项链突然挡住了她的视线。

"那是什么?"

"来都来了,正好让你瞧瞧。制作时间可能在八世纪,也可能是去年。是不是都快好奇得疯了呀?"

项链由一颗颗闪烁着蓝色光芒的琉璃玉珠连接而成,其间以软玉点缀装饰。

"肯定是去年的,不然你也不会直接上手摸。"

"你先看看再说。"

异彩微微抬起头,接过那条项链,用肉眼观察一番过后又将它放到了显微镜下。她心不在焉地看了看显微镜,表情发生了微妙的变化。

"确定是软玉吗?"

软玉硬度低,容易产生刮痕。但这条项链上的软玉却保存完好,琉璃玉珠上也完全找不出任何瑕疵。

异彩双手环臂继续说道:"这条项链没有一处需要修复的地方。就算它是刚出土的文物,也不可能这样完好无损。你觉得,八世纪制造的软玉项链没有丝毫损伤的概率有多大？"

"大概等同于罗睿熙嫁给我的概率吧！"

"知道就好。话说这条项链有什么问题吗？"

成洙迫不及待地把手里那沓资料递了过去。

"这是年代测定结果。"

异彩拿过鉴定报告，仔细地读起了结果分析。她的眼神里充满了不知所措与难以置信，就连疯狂翻阅的手指不慎被割破也完全没有在意，只因这份报告实在太过荒谬了。

"开什么玩笑，每颗琉璃玉珠的测定结果都不一样？"

"能确认的都确认过了，检测结果准确无误。现在唯一的问题就是，该如何解释这种现象。"

异彩放下手中的文件，转动项链，发现中间的软玉上刻着一行中文：

"'一个月，只有一次'？"

异彩刚念完这行字，软玉上镌刻的字样就闪烁起来。光亮一点儿一点儿扩散开来，慢慢消失在了空中。

"你怎么想？"

异彩被这奇异的光亮所吸引，没能听见成洙的催促。后知后觉的异彩抬起头问成洙：

"看到了吗？一闪一闪的？"

"什么一闪一闪的？"

"刻字的地方刚才不是发光了吗？"

"胡说什么呢，赶紧说说你的想法。"

异彩觉得奇怪，又仔细地看了看项链。刚才还在闪烁着的光亮这会儿已经消失得无影无踪了。

从年代测定报告上的测定结果来看，年代最为久远的一颗琉璃玉珠制成于八世纪。奇怪的是，距今最近的那颗是去年刚刚制成的。

异彩的脸上浮现出好奇的神色。

"这是用不同年代的琉璃玉珠穿成的项链啊！可是，为什么要这么做呢？"

"我哪儿知道。如果是你的话，你会作何结论？"

异彩不自觉地皱起了眉头。在文物的世界里也存在着所谓的"限量版"，年代久远的古文物并不一定具有相应的价值，它的价值在很大程度上受制于制造者、稀缺度和保存状态等因素。

这跟名牌包包是一个道理。成洙拿来的这条项链无异于在香奈儿的包上挂LV的包带、印PRADA的标识。制作这条项链的人如果不是怪才，就是一个想把所有时代都送给恋人的浪漫主义者。

"我保留我的意见。先盖个'无法测定'的印章，再慢慢研究。"

成洙点点头，似乎也同意异彩的话。异彩又一次拿起鉴定报告问道："这到底是从哪儿弄来的？"

"要不要给你看个更有意思的？"

异彩好奇地抬起头，错愕地看着眼前的景象。

只见成洙将项链放到桌上，提起工作锤猛地砸了下去。手起锤落，巨大的冲击声响彻整个修复室。异彩见状大喊道：

"你疯了吗？！"

"你瞧。"

被锤子砸过的项链完好无损。

"居然没碎？这到底是个什么东西？"

成洙玩笑似的朝异彩晃了晃手里的锤子。见异彩瞠目结舌，成洙不由得笑出声来。

"是不是很有意思？它就是那个歹毒的家伙。"

"歹毒？"没听明白的异彩反问成洙。

"它就是多彩姐最近一直在研究的东西。"

异彩将那条项链拿在手里，仔仔细细地看了又看。她本来就很好奇姐姐不惜辞去博物馆的工作，每天宅在家里潜心研究的东西到底是什么。听到成洙的回答，刚才只觉得奇怪的软玉项链开始变得特别起来。

除了制造时期不明和砸不碎这两个奇特之处外，这条软玉项链还散发着一种神秘的气息。异彩似乎明白了姐姐执迷于它的原因。

异彩放下软玉项链，直勾勾地望着成洙。

"这项链怎么会在你的手上？"

"多彩姐给我的。应该是求婚用的吧？定情信物？"

异彩叹气道："别做梦了。快说，到底怎么回事儿？"

"就是上周，我们一起喝酒的那天，我把你送回去之后，不是去送多彩姐了吗？"

"那天姐姐喝得那叫一个烂醉。"

"多彩姐说要放弃研究，随手扔掉了项链，幸亏我身手敏捷接住了。不过我那天也喝醉了，没多想，随手把它往兜里一揣就回家了，后来在洗衣机里找到了它。前几天我们组不是换了新仪器吗？所以我就试着用新仪器做了数据分析。本来想等结果出来就还给多彩姐的，没想到她玩儿起了失踪。"

"所以你就失去了一次讨好我姐的机会？"

"对啊！多彩姐什么时候回来啊？她肯定跟你说了吧！"

成洙的话里满是私心，但异彩却故意装没听见，再次拿起了软玉项链。

"钱用完了就回来了呗！真好，还能环游世界。"

"她有没有回博物馆工作的打算？多彩姐要是答应回来的话，馆长肯定会收拾好桌子，等着她回来的。"

"完全没有，不过这修复二组组长的位置也不能一直空着呀！"

"虽说多彩姐现在没窝在家里也算是件好事儿，不过最好还是能在招聘公告贴出去之前回来啊！"

"谁说不是呢！你说我姐怎么刚一迈出房门就直接跨越到了环游世界呢？连个过渡都没有！"

异彩靠坐在椅子上，嘟嘟囔囔道。除了姐姐，异彩还真不乐意别人来当这二组组长。

"不愧是我的多彩姐，就是这么与众不同。"

"说什么呢！"

两人对视了一下，忍不住笑了起来。

多彩是成洙的偶像，也是他的初恋。但是多彩并没有把他当男人看。虽然多彩说了三百多次只把他当作妹妹的朋友，但他还是相信能够"铁树开花"。

成洙把项链装进一个小木匣里，放到异彩手上。

"为什么给我？"

"给你带回家，你不是说从今天开始要寄住在你姐家吗？"

"以后你自己给她呗！"

"都不知道她什么时候回来，我一直拿着也不是个事儿。你悄悄把它放回去吧，说不定多彩姐现在还不知道自己把它弄丢了呢。"

"也是，姐姐说她那天完全喝断片儿了，应该什么都不记得了。"

异彩边说话边把小木匣放进了口袋里，成洙有些为难地挠了挠额头。

"她说，她喝断片了？"

"嗯，她说她头疼得要命，还宣称以后要戒酒，虽然不知道她能坚持多久。我们出去吧，早就下班了。"

成洙看了异彩一眼，肩膀一耷，又重新坐回了座位上。能让热衷于踩点下班的成洙有这种反应的，也只有一件事情了。

"你要负责那十万张佛像碎片的复原工作？"

"你要帮我吗？"

"朋友，我拒绝。"

异彩拍了拍成洙的肩膀，拉着行李箱走出了修复室。

一走出黑漆漆的走廊，异彩就想起了酒店里的事儿。她狠狠地摇了摇头，试图甩掉这些记忆。沉闷的心情令她无力地垂下了肩膀，不过她还是重新挺直了脊背。

TOMATO公寓建在一条上坡路的尽头。异彩站在公寓前，扬起嘴角，浅浅一笑。往常上下班必须换乘两次公交车，往返少说也得花费三个多小时。

不过从明天开始，步行二十分钟足矣！

虽然公寓没有电梯，但在异彩看来，这根本算不上是什么缺点，每天上下五层楼就当是做做运动了。异彩抱起行李箱上楼都能一次跨越两层台阶。

五楼共有四间房，501到504，多彩家在最左侧的501。

一打开房门，最先映入眼帘的是开放式厨房和一张爱尔兰式餐桌。另一侧放置有四方桌、书柜和衣柜。走过这块区域，沿着房间"冂"字形结构往里走，能看到一张床。虽然只是一个单间，但进门后却是一眼看不到床的，算是房子最大的优点了。床铺后方还有一个外伸式的阳台。

异彩把行李箱放到书柜前，环顾起四周来。爱尔兰式餐桌前的铁制凳子以及窗帘、被子、靠垫等所有布制品全部统一成了天蓝色系，和铺在地板上的白色地毯搭配在一起，给人一种清爽的感觉。

异彩的视线停留在一张全家福上。那是爸爸、妈妈、多彩和异彩四个人的合影。她仔细地看了看照片，瘫软地躺倒在床上，凝视天花板。

好舒服啊！

异彩的脑海中浮现出姐姐的身影，仍记得姐姐曾经向她炫耀说，自己买的不是床，而是科技。这回异彩算是沾了一回科技的光。

异彩拿出手机，打开短信窗口。也不知道姐姐在干什么，早上发过去的短信直到现在都没回。

"就不能买个信号好一点儿的电话卡吗？电话打不通，信息也不回。"

异彩嘟囔着又开始编辑短信：

——我到你家了。招呼都不打一声就自己去旅行，开心吗？可劲儿开心吧。妈说等你回来就剃光你的头发呢，妈可是说到做到的人，你知道的吧？

发完信息后，异彩突然瞥见了行李箱。就在她挣扎着想要爬起来的时候，短信提示音突然响了起来。

——我拜托你的东西带来了吗？

——当然。为什么突然让我把这个带过来啊？

——那东西被妈看见不太好。

——你现在在哪儿呢？

左等右等也没等来回信，过了好一会儿才收到一张照片，看上去像是片丛林。背景应该是一处尚未被发掘的遗址。应该是个连电话都不通的荒郊野地吧！

——你突然说要去旅行的时候我就觉得不对劲儿了，你这是加入了遗址发掘队了吗？

这可不是把头发剃光就能了事的。

姐妹俩的母亲——朴女士最不喜欢她们参与国外遗址发掘工作。可能是因为联想到了电影《木乃伊》或者《夺宝奇兵》吧。正因如此，多彩才没告诉母亲，要是被发现了，她的后半辈子就要被唠叨声淹没了。

——秘密。做个好梦。

异彩怀疑自己是不是看错了。"做个好梦"？活到现在还是第一次听到多彩跟自己说这种话，她可从来都没有这么温柔过。

真是怪事年年有，今年尤其多呀！

异彩把手机放到床头柜上，打开了行李箱。最先映入眼帘的就是装着湿衣服和药袋的购物袋。异彩将它推到一边，却又看见了那条XS码连衣裙。

还给他也不太合适，说不定姐姐能穿呢！

异彩苦恼了半天，拿着裙子走向了衣柜。打开衣柜却发现里面空空如也，连一件T恤都没留下。

"只是去勘探而已，用得着把所有衣服都带走吗？"

本打算借姐姐几件衣服来穿的，看来这个计划就此落空了。不仅仅是衣服，就连首饰、化妆品甚至是包包也全都消失不见了。

她该不会是打算待几年再回来吧？

异彩把那件XS码连衣裙和自己的衣服粗略地挂到衣柜里，然后将带来的随身物品摆放在梳妆台上。其中还有一副塔罗牌。

占卜塔罗牌是异彩的兴趣爱好。从高中时期就开始的塔罗牌占卜已经成了她生活的一部分。甚至曾经担心她会沉迷于迷信无法自拔的好友都开始信奉她的塔罗牌占卜了，因为她的占卜向来准确。

今天不就是这样？塔罗牌让她小心水，结果她真的差点儿淹死在浴缸里。

整理完行李后，异彩想给房间通通风，便朝阳台方向走去。她拉开遮光窗帘，刚一打开阳台门便吹进来一阵清凉的春风。异彩乘兴走到阳台，站到了小巧的茶几旁。

她伸了个懒腰，尽情地感受着高楼间穿梭的风。

当啷——当啷——

耳边忽然传来一阵清脆悦耳的声响。异彩回头一看，发现阳台角落里挂着一个陶瓷风铃。风铃的模样像是一个美丽的女子，每当微风轻拂而过，那"女子"的裙摆就随风飘动起来，发出"当啷、当啷"的声响。

这时，她发现一个问题——这里和对面那户的外伸式阳台离得太近了。

对面那户原来有阳台吗？

以前来姐姐家的时候并没有发现，真是奇怪。

异彩稍稍伸了下胳膊，感觉离得更近了。这要是对面阳台的人也伸出胳膊的话，估计都能抓住彼此的手了。这么说来，距离也就一米五左右吧？

异彩想起高中最后一次立定跳远测试，她跳了一米六米的成绩。也就是说，要不是身处五楼的高度，这个距离她完全可以跳过去。

异彩凝视对面的房间，透过窗帘间的缝隙，她能清楚地看到开着灯的客厅。异彩稍稍回过头去，一眼就看到了卧室里的睡床。

看来以后窗帘是不能拉开了啊！

异彩下意识地将手伸进口袋，摸到了一个硬邦邦的东西——是成洙给她的木匣。异彩拿出软玉项链，直愣愣地盯着它看。每颗珠子居然都拥有不同的年代，真是个浪漫派。

异彩转了转镶嵌在项链中间的软玉。

"一个月，只有一次。只有一次的爱？只有一次的吻？只有一次的……"

异彩愈发觉得有种少儿不宜的倾向，随即停止了想象。

她重新将项链放回木匣。伴随着清脆的风铃声响，一阵不知方向的春风将她包围。翻卷而至的风吹散了她的头发。整理头发的异彩透过对面窗帘的缝隙，看到有个男人一闪而过，不由得愣住了。

"不管用什么办法都要找到他。我是不会放弃的。"

男人脱下外套扔到沙发上，一面打着电话，一面再次从阳台门前经过。

孔道河？！

异彩惊慌地睁圆了眼睛。难道是压力太大，出现幻觉了吗？她使劲儿眨了眨眼，道河的身影却并没有消失。

异彩的视线由略微下垂的眼尾，向下掠过英挺的鼻梁，顺着流畅的下颌线移动，最终停在了道河的脖颈处。正坐在沙发上打电话的道河似乎有些憋闷，扯开了领带。紧接着他又解开一颗纽扣，衬衫领口随之敞开，微微露出了颈线。

真的是孔道河？

除了他，没有人拥有如此夺人眼球的颈线。面对这令人难以置信的状况，异彩不由得张大了嘴巴。

她急忙回到房里，关上阳台的门，拉上了窗帘。今天可谓是创造了她人生中屈指可数的黑历史。她可不想再碰见那个亲眼目睹了这一切的人。

一定是我看错了。没错。是我还没彻底酒醒。

异彩摇着头坐在床边，愣了好一会儿才回过神来，突然感到一阵寒意。

从床上爬下来换好睡衣后，异彩捡起了胡乱扔在地上的购物袋，掏出了里面装着的感冒药。

异彩一口喝下凉凉的口服液，只觉得身上的寒意又深了一层，于是又将床上的被子拽过来裹在了身上。异彩低头瞪了眼手里的药瓶，不知不觉又想起了道河的脸庞。

道河表面上一副漠不关心的样子，但还是细心地为异彩准备了替换的衣服和药。仔细想来，异彩好像只是跟他道了歉，却没能对他说一句谢谢。

想到这里，异彩猛地站起身，偷偷掀起了窗帘的一角。坐在对面阳台上的道河瞬间映入她的眼帘。连异彩自己都没意识到，此刻她正紧紧攥着遮光的窗帘。

道河的眼眸在黑暗中闪烁着耀眼的光芒。晚风轻拂，吹乱了他的发丝。在夜色的映衬下，他的五官轮廓看起来更加立体而分明。

白天和夜晚的感觉截然不同。如果说白天的道河给人一种慵懒的感觉，那么夜晚的道河便给人一种犀利的感觉。此时此刻的道河正坐在原木茶几前敲打着笔记本电脑的键盘。

他真的，住在对面？

异彩着了魔似的打开了阳台的门，以一种看热闹的心态望着他，正巧和突然抬起头来的道河四目相对。

异彩突然有种偷窥被逮个正着的感觉，无端地畏缩起来。

之前的丑态暂且不提，问题是她现在正穿着睡衣，顶着一头乱糟糟的头发，还裹着一床被子。可以说是出尽了洋相。不过现在躲回房间为时已晚，道河已经在从头到脚打量她了。

异彩只好勉强挤出一丝微笑，毕竟尴尬的时候微笑以对才是上上策。

"要说这是个偶然，是不是很有意思啊？我们竟然是邻居。"

然而道河却以一种戒备的眼神回应，完全出乎了异彩的意料。

那是什么反应？

异彩猜想也许是他没认出自己。阳台没开灯，道河有可能看不清自己的脸。

"我是郑异彩。"

道河的表情变化让她明白了其中的原因——道河果然没认出她来。

道河陷入沉思，良久才露出一副见了鬼的表情。他来不及保存正在编辑的文件，就合上笔记本电脑，搓起脸来。

当他再次抬起头的时候，已然换了一张脸。

"您，怎么会在这里？"

"这是我姐姐家。不过这阳台是怎么回事儿，为什么只有这两家挨得这么近呢？别家的阳台好像都隔得很远呢！"

"我搬来之后重新做了装修,还扩建了阳台。多项施工同时进行,中间好像出了差错。"

异彩终于解开了一个疑团。

"不过,挨得这么近不是很奇怪吗?"

"您可以起诉我。"

异彩的眉毛轻轻向上一挑。

个人之间的纠纷可以通过民事诉讼解决。判决结果应该是拆除其中一家的阳台。但问题是,即便错在对方,说不定最后被拆除的反倒是姐姐家的阳台。

"TOMATO公寓"清一色都是单间小户型,而阳台对面的"Rivervill"却是一户一层的高级公寓。谁对谁错并不重要,这类诉讼的输赢拼的是谁能请来更有能力的律师。异彩一边在心里为那位还没请来的原告代理律师加油,一边抬起头来,却发现道河已经回房间了。

还挺横啊。

莫名有些气恼的异彩也回到了房间。

关上阳台门,愣了会儿神,异彩突然发现梳妆台上的塔罗牌,于是便熟练地洗好牌,在梳妆台上铺展开来。

异彩抽中的第一张牌上画着七个圣杯和一个做噩梦的女人。第二张牌上画有举着镰刀的死神。第三张牌上出现了一个被八支剑包围、动弹不得的女人。

分别代表着过去、现在和未来的三张塔罗牌预示着即将到来的厄运、濒临死亡的变化以及不安的未来。这次的三张牌和上次差不多。

异彩半信半疑地又抽了一张。果不其然,还是抽到了一样的牌——要小心水。

又要发生掉进浴缸里的那种事情吗?

异彩叹了口气,提了提裹在身上的被子往床边走去。要想明天能爬起来上班,至少也得睡上几个小时才行。

就在异彩快要睡着的时候,门外突然传来一阵"嘀哩哩"的解锁声。紧接着又响起了玄关门一开一关的声音。而后是一阵趿拉鞋子的声音。

异彩撑开沉重的眼皮。

门开了？

睡意正浓的异彩好不容易打起精神，这才感知到视野外那令人毛骨悚然的声响。

异彩紧紧凝视黑暗，感觉到声响正在向她慢慢靠近，她紧张到嘴巴里噙满了口水。正在国外旅行的多彩不可能突然回来。异彩轻手轻脚地下了床，躲到了床边。

她趴在睡床和阳台门之间的空间里，只露出一双眼睛观察四周。突然，她发现了潜入家中的黑影。那人影在黑暗中移动时发出的声响阴森到让人不寒而栗。在黑暗的笼罩下，根本看不清对方的脸。

异彩在内心祈祷着能安然度过这一刻。由于房间是"┐"字形结构，运气好的话，黑影或许发现不了异彩的存在。异彩的身子蜷得更紧了，为了以防万一，她开始寻找手机。

侵入者掏出手电筒在房间里照来照去。观察过各个角落后，突然注视起睡床方向。万幸的是，那人似乎没有发现异彩，径直朝衣柜走过去，毫不留情地翻乱了异彩整理好的衣柜和抽屉。那人还打开了多彩托异彩带来的盒子。随后又打开了异彩的行李箱。

随便拿点儿什么就走吧，拜托。

但是，那人似乎并不想满足异彩恳切的期望。只见侵入者突然停下手中的动作，回头看了过去。黑暗中，他的眼睛闪烁着熠熠寒光。

怎么了？！怎么了？！全都拿走也行啊，快走啊！

就在无声的呐喊在她心中回响之际，侵入者的手电筒正好照到了异彩的眼睛。

嗝。异彩倒吸一口凉气。

惊呆的异彩甚至无法尖叫出声。

异彩下意识地起身贴墙而站。虽然在手电筒的照射下，她看不清前方，但似乎听到了侵入者的嬉笑声。不觉间，侵入者放下手电筒，掏出一把小刀，对准了异彩。

"安静点儿！"

异彩吓得浑身一缩，压低的嗓音令她陷入了极度的恐惧之中。好在两人之间还隔着一张床的距离，尽管此刻的异彩被他"赶"到了角落里。

"钱包，钱包里有应急的钱。在，在那边第二个抽屉里。重要的东西都放在那里了。您都拿走吧！"

听到异彩没头没脑的一番话，侵入者迅速收起刀，重新翻找起抽屉。异彩滴溜溜地转动着眼珠，趁机四下察看一番，明确了手机的位置。

"其他的呢？"

异彩刚要伸手拿手机，侵入者便回头问道。

"其，其他的？"

异彩吓了一大跳，眼珠咕噜噜地转个不停。只见床下有个胡乱放着的包，异彩从包里掏出了钱包。继而又将床头柜上的陶瓷存钱罐放到地上，稍用用脚推了推。椭圆形的存钱罐发出硬币碰撞的嘈杂声响，停在了侵入者的脚下。

"这是什么？"他无奈地失笑道。

"只存了5500块（约合人民币30元左右）。"

异彩一边观察侵入者的神色，一边悄悄朝手机方向移动。

"你当我是叫花子吗？站那儿别动！"

压制性的声音让异彩僵在原地，动弹不得，后背冷汗直流。异彩眯着眼睛，好不容易才说出话来：

"没有了，都在这里了。真的。您就拿上这些离开吧！求您了。"

"要是我不愿意呢？"

"什么？"

侵入者朝异彩走近了一步。

"放，放过我吧！"

"我不会伤害你的。不过你得好好跟我说道说道才行。"

异彩不愿承认这是真的。不管怎么看，这个人都不只是强盗那么简单。想到这里，异彩的心脏开始狂跳不止。

我得，我得赶紧逃。

　　正在思考如何逃跑的异彩突然看到了阳台。

　　阳台！

　　异彩转过身，朝阳台门伸出手去。虽然只有短短的几秒钟，却仿佛几年一样漫长。忘了上锁的阳台门一下就被打开了。此时，她似乎还听到了身后传来的呼喊声。

　　当她感知到外面的空气时，正巧撞上了阳台对面男子的视线。男人的眼睛里流露出惊讶的神色，与此同时，异彩踏上栏杆，来不及估测距离，就朝着对面阳台跳了过去。

　　道河手里的书掉在了地上。为了接住朝自己飞来的异彩，他下意识地张开了双臂。

　　在突然而至的重量之下，道河不由得往后一倾，好在并没有摔倒。眼前飞舞的长发和掠过鼻尖的体香给他留下了强烈的印象。

　　"您这是做什么？"

　　"强盗，有强盗！"

　　怀里的女人颤抖着睫毛说道。道河眉头紧皱，听到"强盗"二字，他抬起头，瞪着眼睛望向对面阳台。

　　就在这时，强盗和道河四目相对，低声嘟囔了一句"不可能"，往后退去。

　　道河推开异彩，一把抓住阳台的栏杆。

　　"危险！"

　　道河完全没有理睬异彩的惊声尖叫，径直翻过了阳台。一连串的动作不带一丝犹豫。道河跑入漆黑一片的房中，追赶逃跑的侵入者。

　　"站住！"

　　说着，道河捡起地上的陶瓷存钱罐扔了过去。飞起的存钱罐正中侵入者的后背。

　　碎裂的存钱罐碎片和一枚枚500元硬币四处飞溅。侵入者在冲击力的作用下踉跄了几步,道河一把抓住他的衣领,朝他挥了一拳。这一拳似乎打得不是太重,但侵入者却喘着粗气,一副很痛苦的样子。

道河乘势抓住他的手腕反手一拧,见侵入者手中的刀掉在地上,一脚将它踢至远处。侵入者蒙着面,只看得见眼睛,道河伸出手试图摘掉他的面罩。

就在道河快要摘掉面罩的瞬间,盗贼一把抓起椅子腿,用力挥舞起来。随着一声碎裂声,椅子碎片四处横飞。肩膀传来的强烈痛感令道河发出一阵低沉的呻吟声。

盗贼疯了似的继续挥舞起断裂的椅子,没有发出一丝喘息声,没有说一句"放手"或是"让开",也没有像对待异彩那样,用阴森森的声音威胁道河。

打破这沉寂的反倒是道河。

"这里到底有什么东西!!"

闻言,胡乱挥舞椅子的入侵者瞬间僵在了原地。

"怎么办,再这样下去会受伤的!"

独自一人待在对面阳台上的异彩无法得知道河现在的状况,急得直跺脚。不绝于耳的破碎声和断裂声渐渐恢复平静。

相比起不绝于耳的破裂声,此刻的静寂更令异彩惧怕。紧张到啃咬指甲的异彩一把抓住了阳台栏杆。刚才被强盗追赶、情急之下跳过来的时候并不觉得恐怖,直到试图跳回去的时候才意识到五楼那令人眩晕的高度。

"没事儿的,刚刚不也跳过来了吗?没事儿的,没事儿的。"

异彩一边自我催眠鼓励自己,一边握紧阳台栏杆。她稍微往下看了一眼,顿觉头晕目眩,只得紧紧闭上双眼。

"还是别看了吧。我什么都没看见,没看见。"

异彩睁开双眼,努力让自己不往下看。她朝对面阳台伸出一只手臂,紧紧抓住对面的栏杆后,轻松地跨了过去。

阳台间的距离比她想象的还要近。

异彩探了探头，试图察看房间内的情况。然而房间里漆黑一片，什么也看不清楚。加之听不到任何声响，更令异彩胆战心惊。她忐忑不安地走进房间，先找到手机攥在手里。

异彩打开紧急报警APP，然后摸索着墙壁按下了灯光开关。只听"咔嗒"一声，房里瞬间变得通亮。陶瓷存钱罐的碎片和500元硬币散落一地。

房间被照亮，依旧听不见一丝声响。异彩紧张到了极点。她站在"┐"形的拐角处悄悄探出头来。

只见道河正站在爱尔兰式餐桌前。庆幸的是，她并没有发现侵入者的身影。悬着的心终于落了地，异彩朝道河走了过去。

"作家先生，您没事儿吧？"

道河缓缓地转过头来。无比平静的神色看不出有任何异常，实在让人难以相信就在刚才他还在跟强盗激烈对峙。

"跑掉了。"

干巴巴的话语里不带一丝情感，冰冷的目光冻结了整个世界。异彩被那眼神吓到腿软，她踉跄着伸出手抓住桌子，怎奈胳膊使不上力气，直接瘫倒在地。

道河后知后觉地抓住了她的胳膊，但为时已晚。异彩瞪圆了眼睛抬头看向道河，再次与他四目相对，异彩全身都没了力气。

异彩低头看向被道河抓着的胳膊，只觉全身的血液似乎都涌向了他所触碰的地方。他的手烫得吓人。

"吓到了吗？"

"嗝——"

异彩的嘴巴里突然传来不合时宜的打嗝声。她试着用一只手捂住嘴巴却无济于事。异彩滴溜溜地转动眼珠，屏住呼吸。

"嗝——嗝——"

打嗝声毫不留情地传了出来。即便异彩用两只手捂住嘴巴，仍然未能阻止声音从指缝间流出。她也因此而变得"心潮澎湃"。

见异彩打嗝不止，道河挪动脚来到冰箱前。里面整整齐齐地摆放着装有小菜的保鲜盒和各种蔬菜水果。只是，它们似乎都重生成了新物种。

小虫在密封容器里蠕动，瓜果蔬菜被霉菌包围，难辨真容。冰箱里的生态系统令道河惊慌失措，踌躇不前。

异彩同样被眼前的景象吓了一跳。

"啊，姐姐啊……"

刚才还被恐怖所支配的异彩顿时变得羞愧难当，像个泄了气的皮球。

异彩不由得埋怨起把衣服统统带走一件不留、冰箱都不收拾就消失不见的多彩。在这种情况下，打嗝声依旧没有中断。

道河从冰箱里拿出一瓶矿泉水，拧开瓶盖儿，递给异彩。

异彩稀里糊涂地接过矿泉水，屏住呼吸猛喝了大半瓶才终于止住了打嗝。

"谢谢。"

异彩再次与道河四目相对。

不觉间他又找回了那种淡漠的眼神。异彩站起身，后退一步，以此来掩饰内心的混乱。

"您有没有受伤啊？"

"丢了什么东西？"

道河用另一个问题回应异彩。异彩大致扫视一圈乱成一团的房间，回答道："没丢东西。那人什么也没拿走。"

"好好想想，到底有没有丢东西。"

乱七八糟的行李箱、衣柜、抽屉……道河扫视着房间里的每一个角落。怎么看都是间普普通通的房子，没什么特别之处。

"没关系的，也没什么重要的东西。"

就算真的丢了东西，那也没有自己的性命重要。要知道，那名强盗极有可能危及自己的人身安全。回想今晚可能会发生的最糟糕的情况后，异彩松了口气。

"哦？血。"

异彩发现凝结在地上的血迹，不由得绷起脸来。而后，道河也后知后觉地发现了地上的点点血迹。
"如果是强盗的血,应该会是重要的物证吧?"
异彩边说边朝那片血迹走去。然而她每走一步,白色地毯上就会留下一片红色的痕迹。
"等一下。"
道河不假思索地走上前抓住了异彩的胳膊。异彩在反作用力下转过头,难掩惊慌。而道河接下来的举动更是令她震惊。
道河猛地抱起异彩,将她放到椅子上,而后单膝跪在了她的面前。
"这,这是做什么?"
道河没有回答,朝她的脚伸出手去。陌生的触感令异彩仓皇无措,她急忙往后挪脚:
"怎,怎么了?"
"看来不太疼啊?"
"啊?"
道河硕大的手掌握住异彩的脚,刺痛感瞬间向她袭来。异彩这才意识到血迹的主人原来就是自己。
道河察看过异彩受伤的脚,自言自语似的呢喃道:"真是万幸啊!"
万幸?异彩先是睁圆了眼睛,一脸不解,而后又恢复了平静。有那么一瞬间,异彩将这句话理解成了"受伤的是异彩,真是万幸"。虽然只有那么一瞬间。至于为什么会这么理解,她也不得而知。
分明是"还好伤得不重,真是万幸"的意思啊!
"疼吗?"
道河抬头望向异彩,目光中带着些许担忧。
"没关系的,我都没想到自己会受伤呢!"
异彩呆呆地看着正在察看脚伤的道河。近看才发现,他的睫毛真是又密又长。
貌似比我的睫毛还长。异彩不由得在心中感叹。
他的瞳孔是深褐色的……自顾自地探索未知世界的异彩突然撞上了道河的视线。那一刻,她仿佛能听见自己的心跳声。异彩慌忙挪开视线，可猛烈的心跳却未能平息。她甚至还听到了自己的呼吸声。

因为他，异彩的心脏今天狂跳了好多次。第一次是因为惊讶，第二次是因为慌张，第三次则是因为感激。

明天的他又会以何种缘由令我心跳呢？异彩忽然有些小期待。

"好像踩到存钱罐的碎片了。"

她的脚又白又小，小到道河用一只手便能握住。道河放下异彩的脚，站起身，一阵清爽的橙香随之四散开来。

"家里有消毒药或是软膏吗？"

"有的，应该在那儿，第四层抽屉里。"

闻言，道河打开了异彩指向的抽屉。

和预想的不同，抽屉里并没有药箱，而是乱七八糟地堆放着各种创可贴、软膏和消毒药之类的药品。

异彩动了动脚趾，身子后倾靠在椅背上，直勾勾地望向道河。只见道河像是在翻找自家抽屉一样平和、自然。

不知道的还以为这是我男朋友呢！

想到"男朋友"这个词，异彩再次意识到此刻自己正与道河单独待在一个空间里。她尴尬地干咳了一声，但道河却是一副完全不在意的样子。从酒店那次开始他就一直是这种漠不关心的态度。

其实，直到异彩逃到对面阳台为止，她都从未想过道河会为自己挺身而出。现在这世道，能帮忙报警就算是万幸了。而且再次在阳台上见到道河的时候，他对异彩还表现得异常冷淡。

然而道河的举动却完全出乎了异彩的意料。他竟然毫不犹豫地越过阳台，奋不顾身地冲向了歹徒，此刻还在帮异彩寻找治疗脚伤的药。他明明冷若冰霜，却又是那样的温柔体贴。这微妙的反差反而更加刺激了异彩的神经。

他，到底是个什么样的男人呢？

道河取出需要的药物，再次单膝跪在地上。正当他打开乙醇消毒液的盖子时，忽然停下了手上的动作。

"有点儿过期了，不过用来消毒应该没什么问题。"

跟自己妥协之后，道河用棉棒蘸取消毒液，为异彩清理创面，还细心地涂好了软膏。一次性创可贴的大小不太合适，他又用绷带为异彩包扎了伤口。

处理完伤口后，道河压低嗓音道："最好去趟医院。"

异彩点了点头。她感觉被道河触碰过的脚有些发痒。只是伸出了一只脚而已，异彩却已经羞涩难当。她收拾好自己的表情，悄悄抽回被道河握在手里的脚。

"谢谢……"

异彩道了声谢谢，道河的表情却有些异样。异彩不解地歪了歪脑袋，突然发现道河的肩膀在微微抽搐。

"您受伤了吗？"

"没事儿。"

道河并没有直接否定，这也就意味着，他的确受了伤。异彩伸出一只手，将道河的脸转向自己。冷不丁地被人握住脸，道河瞬间僵住，异彩又用另一只手使劲儿按了按道河的肩膀。

发现道河不住地颤抖着肩膀，异彩突然加重语气：

"什么没事儿，您这不是受伤了吗？该去医院的应该是作家您吧？这样下去可不行，还是先去医院吧！"

"只是肌肉酸痛而已，不用大惊小怪。"

"可是……"

"这种程度就去急诊室的话，别人该看我笑话了。实在不舒服的话我明天会去的。"

道河放下没用完的绷带，云淡风轻地继续说道："坐着吧。我简单收拾一下。"

说罢，道河就开始整理起摆在地上的药物。

"我来吧。"

再怎么说也不能让受伤的救命恩人干这种活儿啊！想到这里，异彩立刻将道河手里的药抢了过来。她刚想把乙醇消毒液扔进垃圾桶，突然瞥见了瓶子上标示的生产日期。

是他看错日期了吗？

跟道河说的不一样，消毒液的保质期还有两年左右的时间。异彩重新将这瓶差点儿就被扔掉的消毒液放回了桌上。

"垃圾袋在哪儿？"

不知不觉间，道河已经卷起了沾有血迹的地毯。

"啊……那个，不需要保留现场吗？警察马上就来了。"

闻言，道河尴尬地停下了手里的动作。

"是啊！"

道河放下地毯，漫不经心地观察四周。他的视线越过书柜和装饰柜，朝向那张全家福。

"怎么了？"

"看看有没有可以留作证据的东西。"

"让您费心了，谢谢您。我好像一直在给您添麻烦呢！"

异彩再次道谢，道河尴尬地转过身朝玄关门走去，突然，他似乎意识到什么，停下了脚步。直到这时异彩才想起来，道河是从对面阳台翻越而来的事实。

"等一下。应该有拖鞋的。"

异彩一瘸一拐地走到玄关前，打开鞋柜，却发现里面只有几双女士高跟鞋。异彩好不容易从里面扒拉出一双三杠拖鞋，还恰巧是双粉红色的，而且鞋子看上去小得离谱，道河根本穿不了。

道河望着一脸难堪的异彩，平静地说道：

"等警察来了之后我再走。可能还需要我的陈述。"

"您说歹徒是按了密码进来的吗？"

报警二十分钟之后，姗姗来迟的两名警察才终于抵达现场。其中一名说要察看周围情况便出去了，另一名则站在玄关前询问起案件情况。

"对，没错。准确按下了密码。"

异彩点头回答道。侵入者分明是知道房门密码的。

"可能是熟人作案。还有谁知道密码吗？"

"这是我姐姐家,所以我也不太清楚都有谁知道密码。"

"您姐姐现在在哪儿?"

"那个,她去旅行了,国外旅行。去了有一周左右了。房子一直空着,我是今天才过来的。"

警察面无表情地在本子上随意涂写着什么。

"试着联系一下吧。"

异彩环顾四周,找到手机,立刻拨通了电话,但多彩并没有接。铃声没响几次便转到了自动应答系统。

"手机好像关机了。姐姐她本来就不怎么接电话。"

"嗯……门锁密码换过了吗?"

"嗯,换过了。"

振作起精神后,异彩做的第一件事儿就是更换密码。因为一时想不到合适的数字,便暂时换成了今天的日期——5月1日。

"做得好。您刚才说犯人戴着皮手套是吧?"

异彩回答"是",随即转过头凝视道河。亲自和犯人交过手的他应该比自己更清楚。

察觉到所有人的视线都集中到了自己的身上,双手抱臂倚墙而立的道河开口道:"是黑色的皮手套。还戴了黑色的帽子和口罩。他手里拿着刀,不过好像并没有要刺伤别人的想法。刀也立刻收了起来。我一出现,犯人就一心想要逃跑。"

警察用笔指了指杂乱的房间:"那这是怎么回事儿……"

"我想抓住凶手,和他发生了肢体冲突。"

闻言,警察皱起眉头:"那抡椅子的是……"

"是我。"

异彩诧异地挑了挑眉。不知为何,她总觉得道河似乎在偏袒强盗。应该是自己的错觉吧。

"嗯……戴着手套的话,应该没有留下指纹。"

警察仔细看过开着的房门,之后走入家中。见他注视起地板上留下的血迹,异彩立刻解释道:

"是我的血。我的脚受伤了。"

"看来得先去趟医院才行啊!什么东西碎了?"

"存钱罐。"

"怎么碎的?"

"啊,那个……"

异彩无法确认当时的状况。房里很黑,而且超出了对面阳台的可视范围。异彩含糊其辞,道河接着回答道:

"是我扔的。存钱罐砸中了侵入者的后背,掉到地上摔碎了。"

警察大致扫视一圈摔烂的椅子和碎裂的陶瓷存钱罐碎片。这时,出去查看周围情况的警察也回来了。

"入口的监控什么也没拍到。"

"行车记录仪呢?"

"今天恰巧没有车辆停在这附近。"

如此听来,这起案子似乎渐渐陷入了迷局。略感焦急的异彩小心翼翼地问道:"那凶手是抓不到了吗?"

"我们会尽力而为。"

警察只给出这样一句回答。就连异彩也觉得,仅凭目前发现的线索很难抓到凶手。

而且警察似乎并不认为这是什么大案,一直在罗列无法抓到强盗的原因。异彩也没有天真地幻想着能够立刻抓到强盗。尽管没有失窃,也没有人受重伤,可对方毕竟是个强盗啊!如果警方能够更加积极主动地调查下去就好了。

一名警察察觉到异彩的不快,干咳几声。

"请您锁好房门。我们会加强周边的巡逻,提取附近的监控录像展开进一步调查,到时候再联系您。那我们就先告辞了。"

警察刚下楼,异彩就探出脑袋查看起走廊,而后便关上房门。她呆呆地望向倚靠在爱尔兰餐桌旁的道河,眼神中带着些许埋怨。

道河率先开了口:"应该很难抓到犯人了。"

异彩莫名地觉得道河有些厚颜无耻。

她并不认为道河说了谎,但她的确对道河心存疑虑。也许是因为这个原因,她总是时不时地对一天之内救过自己两次的恩人投射出无礼的眼神。

道河站直了身子,突然把脸探了过去。

"有话要说吗?"

"啊?啊,没有。"

道河的脸一贴近,惊慌失措的异彩瞬间变得低眉顺目。

仅仅是近距离的四目相对就已经令她心跳不已。沉醉其中的异彩甚至快要忘了呼吸。她突然产生了一种荒唐的想法:再这样下去,说不定会窒息而亡。

道河率先移开视线:"那我先走了。"

"啊?哦……"

异彩这才后知后觉地想起要给道河找双拖鞋。她正想去卫生间拿拖鞋,却发现道河朝阳台走了过去。

"您要从阳台过去吗?"

"这样更方便。"

道河理所当然地回答道。闻言,异彩竟也跟着点了点头。比起光着脚走到一楼再爬上五楼,阳台可能是个更好的选择。

不知不觉间,道河已经走到阳台上抓住了栏杆。对面的客厅一角尽收眼底。一阵微风吹来,当啷作响的风铃声听起来格外响亮。

异彩也跟着道河走了出来,一边整理被风吹乱的头发一边凝视道河的侧脸。

"再见。"

道河更加用力地抓着栏杆,轻松地跨了过去。看他动作如此敏捷,肩膀似乎并无大碍。"真的,非常感谢。"

也许是听到身后传来了异彩的声音,道河回头看了过去。他的身影同那阵阵清脆的风铃声交融在一起,莫名的有种很遥远的感觉。

回到家,道河关紧房门,拉上窗帘,一屁股瘫坐在地。

"哈啊！"

肩膀处的疼痛感再次传来，道河不由得发出阵阵呻吟声。刚才还装作一副没事儿的样子，可这剧烈的疼痛简直让人无法承受。那张努力保持平静的脸瞬间扭成一团。闭上眼睛等待疼痛感退去的道河从裤子口袋里掏出一把短刀。

那是道河送给柳河的礼物，一把俄罗斯北冕猎刀。刀柄上刻有柳河的名字缩写和日期。

庆幸的是，异彩并不清楚这把猎刀的存在。猎刀本就是把限量款刀具，上面甚至还刻有名字缩写，如果被警方发现很容易锁定嫌疑人。

没错，闯入TOMATO公寓501号的强盗就是柳河。

从哪里开始出了错呢？

直到现在，只要一闭上眼，他的脑海里便会浮现出柳河的身影。他实在无法面对一味向自己发泄怨气的柳河，便与他断了联系。

时隔一年，道河再次听到了柳河的消息。"修复师郑多彩被杀案"轰动全国，柳河被指控为犯罪嫌疑人。警方展开了大规模的调查，却未能找到销声匿迹的柳河。

杀人案以未结案告终，道河正式开始寻找柳河。在这期间他找到了几条线索，其中一条就是TOMATO公寓501号。

柳河在消失之前一直执着于501号。为了能够清楚地看到TOMATO公寓501号，道河搬到了对面的Rivervill，并扩建了阳台。因为他有一种预感，柳河会再次出现在501号。

两年半后，柳河真的出现了。以强盗的身份出现在了501号。

这到底是怎么一回事儿？

道河用拳头捶打地板，将头倚靠在阳台的玻璃窗上。窗帘后的玻璃传来的阵阵凉意令他渐渐恢复了理智。

柳河生死不明的时候，道河只希望他能活着。不成想当他再次出现，竟成了强盗。

沦为杀人嫌犯的柳河一直处于失踪状态。然而道河并不相信他会杀人，他一开始就没有犯罪的理由。柳河虽然因为毒品事件被赶出了家门,但家里并没有断了他的零花钱。更何况他还从母亲那里继承了一笔相当可观的遗产。如果说这只是单纯的仇恨犯罪也未免有些奇怪。

柳河与受害人之间并没有交集。他们只见过一面。

没错,道河认为柳河"又一次"被冤枉了。不过随着时间的推移,他对柳河的信任发生了动摇。当柳河以强盗身份现身的瞬间,就连仅存的信任也土崩瓦解了。

道河站起身,拿起被他胡乱丢在沙发上的手机,在通话记录里找到标记为"LAN"的名字,拨通了电话。

"我是韩国最顶尖的情报商,走向世界、快如闪电的姜LAN。您好,孔道河顾客。"

电话那头传来一阵声音,这声音说好听点儿是活泼,说难听点儿就是轻浮。

为了寻找柳河,道河同时委托了三名号称全国最顶尖的情报商。而在这三人之中,LAN找到的情报最多。两年半的时间里,道河一直追寻着柳河的踪迹。

"柳河在TOMATO公寓501号出现了。"

LAN倒吸一口凉气。一阵惊慌失措的喘息声过后,电话那头再次传来了LAN的声音。

"尊敬的顾客,这怎么可能呢?"

"我遇见他了。他似乎想在501号找什么东西,遇害者的郑多彩的妹妹也回来了。"

"您是说郑异彩吗?"

LAN的声音突然低沉下来。看来他也觉得难以置信。那个神不知鬼不觉消失不见的女人居然回来了。要不是亲眼所见,道河应该也不敢相信这是真的。

"她现在就在TOMATO公寓501号。"

"不可能。我可是韩国最顶尖的情报商,走向世界、快如闪电的姜LAN!受您之托,光是TOMATO公寓附近就安插了十个眼线,至今都还没有接到过任何报告。"

"我见到了。"

"那——我确认一下。既然尊贵的顾客说见到了,那就肯定是现身了。我这就确认,没错,当然要确认才行。您大约是在几点钟见到孔柳河和郑异彩的呢?"

"柳河在三十分钟前,不对,在四十分钟前见到我之后就跑掉了。他戴着黑色的帽子和口罩,还戴了手套。遮得很严,应该没办法看清他的脸。我第一次见到郑异彩小姐是在晚上十一点左右。在那之前,她应该已经回到家里了,一副睡眼惺忪的样子。"

"尊敬的顾客,您不用担心。监控就是为了应对这种情况而存在的。分析完监控录像之后我再联系您。"

"应该还有郑异彩小姐今天报警的记录。是关于强盗闯入的内容,您帮我了解一下调查进展情况。强盗是柳河。柳河的确是在501号寻找着什么东西。"

"原——来如此。好的,这些内容我也会一并确认的。反正警察是找不到他的。您现在尽管把心放进肚子里吧!只要孔柳河开始行动,找到他就只是时间问题了。看来要增加人手了。尊敬的顾客,相关发票要以邮件的方式发送给您吗?"

"好的。"

"好!快如闪电的姜LAN永远与您同在。再见!"

电话一挂断,道河瞬间虚脱。对方虽然听起来很轻浮,却很有实力。他再次倚在阳台的窗户上,闭上了眼睛。

今晚似乎什么都做不了了。

正在休息室兼公共办公区内填写业务日志的异彩将目光转向窗外。出现在眼前的既不是窗外的博物馆,也不是映照在玻璃上的身影,而是道河那张若隐若现的脸庞。

"孔道河。"

异彩不自觉地呢喃起他的名字,一种莫名的感情正一点儿一点儿地敲打着她的心房。

"清醒一点儿。"

异彩用两只手打得脸颊啪啪作响。她打起精神重新写起业务日志,却在下一行写下了"孔道河"三个字。

"疯了,疯了。"

就在异彩不停地用笔画掉名字的时候,有人突然探头道:"你嘟囔什么呢?"

原来是和异彩同一批入职的博物馆策展人——珠雅。只见她拿着马克杯坐到了对面的椅子上。异彩推开业务日志,也拿起了马克杯。

"我也不知道自己在干什么。"

"行李都搬好了吗?"

"搬是搬好了,简直就是生死一线间啊!"

异彩说完也觉得自己并非言过其实。的确算是生死一线间。

"生死?"

"事情是这样的……"

异彩把从酒店到阳台上发生的事情全部告诉了珠雅。珠雅一边听一边发出各种感叹,异彩刚说完,她就立刻抛出疑问:"真人怎么样?真的有那么性感吗?"

"性感极了,比例也特别赞。"

"那后来怎么样啦?"

"就这样了啊?"

"就这么送走他?"

"不这么送走的话,你还想让我扑倒他吗?"

异彩"噗"的一声笑了出来。

"至少也得自然地要到电话号码啊!"

"我知道他的电话,互通邮件的时候交换过的。"

不仅如此,还通过电话,虽然并不是他直接打来的。

"那KaTalk[①]呢,看看他的KaTalk窗口。看了窗口就能大概知道他

---

① Kakao Talk 缩写,韩国免费社交软件。

是什么样的人了。"

珠雅两眼放光，伸出双手。异彩没有递给她手机，转而喝了口咖啡。

"没加KaTalk。"

"为什么不加！那你什么时候给他打电话啊？"

"打什么电话啊？"

异彩站起身，想要往空了的马克杯里添些咖啡。珠雅的视线紧随着异彩移动。

"有很多借口啊！感谢他请他吃饭？请他喝酒？"

"打住。人家应该不喜欢这样吧！"

异彩也认为应该好好向道河致谢才对。毕竟他算得上是自己的救命恩人了。她想过各种各样报答他的方法，却始终没有找到合适的方式。于是她只好暂时决定：先仔仔细细地审校他的稿件。

"所以你打算就这样结束这段艳遇？"

"什么艳遇啊！那种男人啊，仅供观赏，不适合恋爱。再说人家好像对我也不感兴趣。"

"不对，依我看啊，他对你感兴趣，而且是非常感兴趣。不要放弃，你可以的，加油。"

"行啦。还是量力而行吧！"

她的内心并非没有动摇。只是随时都会有一大帮女人往上贴的男人，实在让人倍感压力。把他当作阳台上养的花花草草，应该更有益于精神健康吧。

异彩将咖啡机里的咖啡全部倒入杯中，重新坐了回去。这时，身后突然传来了成洙的声音：

"咖啡！谁把我的咖啡喝光了！"

成洙发现空了的咖啡机，大喊出声。他拿着咖啡专卖店的保温杯，磨磨蹭蹭地坐到异彩身旁，然后打开杯盖，将杯子推了过去。

"喝吧，喝吧！"

异彩往成洙的保温杯里分了些自己的咖啡。

"你们聊什么呢？"

"聊异彩的艳遇。"珠雅给出了答案。

"真是莫名其妙,哪儿来的艳遇?她怎么会有艳遇啊?"

成洙喝了口咖啡,荒唐地笑着反问道。

"昨天在街上捡到异彩的孔道河作家啊,听说就住在多彩姐家的对面。这还不算完,昨天晚上家里进了强盗,那男的还翻过阳台救了异彩呢!"

听到"强盗"这个词,成洙迷离的眼神重新找到了焦点。

"强盗?伤到没有?"

"只是脚上受了点儿伤而已,没事儿。要不是那个人及时出现,我就出大事儿了。"

成洙一脸真挚地凝视异彩:"所以你就误以为他是对你有意思才救了你?"

这次依然是珠雅给出了答案。

"难道不是吗?现在这世道,谁会冲出来抓强盗啊?"

"也许人家充满侠义之心呗!"

"说是警察赶来之前一直陪着异彩,还给她处理了脚上的伤口呢!"

"看来还很有博爱精神呢!"

听到珠雅和成洙之间的对话,异彩渐渐有些不快。当事人还没说什么呢,这两个倒是闹得挺欢。

异彩刚要站出来表态,却被珠雅抢了先,她突然举起手大喊道:"我投艳遇一票!"

"可怜的灵魂啊,清醒一点儿吧!我们异彩的魅力还没有大到能让人家对她一见钟情、肯为了她豁出性命与强盗对峙呢!客观地想一想吧,那人写的电影剧本是谁主演的啊。是罗睿熙啊!知道罗睿熙的身材有多么纤细苗条、丰满性感吧?"

异彩终于爆发了。

"怎么了?我哪点差了!我这种程度也算是纤细苗条、丰满性感了吧!"

成洙望着尖叫的异彩,嘲笑道:"你是纤细苗条没错,但并不丰满性感。"

成洙说得句句在理，异彩无力反驳。

"把咖啡还给我。"

异彩刚一伸手，成洙便摇着头将保温杯高高举起。珠雅看着吵吵闹闹的两个人，不由得感慨道："真是万幸啊！我还以为你会很失落呢，没想到这么精神。"

"我为什么要失落啊？"

看到她的反应后，珠雅短叹一声道："原来你还没听说啊？"

闻言，异彩眨了眨眼。看来是有什么事情必须了解一下不可了。

"高组长他啊，和新来的实习生搞暧昧呢！"

这件事儿异彩也知道。就在昨天她还亲眼目睹两人在一起，她也因此才会喝醉酒，出了那么大的洋相。

"他跟谁搞暧昧关我什么事儿。"

话音刚落，珠雅立刻补充道："听说要结婚了。"

怎么可能。

"……来公司实习还不到三个月呢！"

"就是说啊。所以大家伙纷纷对你表示同情，整个博物馆都陷入了一片悲伤啊！"

在旁默不作声的成洙突然插话：

"哪个实习生啊？"

"业务支援组那个粉嫩粉嫩的'蕾丝蝴蝶结'。"

成洙将珠雅提供的线索组合在一起，念出了一个女人的名字：

"孝琳小姐？"

"啊，没错，是这个名字。"

"三个月就结婚？未婚先孕吗？"

"没，那倒不是。孝琳小姐在欢迎会上喝醉了，不是高组长送她回去的吗？听说一下就把对方扑倒了。"

"高组长？"

"不是，是孝琳小姐。"

"年轻漂亮，还这么有魄力。"

"是吧？说是迷上她这一点了呢。"

"即便如此，三个月也太离谱了。"

异彩感觉珠雅和成洙火上浇油的对话离自己越来越遥远。

男人和自己交往了三年却从未提起过"结婚"二字。这样的他却和一个只交往了三个月的女人约定结婚了。

珠雅瞟了一眼沉默的异彩，偷偷向成洙提议："我们也放风说异彩有暧昧对象吧。"

"她哪来的男人啊。"

"不就是个男人吗？编一个出来就是了。就说异彩和孔道河作家搞暧昧不就行了。两人一起玩水，还发生了一些身体接触。只是加了些'调味料'而已，并没有说谎呀！"

"一起玩水我明白，身体接触是指什么啊？"

"给她处理伤口的时候不是摸了脚吗？"

闻言，成洙立刻表示认同。

"没错，既然摸了脚，就是板上钉钉的事儿了。那我们就来拯救一下这座悲情博物馆吧。"

成洙气势昂扬地站起身，珠雅半信半疑地抬头看向他。

"不用担心，我会使劲儿添油加醋的。"

不知为何珠雅心里更加不安了。

异彩曾经叫他"润宇"，偶尔也会叫他"亲爱的"，而现在却只能叫他"高组长"了。

"高组长，您挡着路做什么？"

异彩看着堵在博物馆办公楼入口处的润宇，尖锐地问道。

夜幕降临，博物馆里只有他们两个人。

"一看见我就皱眉头吗？"

听到润宇的话后，异彩紧锁的眉头顿时舒展开来。异彩从容地微笑道："您是想给我请帖吗？该不会是让我参加您的婚礼吧？"

"你有男人了？"

异彩瞬间感觉自己挨了一棍，她不假思索地说出了心里话：
"疯子。"
"异彩。"
润宇哀切的声音使她回过神来。
"高组长，我们现在的关系好像不适合称呼对方的姓名吧。"
"我的确是要结婚了，但是我并没有忘记你。"
异彩再次感觉精神恍惚，这又是什么鬼话啊！
"咱们博物馆不是大韩企业财团旗下的吗？"
不知为何，异彩似乎能猜到他接下来要说的话。
"孝琳是大韩企业董事长的三女儿。"
果然不出所料，意料之中的结局反而令她觉得空虚。
"恭喜，梦想成真了。伯母应该很开心吧！"
心中的不快如实地写在了她的脸上。
"异彩。"
润宇的呼唤潜入异彩的意识，让她彻底摆脱了对这个男人的迷恋。她这才得以坦然地面对他。分手之后，他的眼神曾经一度使异彩动摇。
每每在博物馆与他相遇，他哀切的眼神似乎还在轻声细语地说着我爱你，以至于他和其他女人在一起的时候，使异彩受到了沉重的打击。
"你为什么要用那种痴情的眼神看着我？找到媳妇儿还不算完，现在还想找小三儿不成？"
"嗯。"
异彩终于体会到：原来就算没有落水也会窒息而亡。她忍受着这种窒息感，直勾勾地凝视眼前的男人。听到这种不着调的建议，他竟然连眼睛都没有眨一下。
"看来你是彻底疯了啊？"
"我很好，特别正常。我还看好了一间房子，你肯定喜欢。"
异彩交往了三年的男人竟然是这种人，原来他的心里真的怀揣着一个肮脏的梦想：和一个能满足家里期望的女人结婚，然后和异彩搞外遇。
"虽然没办法举行婚礼，但是我会尽我所能给你一切，尽可能地抽时间陪在你身边。如果有了孩子也可以生下来。"

异彩苦恼着应该做出什么样的选择。她既可以狠狠抽打眼前的男人,对他破口大骂,也可以扮演悲情女主,哭泣着埋怨他。

然而这两种选择都不合她的心意。

异彩想让他知道,现在的自己不会再被他动摇。异彩直视眼前的男人,尽最大努力展露出美丽的微笑。

"对不起,我刚开始一段新恋情,您还是找找看有没有其他女士愿意接受您的条件吧,高组长。"

润宇伸出手指用力按住额头,突然抬眼看向她。

"你是说孔道河吗?"

异彩正纳闷儿润宇为什么会突然提到那个人,突然想起了珠雅和成洙议论的"调味料",可真是两个小可爱。想到他们两人已经到处放了风,异彩愈发从容地微笑道:"知道的话您就不该这样做啊!您好像还是对我很感兴趣的样子,最好还是断了这个念想吧。这让我很不自在,而且很不爽。"

"你忘不掉我的。"

闻言,异彩瞪大了眼睛。不过她很快又放松下来,接着说道:"我已经忘了,真不明白您为什么会有这种想法。"

"因为我忘不掉你。你现在当然会拒绝我了,但是今晚、明晚还有后晚,你都会想起我的。终有一天你会主动联系我的。"

"麻烦您给我滚开。"

异彩似乎不想再搭理他,带着清爽的笑容从男人身边走了过去。

他说的没错。今晚、明晚还有后晚,异彩都会想起这个男人。但是主动联系他是不可能的,绝对不可能。

好想妈妈啊!

妈妈的小吃店——"金枪鱼天国"还没打烊。要不要来碗金枪鱼方便面,再吃点儿金枪鱼紫菜包饭和金枪鱼拌饭呢?还是算了吧。吃这么多,妈妈又该担心我出什么事儿了吧。

夜幕降临,异彩朝公交车站走了过去。

她抬起头看向车站电子屏,要乘坐的29路汽车离站点还有一站的距离。异彩呆呆地望着电子屏上变换的数字,渐渐红了眼眶。

当29路汽车抵达站点、车门打开的那一刻,她的眼泪夺眶而出。

台灯映照下的细长玻璃杯在异彩的指尖闪闪发光。她一口吞下满杯的烧酒,又握住了桌上的酒瓶。酒瓶上似乎还残留着凉意,凝结在表面的水珠咕噜噜地向下滚落。

异彩因此还差点儿哭了出来。好不容易忍住泪水,她试着倒出剩下的酒,却只倒出来几滴。

"谁把我的酒喝光了?!"

滚落在桌边的三四个酒瓶里空空如也。

"好闷啊!"

异彩解开一颗衬衫纽扣,从手机里删除了直到刚才还一直盯着看的照片。连同曾经爱过的男人,也一并被她从人生里删除了。

她曾以为失去他就失去了一切,她的人生曾经被他填满。但她已经明白:即便真的失去了他,自己也依然能够活下去。

异彩猛地站起身,拉开了窗帘。她走到阳台上,冲坐在对面阳台上的男人大喊道:"老板,再来一瓶烧酒。"

道河瞬间无语。异彩喝得酩酊大醉,抓着栏杆跟跟跄跄。

"您喝醉了。"

"所以不卖给我是吗?我再喝一瓶就走,就一瓶。啊,酒,给我酒。就一瓶。"

从各个方面来看,她都是个烈酒一样的女人啊!

"给我酒。酒!"

异彩扯着嗓门儿嚷嚷着要酒喝,吵闹得很。

除非她立刻消失不见,否则应该很难继续在阳台上工作了。柳河再怎么大胆也不会连续两天闯入同一间房子的。所以,他今天极有可能不会再来501号了。

盘算一番之后,道河合上笔记本,拔掉了电源线。见他收拾起座位,异彩急忙说道:

"知道啦,知道啦!老板看我只喝酒不点菜生气了啊?我这就点个下酒菜,您就给我来瓶酒吧。我今天真的很想喝酒。喝醉了才撑得下去啊!"

"喝酒是您的兴趣爱好吗?您知道现在几点了吗?"

道河生硬地说道。

当然,她是绝对不会恭恭敬敬地道个歉,然后乖乖回到屋里去的,毕竟她已经喝醉了。

果不其然,异彩将胳膊搭在阳台栏杆上,坦白道:"老板,我刚才碰见那个浑蛋了。他跟我说新交的女朋友是大韩集团董事长的三女儿。都要结婚了的人了,还对我死缠烂打。"

道河拿着笔记本站起身。他对别人的恋爱史并不感冒。正当他打开阳台门想要回屋的时候,突然停下了脚步。

"他说想和那个女人结婚,跟我搞外遇。还说要给我买房子。跟我说如果想生孩子就生下来。生下私生子是想怎样啊,真是个浑蛋!"

闻言,道河的表情瞬间阴沉起来。

"我竟然爱过这种不可回收的垃圾。"

道河没有理会她的牢骚,径直坐到了客厅的沙发上,却实在没办法不去在意她的存在。时间指向凌晨三点,异彩大喊"老板,酒!"的声音响彻了整个小区。

还是老样子啊!

道河自然而然地想起了第一次见到异彩时的情景。那个喝醉酒趴在便利店门口的女人和这个在阳台上耍酒疯的女人之间似乎没有任何差别。

她怎么会突然现身呢?这期间她究竟去了哪里?

突然出现的异彩让道河停滞的生活再次运转起来。道河从沙发上站起身,走向葡萄酒储藏室。他漫不经心地拿起一瓶红酒又放下,确认起度数较低的白葡萄酒和低泡红酒的标签。

没过多久,道河便拿着一个酒杯走到阳台,酒杯里装着半杯酒精浓度为2.9%的白葡萄酒。

"拿着吧,酒就只有这些了。"

异彩伸出胳膊接过道河递过来的酒杯,笑嘻嘻道:"我没点葡萄酒啊！老板！您这是看我喝醉了，想趁机宰我吗？！哎呀，我可是这里的常客。"

"就当是免费赠送的吧！"

"哦！老板！您好像变帅了呀。个子好像也高了一些。有什么秘诀吗？"

"明天早上您就知道了。"

酒醒之后想起这一刻的她会露出什么样的表情呢？

"明天一定要告诉我哦！"

道河嘴角一斜。

异彩一边摇晃酒杯一边闻着香气。

"好香啊！"

异彩一饮而尽，把杯子递了回去。

"麻烦您再给我一杯，就一杯。"

无可奈何的道河又回屋拿来了酒瓶。他接过异彩递过来的酒杯，倒了些葡萄酒后又将酒杯重新递了过去。这半夜三更的，到底在干什么呢？

"昨天应该吓得不轻呢，今天还在那儿睡吗？"

异彩端着酒杯，盘腿坐在了地上。

"本来想去我妈那儿的，我怕我看见妈妈会哭出来，所以没法儿去。我一哭，妈妈也会跟着一起哭的……"

听到异彩的呢喃，道河的眼神变得犀利起来。

她和家里有联系？

道河不由得抓住阳台栏杆。要问的事情还有很多。

"这些日子为什么要藏起来呢。是不是在躲谁？"

道河试探性地询问异彩，却没有得到答案。异彩的身体慢慢倾向一侧，就这样躺在了阳台上。

"……郑异彩小姐？"

她的肩膀上下起伏着，看来是睡着了。道河怅然若失的站在阳台上。

正值春夏交替的季节，在阳台上睡一觉倒不至于被冻死。可即便如此，道河也没办法对她视而不见。

"起来啦，郑异彩小姐。不可以在那里睡觉的。"

道河大声呼喊，醉醺醺的异彩却没有任何反应。

"郑异彩小姐？"

任凭道河再怎么呼唤都没有丝毫作用。深更半夜的，再这么喊下去就该扰民了，况且现在也根本叫不醒她。道河轻叹一声，拿来靠枕和膝盖毯，翻越了阳台。

他把靠垫放在异彩头下，又给她盖上了毯子。

"睡这么死，被人掳走了都不知道吧。"

异彩本能地拉了拉毯子，将毯子盖到了脖颈处。毯子并不长，往上一拉，她受伤的脚便露了出来。伤口处没有贴任何东西，似乎也没有去过医院。

莫名有些担心的道河看了看她的脚底，而后站起身道了声"晚安"。

虽然他也不知道异彩能否在阳台上睡个好觉。

把她抱到床上并不是件难事儿，但道河并不太想进入房里。

他再次翻过阳台，回到自己的屋里。原本打算在客厅里继续工作的道河怎么也集中不了精神。他满脑子都是醉酒入睡后可能会发生的各种危险状况，无奈之下只得又一次来到阳台。

不对，这不过是借口罢了。道河在意异彩，还有柳河。

柳河为什么会再次出现在TOMATO公寓501号呢？是否与她回来有关呢？

他重新连上笔记本的电源，注视起熟睡中的异彩。她眼角挂着的泪珠紧紧地吸引着道河的视线。原本想要问出口的话在嘴边打转，又咽了回去，道河转而将视线移到了笔记本上。

阳光越过阳台栏杆，洒满了异彩的脸。感到不适的异彩翻了个身，盖在身上的蓝色毯子慢慢滑落下来。

好冷。

怪不得指尖这么凉，原来是指尖碰触到的某个又硬又冷的东西正在夺走她的体温。不仅仅是指尖，后背也凉丝丝的。

异彩睁开惺忪的睡眼，露在柔软毯子外面的手正放在阳台的瓷砖上。感觉到凉意的异彩蜷缩着身子将毯子往上拽了拽。只是短短的毯子无法完全包裹住异彩的身体。

异彩想发脾气，又觉得有些奇怪。瓷砖？而且她的眼前还隐约出现了一个东西。

红酒杯？

待视野逐渐清晰起来，异彩这才意识到自己正躺在阳台上。

异彩注意到身上盖着的毯子，发现并不是自己家的东西。她抓起毯子仔细察看，突然打了个大喷嚏。

"阿嚏。"

就在这时，异彩的视线刚好撞上了阳台对面的男人投来的目光。

"醒了？"

低沉的声音使异彩从蒙眬中清醒过来。逐渐清晰起来的视野中出现了道河的身影。

异彩脸上的表情突然拧成一团。虽然酒劲儿还没过，脑袋仍然晕晕乎乎的，但她已经想起了自己昨晚向道河讨酒喝的丑态。

昨天晚上的异彩可是这片小区的疯女人呢！

疯，疯了我，就算疯也该疯得美一点儿啊！

道河察觉出异彩内心的慌张，故意开了句玩笑："看来您已经知道酒馆老板'变脸'的原因了。"

"啊，那个。"

见异彩惊慌失措到红了脸，道河扬起了一侧嘴角。

"对不起——"

异彩惨叫般地道了声歉便逃进屋里去了。关上阳台门之后，羞愧感如海啸般向她涌来。她甚至想逃离地球。

修复二组所使用的修复室位于办公楼的尽头。由于目前组长的位置空缺，暂由成洙和异彩两个人使用这间修复室。虽然组员较少，但好在异彩和成洙都是乐天派，所以大多数情况下修复室的气氛都是其乐融融的。

大多数情况下是这样的。

"哦啊啊！"

成洙在十万块石头碎片前发出一声惨叫。这些碎片长度还不足

1cm，就算将它们全部拼在一起，乍看之下也似乎拼不出一尊石佛像。

石头碎片旁放着一张A4纸，上面印有推断出的石佛像原貌图。修复预测图以前由修复师亲自绘制，现如今使用电脑便可以完成这项操作，而且还是3D立体式的。

异彩正坐在成洙旁边的办公桌上使用显微镜。她盯着由檀香木制成的十四面骰子——酒令器具看了一会儿，不禁叹了口气。

展现新罗人饮酒习俗的酒令器具上刻有罚酒规则。本来就被宿醉折磨得死去活来，现在还要观察罚酒规则，异彩的胃里一阵翻江倒海。

首件酒令器具于1975年在庆州雁鸭池（月池）附近出土，然而该酒令器具在文物保存处理的过程中被烧毁，只留存下了复制品。异彩正在修复的这件是最近出土的。有趣的是这件酒令器具与首个出土的酒令器具上刻有相同的处罚规定。

其中，禁声作舞（无伴奏跳舞）、屈臂则尽（喝交杯酒）、三盏一去（连干三杯）等处罚规定感觉就像是现代人制定的一样。

还连干三杯，只是想一想就又是一阵翻江倒海。异彩又长叹一声。

"博物馆都要塌了，别再叹气了。"

成洙责备道。异彩的叹气声让他没办法集中精力。

"我有吗？"

"我还以为地都要塌了呢！"

"塌了才好。"

"怎么，想钻进地里去啊？"

"真能那样就更好了。"

成洙将手中的石头碎片整整齐齐地放在桌上，然后拉着椅子来到异彩身边。

"出什么事儿了？"

异彩又叹了口气，面向成洙道："昨天高组长在博物馆门口等我来着。"

"要给你请帖？"

"不是。他说自己的确是要结婚，但是还想和我一起生活，一本正经地劝我做小妾来着。"

听到这话，成洙那张带着嬉笑的脸瞬间扭曲起来。他用口型把那些没办法骂出口的脏话骂了个遍。

"好吧,你叹气吧。叹十次、一百次都行。"

见异彩没有回应,成洙继续说道:"准点下班,去喝一杯怎么样?"

"我昨天都喝成狗了。今天再喝的话说不定会咬你呢!"

异彩抓着成洙的胳膊佯装要咬他的样子。

"咬我也行,只要你叫我一声姐夫。"

"打住,不需要。"

说罢,异彩转过身一头趴在了桌子上。

她感觉所有的一切都没有了意义。真希望地能塌啊!就这样把所有的一切掩埋,千年之后再挖掘出来。这样至少还能有些考古价值。

成洙对着异彩的后脑勺说:"嗯……这种时候不该说这种话的,不过我还是多嘴问一句好了。现在是三点四十分,距离开会还有二十分钟,你的日志都写好了吗?"

闻言,趴在桌上的异彩腾地坐起身来。她打开日志,开始飞速地写着什么。

"好累。"

异彩拖着如同吸了水的海绵一样无力的身子往家走。走上楼梯看到了她现在的安乐窝501号的门牌。

她将装有食材的塑料袋子放到走廊上,按下了大门的密码。在听到电子锁开启的声音后,她再次提起塑料袋子,却无法轻快地走进家门。

"里面应该不会有人吧?"

强盗炯炯有神的眼睛以及银色的短刀在她眼前浮现。昨天晚上精神状态不好,似乎没多想就进去了。

但也不能一直这样抓着大门站在这里。异彩进入屋内,挥动手臂点亮了玄关处的感应灯。明亮的灯光将屋内照亮,这时异彩才稍微安心了些。

异彩在确认完厕所内侧、水池和衣柜里面之后才躺到床上。

"好累。"

疲劳和宿醉同时袭来,让她的身体沉重不已。异彩爬进被子里,瞟了一眼放在阳台前的晾衣架。上班之前洗好的毯子和坐垫套已经晾干了。在梳妆台上孤零零地放着一个红酒杯。

"应该还回去。"

但是没有勇气打开阳台的门。

"回头跨过阳台悄悄地放回去？那样更可笑吧。"

异彩用被子搓了搓脸，站了起来掏出购物袋把红酒杯放了进去，然后站在了晾衣架的前面。因为洗的时候放了很多纤维柔软剂，因此毯子散发出浓浓的玫瑰香。

异彩将毯子和坐垫放入购物袋中，然后轻轻地打开了门，俗话说得好："早死早超生。"

他今天也是在阳台工作，为什么放着这么宽敞的房子不待，要在阳台工作呢？异彩干咳了一声，道河抬起了头。

异彩恭恭敬敬地递出购物袋，似乎在他面前便会变得恭敬起来。

"不好意思，昨天胡闹了，我有些不正常，总之很抱歉。"

道河接过购物袋扬起嘴角笑了笑，现在正好需要她。

"你的胃没事儿吗？"

声音非常亲切，一点儿也不像他。

"是的……"

异彩更不敢大声说话了。

"突然停电了，我现在要用笔记本，这个就拜托你了。"

道河边说边拿出一个插线板。

"停电？"

异彩这时才意识到对面楼停电了。

还好有路灯两人可以互相看清对方的脸。异彩接过插线板的插头插在了床边的插座上，并打开了阳台的灯。

"随便用，今天我不会妨碍你的。"

异彩说完之后悄悄地关上了阳台的门，但因为插线板的电线而无法完全关上。异彩将门打开了一个适当的缝隙，然后像回屋里消失了。

"真是万幸。"

自然地将毯子和红酒杯还给了他，还把电借给了他，稍稍报了一下恩。

现在只剩下打扫了。强盗弄乱的地方已经清理过了,现在眼前的一片狼藉是异彩昨天晚上弄的。

"应该把酒戒了。"

连续喝了两天酒感觉胃不太舒服。

异彩将空瓶子放入可回收垃圾袋中,然后用吸尘器开始清扫。本以为都清理干净了,但在角落里依然能找到500韩元的硬币。异彩在床头柜上把硬币堆得像个小塔一样,感觉只要一碰便会哗啦啦地倒塌。看来明天一定要买一个存钱罐,千万不能忘。

在整理完一直拖延没清理的冰箱之后,心情好了很多。

异彩拿出锅倒入水,虽然中午的时候拉着成洙去喝了醒酒汤,但胃里还是不舒服。异彩准备好了一盒金枪鱼和一包方便面等待水开。她似乎考虑了些什么,悄悄向阳台走去。

"我要吃方便面,要一起吃吗?味道保证好吃。"

道河将视线从笔记本上移开,脸上没有任何表情。异彩觉得是不是不该问,当她尴尬地想转过身的时候,听到了一个低沉的声音。

"好的。"

"稍等。"

异彩快步回到微波炉前,又加了些水。她打开碗橱又拿出了一包方便面,然后习惯性地开了一盒金枪鱼罐头。水立刻开了,她在沸腾的水中放入了方便面调味料和半块金枪鱼。

异彩看着沸腾的锅,想起"来吃方便面"这句话可能会让人产生误解,感觉自己真是疯了。

"他不会有所误解,突然变成……禽兽吧。"

和那个致命的男人孤男寡女待在酒店房间时也没发生什么。虽然因为酒劲儿没有意识到,但当时异彩洗完澡,连头发都是湿漉漉的,而且连衣裙又紧又短。即便如此他也没有对异彩展现出丝毫兴趣,只是询问了有关修复的相关问题,然后像风一般消失了。

想起那里特有的慵懒气氛以及他似乎带有些许不耐烦的声音,感觉心情变得有些微妙。酒店里的道河和阳台对面的道河感觉明显不同，是因为地点在酒店才会有那种感觉吧。

异彩看到漂在方便面汤上的金枪鱼油之后才意识到糟糕了。金枪鱼方便面是一道有些人会极其喜欢，有些人会极其讨厌的料理。

"如果不合他的口味怎么办？刚才还夸下海口说保证好吃呢。"

刚把团在一起的面弄开，香味便伴随着"咕嘟咕嘟"的声音扩散至整个屋内。

异彩在面煮至半熟还有些硬的时候，将面分装在了瓷碗中。

异彩将碗和筷子放在餐盘上向阳台走去。她将其中一碗放在自己的茶几上，然后凝视对面的阳台。虽然没有多想就盛在餐盘里了，但没办法把它递到阳台对面，一碗方便面要比插线板重多了。

异彩发呆地低头看着餐盘，道河则站了起来，用手抓住阳台的栏杆一下子就跨了过来。

造访别人家时一般都会在门前按门铃，但道河选择了其他的方法。虽然异彩有些许惊讶，但从道河的立场上来看这是更优的选择。如果"柳河"看到他在异彩的家中进进出出，应该再也不会出现了。

异彩下意识地向后退了一步，略显慌张地说道："啊，嗯，没想到你会这么过来。"

"感觉方便面要坨了。"

道河不以为然地换了个话题。异彩也对方便面坨了就不好吃了这一真理表示同意，她将装有方便面的碗放在茶几上，坐到了道河的对面。

"如果觉得不好吃的话可以直说，还有很多方便面。"

"闻起来很香，我开动了。"

异彩看着将一筷子方便面送到嘴边的道河咽了咽口水，道河感觉到了异彩的视线，表情毫无变化地又吃了一筷子。

"不合你的胃口吗？我再重新煮一次？"

作为招待救命恩人的饭菜实在是太寒酸了，如果还难吃的话那就太过意不去了。异彩悄悄推开椅子正准备站起来的瞬间，道河抬起头眼睛弯弯地笑了起来。如此充满戏剧性的表情变化足以让人心动。

他确实是一个不利于心脏健康的男人。

"很好吃,为什么不吃?"

"吃,要吃。"

异彩匆忙地将脸埋在方便面碗里。

"是把金枪鱼放进去一起煮的吗?"

"是的,这是我们家的人气料理。"

"人气料理?"

"嗯,我妈妈开了一家名叫'金枪鱼天国'的小吃店。有金枪鱼方便面、金枪鱼紫菜包饭、金枪鱼饭团、金枪鱼炒饭、金枪鱼拌饭这几种。金枪鱼方便面卖得最好。"

这些事道河也知道,在关于郑多彩的报告中包含这些内容,虽然不知道是这种味道。

"为什么所有料理都放金枪鱼呢?"

"因为去世的爸爸喜欢吃金枪鱼。"

道河发现异彩的微笑背后隐藏着痛苦,为了给她一些收拾心情的时间,道河将全部精力集中在方便面上。

无意间破坏了气氛的异彩学着道河将面往嘴里送。虽然气氛有些沉痛,但金枪鱼方便面的美味却刺激着味蕾。

一直默默吃方便面的异彩感受到道河的视线抬起了头,因为与他平静的眼神相对,感觉气氛沉默得有些尴尬。又不能突然讲一个笑话,巧妙地转移一个话题应该是最好的选择。

"你只写悬疑故事吗?"

"是的。"

斩钉截铁的回答,虽然很难继续说下去,但异彩没有放弃继续引导着对话。

"因为我不读悬疑故事,不喜欢提心吊胆的内容,也讨厌主人公和周边人物发生不好的事情。"

"那你喜欢什么题材?"

"我喜欢温暖的故事,不限于题材。那种没有任何波澜,平静温暖的人间故事。"

"这种故事一般没有什么人气啊！"

"没错，我喜欢的都卖得不好。"

异彩嘻嘻地笑了起来。

"但也需要这样的故事。"

道河低沉的声音划过夜晚的空气，听起来非常悦耳。

其实道河并不是为吃方便面才过来的，方便面只是一个冠冕堂皇的借口而已，他的目的是询问一些事情，因此东一句西一句地附和着异彩说的话，但很难找到说话的时机。此前因为采访的关系了解到她有多爱自己的姐姐。

道河默默地把方便面吃完，他的这一举动让异彩很开心。道河刚放下筷子，异彩便迫不及待地问道："餐后甜点来杯咖啡怎么样？因为停电所以提供特别服务，虽然只是速溶咖啡。"

"我也喜欢速溶咖啡。"

"稍等一下。"

异彩回到屋里，道河还待在异彩家的阳台。

在屋子空置的时候，柳河从来没有出现过。异彩回来的当天他便出现了，看来一直在监视这里。因此一定要慎重，若她感到不安而再次消失的话就麻烦了，有很多事情需要通过她了解。

道河听到清脆的风铃声回头一看，看见异彩手拿两只马克杯站在那里。她将左手拿着的马克杯递了过来。

他在接过马克杯时指尖轻轻掠过，稍稍碰触到的皮肤让人觉得痒痒的。

"谢谢。"

咖啡的香气拂过鼻尖，道河喝了一口，虽然只喝了一点儿，但一股甜蜜略带苦涩的味道迅速弥漫在口中。虽然是没什么特别的速溶咖啡，但道河却感觉比他平时喜欢喝的牙买加蓝山咖啡还要香浓。

异彩先是看着他喝，然后自己也将马克杯送到嘴边，感受到了带有咖啡香气的微风，抬头看向夜空。

真是香气弥漫的时光，异彩稍微欣赏了一下夜空，然后将视线转向道河。

"肩膀没事儿了吧？"

他耸了一下肩膀。

"我都忘了自己受伤了。"

在道河说完话的瞬间，异彩的手机响了，是多彩发来的短信。之前异彩发短信告诉她进强盗了，这是回信。

——没事儿吧？没受伤吧？

异彩用眼神向道河求得谅解，然后迅速输入短信。她回信道脚受了轻伤，多亏住在对面的男人帮忙，没什么事儿。

——没丢什么吧？

——虽然他翻了姐姐让收好的箱子，但是没拿走什么。厨房前面的毯子太脏了我给扔了，除了砸烂了一把椅子之外没有什么损失。

因为不想让多彩担心，异彩特意在发信息时使用了活泼的表情。

——真是万幸，差点儿出大事儿。

——你什么时候回来？还要很久吗？

——我要找东西，找到的话就回去。

——知道了，那也要给朴女士打个电话。

——什么朴女士？

——你中暑了吗？让你给妈妈打个电话，她很担心你。

——啊，我现在要出去了，以后再联系。

异彩和多彩结束对话之后，感觉心情很奇怪。有一种隔阂横在那里，但也说不出到底哪儿有问题。在她反复摆弄手机时，门铃响了。

异彩歪着头向大门走去，这时道河的表情突然僵硬了，他担心是不是柳河又来了。他将阳台门稍微打开，听到异彩似乎在和谁吵架。

没过多久异彩面如死灰地回来了，但从她嘴里说出的话却远远偏离了道河的预想范围。

"做我一个小时的男友，不，三十分钟就可以。"

贰 让人停止心跳的男人

他红了眼眶。异彩明白其中定有什么缘由,于是悄悄移开视线。看起来刀枪不入似的,却突然显现出软弱的样子,这可是犯规。

润宇看着501号的大门，扑哧笑了出来。异彩说自己和其他男人在一起，让他回去，但润宇并不相信，他认为这只是异彩为了推开自己而编造的谎言。

　　因此在听到让他等着这句话后爽快地点了头，很好奇她要怎么做。虽然现在她把自己当作疯子，一直推开自己，但润宇相信她马上就会遂了自己的意愿，他也有信心让她这样做。

　　但她的家中真的出现了一个男人，而且是"孔道河"。在润宇晃动的瞳孔中饱含"这是真的吗"甚至是"这不可能"的神色。

　　这么晚邀请一个男人来家里，意味着两人的关系并不是单纯往来见面的关系。润宇意识到博物馆内盛传的传闻是真的，表情立刻扭曲了起来。

　　"你是谁？你们俩在干什么？"

　　异彩绽放出了灿烂的笑容，用甜美的声音说道："你觉得像在做什么？在晚上会玩赛赛赛吗？高组长也认识道河吧，你不是喜欢道河的书吗？"

　　"你要这么做是吧，很好。我是高润宇，看来要失礼了。"

　　站在异彩身后的道河稍稍点了一下头，像是想看看他到底要怎么失礼一样，视线很傲慢。

　　润宇与道河四目相对，感觉有一种败下阵来的感觉，想要再瞪大些眼睛，但异彩挡在了他的前面。

　　"失礼就到这里吧！已经足够失礼了，现在可以走了。"

　　润宇因为异彩这种态度而感觉心情更加不好了。异彩一直站在大门前阻止润宇进入屋里。一种深深的挫败感笼罩着润宇。

"你怎么能这样对我?"

异彩看到他这种反应扑哧笑了。

"对,当然能这样,如果确认好了现在就走吧!"

因为他固执地赖在那里不走,所以异彩才会给他开门。只是担心任他胡闹隔壁邻居会叫警察才打开了门,并不想让他走进屋里一步。

"让这个男人走,我们谈谈。"

"现在要离开的人是高组长你,我有一个小期望,希望你能对我说敬语。"

"我不是说我有话要说吗?"

道河双手环胸注视着眼前发生的情况,异彩发酒疯时提过的"浑蛋"现在就在眼前。这种程度的浑蛋实在罕见,都可以把他写进小说了。

"有意思。"

一直袖手旁观的道河放下了胳膊,抬起左手环住了异彩的腰,感觉异彩因为过于惊慌而屏住了呼吸。

异彩转动眼球看向道河,嘴微微张开。但道河并没有表情,异彩脸红了起来,再次看向前方。

虽然异彩很震惊,但润宇似乎更加震惊。看到润宇惊恐万分的表情,异彩才真实感受到自己被道河抱在怀中。异彩荒唐地拜托道河做自己三十分钟男友时,道河的回答是"十分钟"。当时异彩只是恳求他站在自己旁边就好,没想到他会如此积极。

"无论如何。"

道河一边开口一边将异彩拉近了一步,感觉到异彩再次出现呼吸困难后接着说道:"即便有重要的话要说,这个时间找来家里不是失礼而是无礼吧?"

道河的脸上浮现出明显的嘲笑。

看到润宇的脸一阵扭曲,呼吸再次恢复正常的异彩也没有错过机会,她慢慢地笑了起来,然后轻轻地将脸倚靠在道河的胸上。

"这位本来就不懂礼貌。"

"如果没有特别要说的,就请回去吧,我们正在度过有意义的时光。"

那一瞬间润宇的瞳孔有一丝残忍之色掠过。他退了一步,尽可能露出最为惆怅的表情。

"我先走了。如果不是家里反对,我应该已经和你结婚了,这是我想说的。"

异彩一时语塞,润宇凝视着僵硬的异彩又说了一句话。

"不要耍她玩儿,她是一个可怜的孩子。"

连收尾都是如此。

如果异彩和道河真的是恋人关系,至少是搞暧昧关系的话,那他说出的话应该会成为最好的报复。他走了之后,两人最终肯定会吵起来。

异彩看着润宇苦笑起来,润宇的表情似乎已经获得了胜利,但很可惜他输了。因为异彩和道河没有任何关系,对异彩的攻击并不会起到效果。

"真让人寒心。"

原来是这么差劲儿的一个人。

异彩因为曾爱过他而感到羞愧,羞愧到脚趾都缩到一起的时候,道河再次开口。

"在和你交往的时候应该是这样,但和我交往的时候并不是。"

他到最后都充分扮演好了男友这一角色。

"走着瞧就知道了。"

润宇就这样转身下楼了,异彩注视着他并不美好的背影。

"你真是太没有选男人的眼光了。"

道河的声音让异彩回过神来,因为海啸般涌来的羞愧感让异彩摆弄起了手指。

"我也知道,看来我的眼睛长在脚趾上了。"

"在它该在的位置长得很好啊!"

道河看着异彩的眼睛笑了起来。异彩莫名地感到害羞，避开了视线。

"都说只有分手之后才能知道这个男人到底怎么样。"

"也许是吧！"

虽然说了一个不合时宜的玩笑，但道河的心里并不舒服，其实他感觉自己有些过分了。可能是因为从异彩的口中听到了那个小三儿的提案吧。

"啊，嗯，那个，能不能把这个……"

耳边传来了异彩慌张的声音，这时道河才意识到自己的手还搂着异彩的腰。

道河松开手，似乎是为了避免尴尬快速向阳台走去。

"谢谢，今天又妨碍你了。"

异彩说完之后发现道河已经跑到很远的地方了。他一次头也没回，便越过栏杆回到了自己的空间。他的手曾经碰触过的腰间有些发痒。

"又'嗖'的一下走掉了。"

总是这么一走了之，为什么又热情帮忙呢？

"让人莫名地感到紧张。"

异彩看着因为插线板而无法关上的阳台门，然后将手伸向塔罗牌。

"又是水啊？"

要小心的东西是水，获得帮助的东西是水，连爱情运都充满了水。结果像是要发大水一样。在整理塔罗牌时，异彩似乎听到了自己的名字。

抱着不确定的想法异彩打开了阳台门，看到道河站在外面。

"你叫我？"

"接着。"

道河递过来一个透明的塑料存钱罐，是作为图书活动奖品制作的存钱罐。

"这是什么？"

"你的硬币还在滚来滚去，因为存钱罐是我打碎的，正好还有富余的。"

异彩用双手恭敬地接过来,道河再次回到屋里。还站在阳台上的异彩低头看着手中拿着的存钱罐。是一个长得似熊、似水獭,又似狗的动物。虽然仔细看了半天,但无法知道它到底是什么。

"你到底是什么?"

回到家中的异彩将存钱罐放在床头柜上,并将凌乱地堆在一起的硬币一个一个放进去。硬币相互碰撞发出清脆的声音令人心情舒畅。随着存钱罐内硬币积累得越来越多,异彩心中也逐渐涌现出某种感情。

汽车的鸣笛声响彻了黎明时分的胡同。润宇把头砸在方向盘上,鸣笛声响个不停。虽然有人高喊"吵死了",那叫喊声却也完全被淹没在鸣笛声里。

"这不可能。"润宇从没想过,会有别的男人站在异彩身边,即使是他迫于家人的反对而单方面通知她分手的时候,即使是他正准备和别的女人结婚的时候。

而且那人竟然是孔道河。

单是想象一下他牵着异彩的手,吻着她的唇,把她拥在怀里,润宇就要发狂了。一想到那总是先伸出的娇嫩的手,还有那熟悉的香气、灿烂的笑容,他的内心更是一阵动荡。

润宇把头靠在汽车的座椅上,吵闹的鸣笛声这才停了下来。

"我得追回来。"

他在等道河下楼。

他觉得有必要让他知道,自己和异彩还没有结束。想破坏交往没多久的男女关系,方法可是多得很。

润宇从车上下来,抬头望着TOMATO公寓。清晨的风还很凉。501号的灯已经熄了多时,但道河还没下来。

润宇直到太阳升起后才离开。

若从博物馆出发,步行十分钟左右,便可看到有家名叫"弘益书店"的大型书店。异彩下班后径直朝那儿走去。异彩说过自己不读惊悚小说,但她很好奇道河的小说到底写了些什么内容。在书店里,道河的小说并不难找,书店入口处就设有一个专柜,专门展示出售他的小说。

异彩从中拿起一本贴着"处女作"纸条的书。

"我的家。"异彩默念道。

封面上的画好像是小孩子随意用蜡笔画上去的,画上印着书名"我的家"。比起惊悚小说,这封面更像是童话书。一翻开书,便看到书的封面内侧印有作家的照片。

"还是真人好看啊!"

异彩付完钱走出书店。由于下班比较晚,所以街上十分冷清,等她拐进胡同,人就更加稀少了。

异彩哼着自己喜欢的音乐走在路上,突然感到一道奇怪的视线,于是悄悄回头。她发现一名男子正维持着一定的距离尾随着她。那个男人把黑色的平沿帽压得很低,身着黑色飞行外套和牛仔裤。

只是一瞥,就能看出他五官清晰,外貌俊俏。年龄和异彩差不多,或者更小一些。另外,他身上的平沿帽、飞行外套和牛仔裤以及运动鞋全都是名牌。即便是这样的年轻男子尾随而来,她却也完全没有产生"他对我一见钟情了吗"甚至"他想要我的电话号码吗"的幻想,那是因为他的眼神里流露着某种狂气。

还不如放慢脚步,让那个黑色平沿帽先走。觉得这样更心安的异彩开始慢慢往前走。那个男子也随即放慢了脚步。

异彩觉得不安,她回头一瞥,碰上了那个黑色平沿帽的目光。他满眼的渴望和狂气席卷而来,异彩用手抚摸着起了鸡皮疙瘩的胳膊,重新加快了脚步。

虽然拉开了一些距离,但黑色平沿帽非常从容。他就像要把猎物逼到角落一样,慢慢行动着。

"他到底想跟到哪儿呢?"

异彩暂且躲进出现在眼前的便利店。她装作挑零食的样子一瞟一瞥地偷偷回望，看到他依然在外面徘徊。

"怎么回事儿？真是的。"

又不能报警说有陌生男子徘徊，他目前还什么都没做。

苦恼的异彩掏出手机。离她最近的人，就是道河了。但拨打电话后，却只能反复听到"电话已关机"的信息传来。异彩接着拨通了成洙的号码。

"怎么了，小姨子？"

幸好，成洙略带顽皮的声音立刻传了过来。

"你还在博物馆吗？"

"现在终于拼凑到屁股了。今天得拼凑完大腿啊！"

"你现在能来一趟吗？"

"为什么？发生什么事儿了吗？"

成洙感到异常，他停止玩笑，语气突然变得低沉。

"好像会出事儿，有个奇怪的男人正跟着我。"

"你现在在哪儿？"

"便利店。小山坡入口处的便利店，你知道吧？"

"你待在那儿别出去。等着我，我立刻去。"

伴随着一阵匆忙的窸窣声，电话挂断了，异彩这才略微放心。如果坐车来，不过十分钟的车程。

异彩装作挑东西的样子，偷偷地打量着站在便利店门外的平沿帽的脸色。他依然徘徊在便利店门前。虽然他没有直直地盯着异彩，但只是站在外边，就足够让人感到害怕了。

异彩把陈列着的薯片拿在手中。她慢慢悠悠地挑着东西，一台熟悉的蓝色轿车停在便利店门前，是成洙的车。成洙下车后，径直向便利店内的异彩跑去。

"是哪个家伙？"

异彩发现了进入便利店的成洙，她心中的石头终于落地了。和成洙认识十多年，她从没像今天一样这么高兴地见到他。

"外边那个黑色平沿帽。"

异彩悄悄指了指，成洙立刻怒视着黑色平沿帽。

"你怎么能如此明目张胆地看啊！"

虽然她抓着他的胳膊阻拦，但成洙还是没有转移视线。成洙一直怒视着黑色平沿帽，直到对方躲开他的视线，他才低头对异彩说道："我们出去吧！"

"啊？哦！"

"有我在呢。没关系，走吧！"

异彩连忙去抱在怀里的东西付了钱，接过塑料袋子提在手中，然后跟在成洙身后走出便利店，但她仍旧非常不安。

成洙打开副驾驶的门，确认异彩坐定以后，他关好车门。他又故意怒视着黑色平沿帽，坐到了驾驶座上。

黑色平沿帽的视线一直没离开异彩，一直到成洙启动汽车出发了。

"大晚上别在外边走动。借此机会买车吧，车。"

成洙在后视镜里看到黑色平沿帽变得越来越远，开口说道。

"我哪儿有钱啊！你当车是谁家孩子的小名，可以随便叫吗？"

"你工资不是大部分都攒起来了吗？你这个铁公鸡。"

异彩撇嘴说道："我得给朴女士凑够三千两百万（约合人民币19万）呀！"

"为什么是三千二啊？"

"朴女士店铺的担保贷款还剩三千二。"

成洙轻声叹了口气。

"我不是还有一辆车嘛！"

异彩能猜得到成洙接下来要说什么。身材魁梧的成洙有一个致命的问题。那便是当"冤大头"。但幸运的是，成洙和异彩从高中到大学一直是同学，而且成洙单恋着多彩，他当冤大头就仅限于异彩和多彩。

"不用。"

"谁说要送你了？我借给你。谁说不能借车给小姨子啊！"

异彩凝视着成洙的侧脸。

这个冤大头真的会成为自己的姐夫吗？也是，那么漫长的岁月里，他的眼里只有我姐一个人，做到这一步，连上天都要被感动了吧！姐姐身边也没有其他男人，所以也不是全无可能。如果这次勘探过程中她不会莫名勾搭上一个碧眼男子的话。

异彩端正姿态一字一句地说道：

"算了，我那是'睡眠驾照'，反而更危险。"

"那以后晚上加班我送你。我的小姨子由我来守护！相信我。"

"不用，你为什么做到这个份儿上啊？"

"手明明在发抖，你为什么要装作没关系呢？"

异彩低头看着自己的手。自己的手紧紧抓着印有便利店标识的塑料袋，正簌簌发抖。但是她不理解自己为什么会感到如此恐惧。黑色平檐帽确实是跟着自己，但他并没有做出让人感到如此恐怖的举动。即便如此，她所有的感官仍是一直不停地告诉自己。

快逃，快逃出那个男人的视线。

成洙把车停在TOMATO公寓的停车场，下车后他怒视着某处。黑色平檐帽正沿着通往TOMATO公寓的上坡路走来。

成洙把手放在刚从车上下来的异彩肩上。

"干什么？"

虽然异彩反感，但成洙却更加用力地环住她的肩膀。

"别出声儿。那个邪恶的家伙正在下边看着。"

异彩的身体瞬间僵住了。

"他一直跟着我们吗？"

"也许吧，也有可能他本来就知道你家在哪儿。事已至此，看来这绝非偶然。"

两人佯装淡定地走进公寓。玻璃门一关，两个人纷纷靠在门两边的墙上躲起来，伸出头观察着玻璃门外。确认异彩和成洙进了公寓，黑色平沿帽站在原地定了一会儿，然后转身离开了。

果然像是尾随异彩来的。她蠕动双唇，轻声说道：

"我就不推辞了，你的车。"

"你要开吗？"

"不，加班时你送我。作为交换，每次和姐姐喝酒的时候，我会叫上你的。"

"这就是我这么喜欢小姨子你的原因啊！"

两个人并肩上楼。走进501号，异彩一下子瘫坐在餐椅上。手里的塑料袋滑落在地上发出"哗啦啦"的响声。幸好没买什么易碎的东西。异彩想要再次站起来，双腿却用不上力气。

随后进门的成洙低头问道："你哪儿不舒服吗？"

"没关系。可能是刚才太紧张了。"

成洙一边咋舌一边打开冰箱的门，拿出一瓶水。

"整天说没关系。喝吧！"

异彩接过成洙递过来的水，"咕嘟咕嘟"喝了起来。这才平静了一些。

"如果有关系又怎样。还不是说着'没关系，真的没关系'过日子啊！"

瞬间喝光了一瓶水的异彩抓着成洙伸出的手，站了起来。正在此时，阳台外传来熟悉的声音。

"如果你回来了，就来阳台一下吧！"

听到突如其来的男人的声音，成洙眼眸一震。

"你在家里藏了男人？"

没等异彩阻拦，他就朝阳台走去。成洙拉开窗帘，打开阳台的门，就看到了那边那个站在对面阳台的男人。

正等着异彩出来的道河看到突然现身的成洙，瞬间眉头紧蹙。

看到两个阳台之间的距离，成洙也是一样，绷紧了脸。她说过他越过阳台救了她的事儿。

"真的好近啊!"

跟着成洙出来的异彩,紧随其后站着。于是,尴尬的自我介绍时间开始了。

"我是金成洙。是异彩博物馆的同事。"

成洙一副挑衅的眼神,点头问好。道河则是缄口不言。为了打破这尴尬的气氛,异彩先开口道:"这位就是住在对面的孔道河作家。"

道河也点点头向成洙致意。成洙的视线探索似的在道河身上游走。探索完毕以后,成洙故意坐在阳台的茶几上,瞥了一眼异彩。

"晚上加班,我还送你到这儿,给我来杯咖啡吧!"

"啊,好的。您喝吗,孔作家?"

"我不用。"

异彩去厨房冲咖啡,阳台上就只剩成洙和道河了。

成洙再次赤裸裸地扫视着道河。虽然现在是异彩住在这儿,但这儿本来是多彩的家。多彩家对面住着这么帅气十足、身材高挑的男人,他竟然不知道,真是大大的失策啊!幸好他是和异彩纠缠在一起了。

"您多大了?"

成洙试图排排辈分。如果眼前的这个男人和异彩成了,自己和多彩在一起的话,两个人说不定能成为连襟呢,成洙已经开始自作多情了。

"三十岁。"

"您是大哥呢!我和异彩同岁,也是大学同学,我和这个家的主人——多彩姐也很熟。"

虽然嘴上叫着大哥,但成洙却从容不迫。不管年龄如何,成洙已经用精神胜利大法让心情平复了。想象着自己高高在上,称呼眼前的这位帅气男子为弟弟,心情也不由自主地变好了。

但是对方的态度却很奇怪。

"是啊!"

道河一副早就知晓的语气。两个人是初次见面,也不可能期待能扯上什么关系吧。但他的眼神冷冰冰的,甚至让人脊背发凉。

这难道是"嫉妒"吗？

有了这个假设后，成洙决定再试探一下。

"住得很近啊，可即便如此您和异彩恐怕也还不怎么熟吧！"

道河有些不明所以，在他开口之前，成洙继续说道："我在加班的时候，接到了异彩的电话，说她身后有个男人一直跟着。于是我！拍马前来搭救。按说大哥您离她要近得多，她怎么就非得联系我，让我赶过来呢？于是我现在就在这里了。"

道河平静的脸上终于有所变化。

"什么样的……男人？"

成洙觉得他快要上钩了，因为自古以来，引发嫉妒心才是点燃爱情的最佳方法。

"长得人模人样，却做跟踪狂这种缺德事儿，异彩该有多害怕。还好我赶来得快，再晚就危险了。"

那么一瞬间，道河的眼中闪过慑人的锋芒，随即平息下来。

"今后我会加倍注意的。"

成洙对道河的反应很满意，正享受着计划得逞后的成就感，这时异彩端着咖啡来到了阳台。

"注意什么？"

"没什么，男人之间的对话啦！"

成洙接过咖啡喝着，看向异彩。男人的直觉告诉他，道河似乎对异彩有着好感。他只是稍微点了下火，对方就着了。

"昨天谢谢了，感觉总是在有劳您关照。"

异彩越过成洙向道河表达了谢意。她甜美乖巧的语气与平时和自己说话的时候判若两人，这让成洙体会到了一种遭人背叛的感觉。

"呵。"

"怎么了？"

"没什么，那我先走一步。"

成洙一口喝完剩下的咖啡，站起身。咖啡还很热，烫得舌头一阵发麻，但他尽量不让自己的痛苦表现出来。是时候避开了。

站在阳台门口的异彩见他欲走，便往后退了一步。

"这就要走？"

"该走了。"

"今天谢谢啊！"

"记得关好门。"

异彩将成洙送至玄关前，成洙看着她调皮一笑，走出了家门。异彩关好大门，再次迈向阳台。

道河依旧站在那里。

"听说你在回来的路上遇到怪人跟踪？"

异彩眨了眨眼睛，看来刚才成洙跟道河说了那事儿。

"也没什么事儿。"

"如果再遇到这种事儿，就找我吧。"

听到这句话，异彩的心开始怦怦直跳。原本只想把这个人用作观赏，却不料此人总是撩动她的心。

异彩心里涌起一股莫名的羞涩，她抿了口咖啡，嘟囔道："找什么？"

"相比在博物馆工作的人，我离你更近些，不是吗？"

那股羞涩感越发强烈，异彩的声音越来越小。

"……找过您的，但是您的手机关机了。"

道河环视着不知放在何处的手机，心想应该是手机没电了。

"吓坏了吧？"

"没事儿的。"

异彩笑了笑，表示自己真的没事儿。此刻，她觉得对方关心的话语悦耳极了。

"看到那个人的脸了吗？"

"他的帽子压得很低，所以没看清，但感觉像是同龄人。要不是他当时的眼神，我会认为那是个浪漫的场景，而非惊悚。那是犹如雕塑般的外貌。"

"眼神？"

"就是那种，疯狂痴迷某种东西似的眼神。反正，没什么大事儿了。"

"以前见过那个男人吗？"

"没有。第一次见到。啊，对了，您找我有什么事儿吗？"

道河正想得入神，听到这句话，他的表情逐渐凝固。似乎柳河再次盯上了异彩。姐妹两人的共同点在于她们都是文物修复师，并且住在TOMATO公寓501号。

说不定异彩也会陷入危险。所以不能只是单纯地一直问问题，必须得提醒异彩，她正被柳河窥伺着。

道河的嘴巴一动一动的，却怎么也开不了口。异彩便继续说道："如果不是要紧的事儿，以后讲出来也可以的吧？看您紧张的，得进热水里泡一泡，舒缓一下再出来了。"

异彩的玩笑话也未能隐去他那一脸的犹豫不定。

难道有什么难处相托？异彩在心中想着。

异彩做好了有求必应的准备。她心想道河的救命之恩，再加上这段时间自己给对方带去那么多的麻烦，也该她回报对方了。犹豫良久的道河，仿佛下定决心，抬起头一脸坚定地凝视着异彩。

"休息时，为我抽出点儿时间吧。"

"看着也不像是要跟我约会……"

没有男人会用那般锋利的眼神邀请约会，也不像是要安排文物修复相关的追加采访。异彩回想着与道河的约定，向修复室走去。

走廊里传来儿童节的歌声。孩子们的声音从微微开着的窗户中钻了进来。可能是儿童节的缘故，早已过了参观时间，却仍旧喧闹。

计划这周收尾的周灵区修复工作已全面完成，工作日志和修复日志也已都拟好。离下班还有三十分钟，剩下的就只是下班后迎接愉快的周末了。

"等见了面，就知道了。"

异彩不经意间抬头，发现一个并不想碰见的人站在修复室门口。

你挑男人的眼光也太差劲儿了吧？

异彩愣愣地望着挡在身前的润宇。他说的没错，异彩不得不承认自己确实没有挑男人的眼光。

看着异彩木愣的表情，润宇扑哧一笑，往后退了一步。

"果然只有我吧？给我打个电话吧，今晚也好，明晚也可以。"

"终于疯了吗？"

异彩习惯性地出言不逊。

"随你怎么说，骂我也好，记得打电话，你不是很喜欢凌晨打电话的吗？"

润宇就这样转身，渐渐消失在走廊另一端。

异彩看着这个男人不怎么美好的背影，发誓要好好培养下挑男人的眼光，她随手推开了办公室的门，映入眼帘的是正盯着电脑窃窃私语的成洙和珠雅。

异彩走到两人身后。

"看什么这么入迷？"

成洙被她的声音吓到，不由得抬起身体遮住屏幕，大喊道："啊，吓我一跳，怎么走路不带声啊，魂儿都快被吓掉了。"

"说什么呢，你们到底在看什么？"

异彩试图靠近，却见珠雅也一同站起身拼命挡住屏幕。

"啊哈哈，那个。"

珠雅还没来得及说什么，异彩就已经读到了网页上的新闻标题。

"演员罗睿熙和小说家孔道河热恋中。"

"这是什么？"

珠雅见异彩神色惊慌，便悄悄挪开了身体。新闻内容显示罗睿熙与孔道河正在甜蜜交往中。

"这怎么可能！"

异彩这才领悟到润宇刚才的反应。原来他看了这则新闻。把道河用作借口来拒绝润宇的事情还犹在眼前！为什么！怎么就偏偏和罗睿熙爆出了热恋传闻。

异彩坐在桌子前，开始逐个查看相关新闻。

"电影结下的缘分。"

"原作者与女演员的相遇，高颜值CP。"

"明星作家孔道河的女人罗睿熙，身材丰满。"

"'芭比娃娃'罗睿熙相遇'脑性男[①]'孔道河。"

这些爆炸性的标题无一不在透露着两人正处于热恋中。

罗睿熙和孔道河的名字也并排上了热搜。有人表示孔道河配不上罗睿熙，也有人说罗睿熙配不上孔道河，毫无意义的唇枪舌剑。

随着鼠标的连续点击，平时没怎么关注过的女演员的简介出现在异彩眼前。

"身高170cm，体重45kg。"

除非瘦到只剩皮包骨，否则这样的身材根本不可能，但罗睿熙显然拥有凹凸有致的曼妙身形。当然，异彩的身材也不差，只是没法跟国民芭比娃娃相比而已。用成洙的话说，身高有了，但曲线尚缺。她心想，难怪道河对自己一点儿兴趣都没有。既然正在和罗睿熙交往，那么其他"女人"在他眼中也仅仅是个"人"而已吧！

"快告诉我这是梦。这是梦吧？对吧？"

异彩迫使两人回答，成洙和珠雅哑巴似的一言不发。

异彩有种感到莫名偏头疼的感觉，仿佛已经听到关于"罗睿熙和

---

① 指大脑性感的男人。

郑异彩"的故事充斥在博物馆的每个角落。

异彩向成洙投去锐利的目光。

"消息传开了？"

"啊，嗯，那个，估计保安部警卫大叔他们也知道了。"

成洙小声回答，随即和珠雅两人悄悄往后退。见异彩瞪着眼睛看过来，成洙又结结巴巴地开了口。

"要不要去喝酒？我们请客。"

两人心中直发怵，准备承受异彩的"勃然大怒"。异彩看着眼前的两人，只能叹了口气。他们能有什么错呢！

"吃不吃辣鸡爪？喝酒，我们去喝酒吧！"

"再加芝士，飞鱼籽饭团也来一份，都吃掉，还有你喜欢的田螺龙须面也买给你。"

珠雅开始罗列点菜清单，成洙不断地点头呼应。

"就是，都吃掉！往死里吃！"

这一周便又是以酒收场。

车灯照亮了昏暗的小巷，汽车停在TOMATO公寓前。异彩摇摇晃晃地从车后座下来，关上了车门。紧接着另一边的车门开启，成洙探出头，靠着车身向异彩挥了挥手。

"小姨子，回去吧！"

看他摇摇晃晃挥手的模样，似乎醉得不轻。

"你也是，路上小心。"

异彩挥舞双手做出回应，她也已大醉。

"等看到你家灯亮了，我再走。"

"哎哟，这不是你的风格！行了，回去吧，而且代驾师傅还在等着呢！"

"那我走咯，有事儿打电话。"

见成洙的车出发了，异彩便跟跟跄跄爬上了楼梯。

"今天是儿童节,我们的——世界——"

异彩哼着儿童节的儿歌,一路爬到没力气,便坐到三楼楼梯的台阶上。

异彩稍微喘了口气,几乎是爬着回到了家。她脱鞋子的时候回头一看,发现连玄关门都在旋转。

"天哪!看来我是真的醉了。连玄关门都在转。"

异彩把袜子、裤子和针织衫脱了后随手一扔,就爬到床上去了。虽然知道必须得卸妆,但是她现在醉得早已失去了思考能力。她只觉得灯光刺眼想关灯,但实在是爬不起来了。异彩躺在床上拉起被子裹在身上之后,醉意和委屈齐涌而上。

运气也很差啊!偏偏他的恋爱绯闻对象是罗睿熙。看来异彩有一阵子要被拿来跟罗睿熙作比较了。更何况她还要忍受润宇的嘲笑。

"真坏。"

他可以提前跟我说清楚啊!

虽然只是一点点,异彩还是有所期待的,说不定她要开始一段新恋情了。但是成洙说对了,道河只是一个讲义气和拥有博爱精神的人。

想到这儿,手里揉捏着被子的异彩猛地坐了起来。此时她因醉意而无法控制感情,于是放下手中揉皱的被子,打开了阳台的门。

道河此时也正在阳台上工作。

"太过分了!!"

看到双手抓着阳台栏杆朝自己大叫的异彩,道河微微皱起了眉头。只穿着一件长衬衫就出来了,这个女人肯定又醉得失去理智了。

"又喝酒了吗?"

"我是因为谁才喝的!"

异彩说话的时候连吐字都变得很含糊了。

"我不是酒馆的老板。"

"我知道!你以为我连这个都分不清吗?你和'酒酒'店老板,除了都有两个眼睛、一个鼻子、一个嘴巴,其他地方一点儿都不像!"

"那您现在想说什么？"

听到他的提问，异彩夸张地叹了口气。

"恋爱绯闻啊！为什么偏偏是今天？"

道河露出了不能理解的表情。什么恋爱绯闻，真是莫名其妙。

"恋爱绯闻？"

"是的。我感受到了被背叛的滋味。不是说不让您恋爱，您应该跟我说清楚啊！'我跟罗睿熙在交往。罗睿熙是我的女人。'为什么不能这样说出来呢？"

一听到"睿熙"的名字，道河的脸立马变得冷若冰霜。看样子是那个女人又耍什么手段了。道河用生硬的语气回答道："我没有和她交往。"

"那您的意思是，新闻报道是假的喽？"

"虽然我不知道出了什么新闻，但那肯定是不实报道。"

"骗人！"

异彩向前探出上身，大声叫着。

虽然栏杆很高，但是异彩站不稳摇摇晃晃的样子很是让人不安。

道河郁闷地揉了揉脸，自己对一个酒鬼解释这么多也是可笑。

他正准备叫她进去睡觉，异彩突然又叫了起来。

"我讨厌你！！"

说完她就跑回屋里，"哐"的一声用力关上了阳台门。

道河一时愣住了。他试着搜索爆出了什么新闻，但是什么也没搜到。

他凝视着对面的阳台——真是个让人捉摸不透的女人。

第二天早上，异彩因为口渴醒得很早，七点，是平时上班时的起床时间。虽然是周末可以再多睡一会儿，但实在口渴难耐，异彩只好骨碌碌地爬了起来。她像僵尸一样走到冰箱前，拿出矿泉水瓶，开始往嘴里灌。

"真的要戒酒了。"

都说人会反复犯同样的错误，这话真是不假。几天前下的决心，一直在反复。异彩"咕嘟咕嘟"地喝完水后，向床那边走去。呼出来的气息里夹杂着浓重的酒味。

异彩觉得屋里空气沉闷，于是打开了阳台门。紧接着，跟坐在阳台另一边的男人四目相对。

"酒醒了吗？"

"嗯？"

"断片了？"

不会吧。

"我昨天耍酒疯了吗？"

"你现在也在耍酒疯。"

"什么？"

道河从上到下地打量了下异彩的打扮。

"相当具有挑逗性哦！"

异彩这才想到自己现在的样子，惊得把矿泉水瓶掉在了地上，顿时水花四溅。异彩条件反射性似的拉起窗帘裹在自己身上。她不安地看了下自己的样子，衬衫下面隐约露出来的内裤映入眼帘。偏偏她穿的还是印有粉嘟嘟笑脸熊的内裤。

"我昨天穿成这副样子到底干了什么？"

躲在窗帘里的异彩伸出手臂，关上阳台门后拉上了窗帘，之后她爬进了被子里。什么都想不起来。环顾四周，看到了玄关门前面脱得乱七八糟的裤子、袜子和针织衫。

"但……但是衬衫很长啊！他应该会以为是短的连衣裙……才怪呢！"

如果是一场梦那该多好。但是即使闭眼一会儿再睁开，情况也没有任何改变。

异彩只能不停地踢着无辜的被子。

"啊啊啊，我到底干了些什么！"

酒量很好的异彩好像从来没有喝断片过。不对，有过两次。异彩立马踢开被子，拿起手机给成洙打电话。

"喂,什么事儿?"

成洙的声音听起来明显还没睡醒。

"我喝酒断片的话,会耍酒疯吗?"

"……你好好地爬回家没?"

"快回答。我很乖巧吧?或者立刻倒下睡觉?我现在很认真,你别开玩笑,好好回答。"

"你回家了就好了。在家里自己一个人耍酒疯……你不会对孔道河耍酒疯了吧?"

"好像是的……我应该没做什么过分的事儿吧?"

"肯定做了。你喝断片的时候真可谓是丑态百出啊!"

"什么样子呢?"

"第一次是你修复出错被多彩姐姐狠狠教训的那天。你当时撒娇来着。"

"撒娇?我?"

"嗯,就是你。然后就开始打我。接着就哭了!可挨打的明明是我啊!所以你被多彩姐姐教训的日子我是不喊你喝酒的。"

"还有呢?"

"第二次是前年多彩姐姐生日的时候。"

"姐姐没跟我说过啊!"

"当然了,因为你姐姐也喝醉了。到家附近为止你一直看上去挺正常的,但突然开始边跑边说'来抓我啊',多彩姐也跟着你跑。我那天真的是差点儿累死。多彩姐体力弱,很快就累了,但是你完全就是一副要跑到世界尽头的架势。我都快丢死人了。"

异彩的脸渐渐变得毫无血色。昨天到底对阳台对面的男人做了什么?毫无头绪。异彩开始想象,是不是对着他喊"来抓我啊",然后在屋里和阳台上疯狂地跑来跑去?即使只是想象也太可怕了。不会的,不会是那样的。那么,难道是撒娇、暴力、泪水的"三部曲"?不,这个更加恐怖。

"为什么之前没有告诉我?"

"我告诉你了,还说过好几次呢!某人一直说不可能,听而不闻的人是你。话说回来,你是从什么时候开始断片的?回家的时候好像还没到那个程度。"

"叫了代驾,先送珠雅回去,然后到我家门口,这些都记得。也只记得这些。锁上玄关门后的事儿就什么都不记得了。"

"太好了。太棒了。继续难受吧你!我要继续睡觉了。"

"呀!"

"太无耻了,陪我一起难受嘛!"异彩嘟囔着,拨通了珠雅的电话,但是珠雅没有接电话。异彩又联系了多彩,虽然发了信息,但是多彩也没有确认信息。托她们的福,异彩现在变得更加孤单了。

"我到底做了什么呀?!"

当她想到那脸蛋粉嘟嘟的小熊时,羞耻感也泉涌而上。异彩重重地叹了口气。

会不会做了需要对道河道歉的事儿?异彩眼前浮现出刚才在阳台上看到的那张脸,仔细回忆,虽然他看上去像是极度无语,但并不是生气的表情。

异彩无力地转过身来看了下时间,虽然很想就这样一直躲起来,但是很不巧的是,下午两点,跟他有约。

"好难受啊!"

能不能取消约定呢?

异彩化好精致的妆容,穿上飘逸的连衣裙。这身打扮并不夸张,异彩站在镜子前面苦恼了半天,终于下了这个结论。和道河第一次见面的日子是五月一号,今天才六号,就已经被他看到三次自己酩酊大醉的样子了,是时候改变一下形象了。

"可是还有改变的余地吗?"

答案是没有,异彩深深地叹了口气。

正在异彩挑选合适的包包时，多彩的短信来了。早晨给她发的信息，到现在才回。

——我才看到信息，对不起啊！周末干什么呢？

异彩瞬间怀疑自己的眼睛看错了。只是几个小时没回信息而已，多彩居然跟自己说对不起。以前她一天到晚宅在家里的时候，要过几天才会回一条信息。甚至一个星期以上音信全无的情况也时常发生。听说一个人突然改变的话说明他快死了……

——正准备出门呢。约好和我们家对面的男人见面。

——你好像和他走得太近了吧。跟他保持一定的距离比较好吧？

——他说有事儿问我。我欠他人情呢，总是要还的。

——他要问什么事儿？

——不知道。一会儿见面不就知道了。

——在哪儿见面？

——博物馆前面的咖啡店，那里的咖啡很好喝。衣服穿好了不知道配什么首饰。戴姐姐送我的那条项链好不好？有下垂点缀的那条。

等姐姐回复的空隙，异彩戴上了多彩作为生日礼物送给自己的那条项链。现在只剩下高跟儿鞋了，在她挑选搭配连衣裙颜色的高跟儿鞋时，多彩的回复来了。

——可以啊，就戴那条。什么时候见面？

——我现在得出发了。对了，姐，关于成洙，你还不能接受他吗？说实话，他做到那样已经很不错了，不是吗？

多彩还是没有答复。

"难道还是把他当弟弟看待吗？"

准备完毕的异彩穿好了鞋子。时间尚早，但异彩都已经收拾好了，如果只在家里待着，未免有点儿浪费外面的好天气了。

异彩走出TOMATO公寓，沿着下坡路走下来。温暖的阳光洒在身上，她脱下开衫，拿在手里，打量着服装店玻璃窗上映出的身影。

"这是谁呀？这么漂亮。"异彩没心没肺地自言自语起来不过，这看起来好像有点儿太过夸张了。于是，异彩将那条有下垂点缀的项链摘下来，放进了包里。

异彩步履悠闲地走着，路边的紫玉兰花开得正茂盛。紫玉兰花是多彩最喜欢的花。于是，异彩以紫玉兰花为背景，拍了一张自拍，发给了多彩。

——天气真好。看我是不是比较上相？

本以为会从多彩那儿收到"紫玉兰花开得真美"这样的回复，没想到多彩却说起了别的事情。

——项链呢？

——项链下垂点缀那儿老是摇来摇去的，我就摘下来放在包里了。姐，你干什么呢？

——我在网吧呢，以后再联络。

异彩摇了摇头，把手机合上。最近，多彩有点儿异常。异彩呆呆地站了一会儿，接着往前走。异彩真后悔约在博物馆前见面，明明是节假日，但她总有一种上班的感觉。

平常每天上下班都会经过的钟塔公园里，今天格外喧嚣。可能是周末的缘故，许多人带着席子来这里游玩。这里充斥着孩子们高扬的笑声、情侣们诉说爱意的窃窃私语声，还有人骑自行车和玩轮滑的声音。这时，一个滚轮转动的声音越来越近。

听到越来越猛烈的动静，异彩抬起头一看，原来是一个踩着轮滑的男人正向自己冲过来。异彩意识到自己如果原地不动就会被那个踩轮滑的人撞到，但她的身体僵住，完全不听大脑的使唤。

异彩紧紧闭住双眼，再次睁开眼时，踩轮滑的男人惊险万分地避开自己滑过去了。可是，她手里的包却不见了。

踩轮滑的男人胳膊下夹着个包。

"小，小偷！"

虽然异彩马上意识到要追上去，但那个男人转眼间已失去踪影。异彩穿着高跟儿鞋追赶了几步，她意识到根本追不上了，立时瘫坐在了原地。

"遇到强盗后又碰上小偷!"

异彩的心怦怦直跳。包包里面没多少现金,但包包本身很昂贵。那可是异彩下了很大决心才分期付款买的高价名牌包。

异彩踉跄着站起来,看了看略受伤的脚。不过是跑了一小会儿,脚后跟就磨破了皮。这几天脚可要受罪了。她脱下高跟儿鞋,拿在手上,走向公园附近的派出所。

"看来得买张彩票啊!"

这一连串倒霉的事情都能让她碰到,那她岂不是要有好运降临了吗?

异彩来到派出所,填了事故详情单,冻结了自己的信用卡和手机。然后,她步履沉重地返回家里。异彩在阳台上探着头往旁边看,发现道河好像已经从家里出去了。

异彩整理好自己乱糟糟的头发,换上短靴,潦草地将钱包折好,放进昨天背着出门的包里,再次离开了家门。

"搞不好要迟到了。"

异彩拦下一辆出租车,勉强在约定的时间之前赶到了。她环顾一下咖啡厅,道河好像还没有来。异彩找了个位子坐下,等了好一会儿,道河还是没有出现。看到邻桌的顾客换了一拨又一拨,异彩便有点儿生气了。

"怎么还不来?"

到底是出了什么事儿,还是刚好错过了?因为不可抗因素而无法前来的概率能有多大?

虽然异彩很想打个电话,但小偷把手机抢走了。异彩想着道河可能单方面取消了约会,或者更改了约定的时间。总之,她一直坐在这里完全不是办法。

异彩嘟嘟囔囔地走出咖啡厅,买了个新手机。太阳正慢慢地落下山去。星期六这一天,算是被"完美"地搞砸了。

回到家打开灯,异彩感觉到阳台那儿有动静。

"异彩小姐,你回来了吗?"

声音毫无波澜。

"看来没出什么事儿啊!"

异彩忽地把阳台的门打开,想听听道河在说什么。阳台另一边,道河站在那里,满脸复杂的表情。他一看到异彩,便抛过来一大堆问题。

"怎么回事儿啊?电话也打不通。我还以为出什么事儿了,一直很担心您。"

异彩一脸茫然地看着问了一连串问题的道河。这是迄今为止道河在异彩面前反应最强烈的一次。本想发火的异彩感觉自己像做错了事儿一样,心里一下子很失落。

"我的包被小偷抢了,手机也丢了。"

道河的眼睛瞪得溜圆。

"还丢了什么?"

道河没有像之前那样先问一下异彩有没有受伤。

"除了钱包和手机以外,还有化妆品。啊,还有姐姐给的项链。"

道河听到"项链"两个字,脸上平静的表情一下子被打破了。

"哪个项链啊?"

"就是我过生日收到的项链,没事儿的,丢了也没办法。"

"看清小偷的样子了吗?"

"没有,他当时踩着轮滑,太快了没看清。"

"您没有受伤吧?"

"我没事儿。您没去咖啡厅,是不是想换一个时间啊?"

"这是什么话?我去过咖啡厅了。"

"啊?"

"我去了,您也去咖啡厅了吗?"

看来道河误以为异彩没去约定的场所。难道是去洗手间的间隙,两个人刚好错过了吗？异彩难为情地挠了挠脖子。

"看来是刚好错过了，您想问什么现在就问吧。这里如果不方便的话，您知道在公寓前胡同口的咖啡厅吗？那里的咖啡还不错。"

道河表情僵硬地点点头。不管是为了柳河，还是为了异彩，他得赶紧把事情告诉异彩才好。

"那三十分钟后在那儿见吧。"

"好的。"

异彩关上阳台的门，拿出了封存好的驾驶证。周一得去补办身份证，丢了的化妆品也得重新买了。看来这个月是要财务赤字了。

异彩轻叹一口气，看到笔记本电脑的聊天儿窗口闪了一下。她打开一看，是成洙。

——你为什么不接电话？

——我手机丢了。因为是周末，所以手机办理开通的时间有点儿长。再过大概一两个小时就能通电话了。

因为怕他担心，她一直没说自己遇到小偷的事儿。这可真是多灾多难的一周啊，看来异彩真得买彩票了。

——你可真厉害，怎么能这么不注意呢？

——你打电话来干什么？

——你和孔道河好像没戏了，所以我给你介绍了人相亲啊！

——算了吧。相什么亲啊！

——现在网上都传疯了，"罗睿熙和孔道河在日本约会"。你也理直气壮地去约别的男人吧！

异彩点开了成洙"体贴"地发来的报道网址链接。

——"独家特报：'芭比娃娃'罗睿熙和'智慧型男'孔道河在大阪夜路上约会被抓拍。所属经纪公司正跟当事人确认。"

不仅有两个人详细的行踪，就连照片也被一起传到了网上。

本月一日深夜道河从金浦机场出发去日本的照片，二日上午罗睿熙出国的机场时尚照，还有二日晚上罗睿熙和孔道河在大阪街头享受约会时的照片。报道中所附的,正是这三张照片。

异彩看着报道,眉毛耷拉下来。

"这是误报吧?"

报道中道河去日本的那天,她家里进了盗贼。那天晚上到凌晨,道河都一直和异彩在一起。异彩心想,这个报道看来是把日期搞错了。当她正要把窗口关掉时,下面接连不断地涌上来很多评论。

大部分都是日本的目击者。其中有几个人发帖子,称自己本月一日和道河乘坐同一个航班,也有人称在机场见到过他。

"怎么回事儿?难道大家统一把日期搞错了吗?"

异彩满心疑惑地关掉了浏览器。她得赶紧出门了。

推开咖啡厅的门,金属风铃发出了悦耳的声音。十多坪的咖啡厅里,温馨舒适,香气氤氲。一位看起来像是咖啡厅老板的年轻男子,满怀笑容地走过来打招呼。

"欢迎光临。"

空气中弥漫的咖啡香味,让人的心情平静下来。尽管搬过来将近一年的时间了,道河还是第一次来这个咖啡厅。

道河点了一杯冰美式,找了一个角落的位子坐下,凝视着窗外。

"小偷。"

小偷这件事儿,可能和柳河有关。他这是到底要干什么呢?

"我得想好这件事情要说到什么程度才行。"

如果全部都说出来,那将会威胁到自己。我原本就是嫌疑犯的家人,如果想找她帮忙的话,需要适当地说一些谎话。

道河暗暗打定了主意,确定好了时间。约定的时间已经过了一会儿了,可异彩还没有来。道河环顾了一下四周,拿起了桌子上放着的书。

道河看到封面上画着的小熊,"扑哧"一声笑出来。他不由自主地联想到了昨晚的异彩。

"这还是第一次觉得小熊看起来很性感呢！"

道河自言自语地小声嘀咕着，翻开了书。他本以为是一本书，但这其实是一本来访名册，里面完整地保存了曾坐在这个位置的人们留下的痕迹。

有的人画了画，有的人简单地写下了留言，有的人只记录下了自己的名字。道河浏览着这本名册，他的视线一下子被其中一个留言吸引了。

"这个男人为什么又不来？"

字体圆圆的，非常可爱，留言末尾注明了日期。那应该是三年前的今天，一个女人在这个位置，漫无止境地等着那个一直没来的男人。

翻到下一页，竟然写着"孔道河"的名字，名字下面"我要杀了你！为什么还不来！"言辞激烈的留言赫然在目。

道河又翻回到前一页，从字体上看，这是同一个人的留言。他注视着笔记本上自己的名字，有人和自己重名应该是不可能的，毕竟"孔道河"不是一个常见的名字。道河感觉有些奇怪，合上了名册。他看了下手机，约定的时间已经过去一个小时了。

"她说过手机被小偷偷了。"

道河开始担心起异彩来，他用手指在原木桌子上"咚咚"地敲着，又等了好一会儿，可异彩还是没有出现。

"不会是出什么事儿了吧？"

难道柳河又去捉弄她了吗？也有可能是她又受伤了，或者又遇到了什么危险的情况。道河反复思忖着各种情景，但他又马上意识到这些情况肯定不会出现。

姜LAN在TOMATO公寓周边布有眼线，如果发生什么事儿应该会来消息。他为了找柳河支付的费用相当可观，这意味着在TOMATO公寓周边暗中监视的人员数量也相当庞大。

那么为什么呢？

道河抱着不确定的想法给LAN拨打了电话，通过电话传来了介于活泼和轻浮之间的声音。

"韩国最厉害的情报商！走向世界行动迅速的姜LAN。客人，我正想联系您呢！"

"有什么事儿吗？"

道河的声音带着紧张的情绪。

"有一件事儿想跟您确认。客人，您真的在TOMATO公寓501号见过郑异彩吗？因为只有客人您见过郑异彩。TOMATO公寓附近的CCTV[①]也没有拍到她。所以我！行动迅速的姜LAN将追踪范围扩大到TOMATO公寓半径十公里，即便如此也没有拍到她。她不可能在我拿到的所有CCTV的死角内活动。"

不可能，那么每天晚上和他相对的人是谁。

"郑异彩像是在上班，每天出去晚上回到家里。他的朋友金成洙也一起来过一次。"

"金成洙和郑多彩也有很密切的关系，因为有关联所以我们一直在关注他。从金成洙最近的行踪来看，嗯，我来看看，近一个月他没有去过TOMATO公寓。"

有些奇怪。

据道河这段时间的了解，情报商LAN是一个有能力的人。长时间来一直雇用他也是看中了他的能力。警察没有侦破的柳河毒品事件也是LAN告知的真相。

即便有能力也可能失误。

道河斩钉截铁地说道："我见到她了。"

"这点最为奇怪。客人，TOMATO公寓501号依然空置着，没有人去过。虽然不久前房主开始出售房子，但至今没有人去看过房。而且也没有您说的强盗入室报警记录，虽然那个房子进过强盗，但已经是三年前的事儿了。"

---

① 在韩国CCTV指监控摄像头。

"警察来过这个房子，有没有可能是漏记了？"

"不可能。不过不知道是不是有人故意删掉了，这部分我会再去了解，不追加收取费用。您把它当作VIP的特权好了。您给我打电话是为了什么事儿呢？"

"没事儿，继续调查吧！"

"好！走向世界行动迅速的姜LAN永远和顾客在一起，再见，咻。"

在和LAN结束通话后，道河将视线转向刚才一直在看的芳名录。他再次确认了一遍写在上面的自己的名字和日期，然后立刻去了咖啡厅。

他现在只想找到异彩。站在TOMATO公寓501号前感觉心情很奇怪。按下门铃后，轻快的旋律响彻走廊。

现在想来虽然每晚都见面，但按门铃还是第一次。道河等了一会儿，但没有听到任何动静。道河又按了一次门铃。不可能走差，从家到咖啡店的路只有一条。

"郑异彩你出来，你在里面吗？"

即便敲房门也没有用处。

当他想再按一次门铃时，旁边一户的大门打开了一拃的距离，一位眼角带有皱纹的女人从门缝中探出头说道：

"那里没人住，是空房子。"

道河的瞳孔晃动起来。

"怎么会没人住？"

"房主死了，已经空置很长时间了。"

"不可能。"

"再确认一遍地址吧，那房子没人住。"

"真的是空房子吗？妹妹应该在，虽然之前的确空置过，但现在妹妹住在里面。"

女人眼角的皱纹更深邃了。

"那家的姐姐死了，妹妹失踪了，从那以后房子一直空置至今。小区已经传开了，这里5楼的房子都卖不出去。我也是去年在不知道的情况下搬过来的，如果知道的话就不来了。本来就阴森得要死，不要胡闹回去吧！"

女人说完话之后关门进去了，留下道河一个人愣在那里，对于这一情况理不出头绪。无法相信旁边屋女人的话，但如果说旁边屋没有察觉到异彩回来，又存在太多的疑点。

"如果LAN说的话是事实呢？"

道河走出公寓，仰头看向异彩的家，为了确认她家的层数。异彩的家是501号没错，她的家没有亮灯。

"说房子要卖是吧？"

道河去了附近的房产中介，看到了结束营业正在拉卷帘门的一位中年妇女。

"等一下！"

正在拉卷帘门的中年妇女发现了道河，把角质框眼镜推高了一些。

"快请进，是想看房子吗？想找什么样的房子？全租？月租？"

她用一张看起来很善良的脸迎接道河。

"TOMATO公寓501号要出售吗？"

道河提出这一问题后，角质框眼镜喜形于色。

"你是在网上看到后来的吧？哎呀，来对了，房子非常便宜。这房子之前只有一个女生住非常干净。因为个人原因空置了很久，但房子很不错。"

"能立刻看房吗？"

"好，好啊！现在就走吧。离这里很近，可以走着过去。"

戴着角质框眼镜的女人先将卷帘门放下，然后走在前面。在朝TOMATO公寓走的过程中，一直没有忘记对这个房子进行说明。

"这样的价格绝对买不到这样的房子，因为个人的原因所以便宜出售。虽然是单间，但是是刀把型结构，是类似两室的单间，房屋面积也很大。在房子中间单独装了推拉门，但一般都不拉上，因此看起来更加宽敞。"

角质框眼镜走上楼梯，打开了501号的大门。道河的脸上感受到了丝毫没有热气的潮湿空气，甚至还散发着一股空屋子特有的味道。

"空气虽然有些憋闷，不过通一天风就好了，可以立刻入住。"

道河没有理会角质框眼镜的说明，慢慢查看屋里的情况。

房子结构和进强盗那天看到的结构一样，家具和饰品也一样，就连几天前给道河煮方便面的锅和碗都一样。即便那个时候家里还充满了生活的痕迹。

但现在只是一间空屋子。

打开冰箱一看也是空的，似乎连电源都没连上。一直在屋内走动的道河在墙壁上挂着的照片前停住了脚步。照片中异彩站在家人中间，笑得非常灿烂，她旁边还站着多彩。

"这是之前住在这里的人吗？"

"是啊，虽然还留有一些东西，但是签约的话立刻给你整理。如果有需要的家具，可以直接用。"

道河无意间打开了衣柜，衣柜内放满了衣服。道河在这些衣服中发现了自己在酒店地下成衣店买的XS码连衣裙。当时店员问衣服尺码，没细想便随口回答了一个。但记忆中她穿起来非常小。

旁边挂着的睡衣是几天前柳河作为强盗潜入时，异彩穿着的那件。还看见了异彩要酒耍酒疯时穿的衣服以及充当她男友时异彩穿的衣服，这让道河更加混乱。

异彩给道河留下了非常鲜明的记忆，不是错觉。道河有一种像被某种东西迷惑的感觉，他关上了衣柜门。501号现在是空屋子这件事儿说明了所有情况。道河有些怀疑自己是不是精神存在问题。

道河很自然地走向阳台，卷起熟悉的窗帘，打开阳台的门，看见自己的家。道河的心里异常躁动。

"阳台距离有些近吧，虽然如此也没法跨过来，这是五楼嘛！"

角质框眼镜走到道河的身边说道。

"因为是五楼……"

"对啊！是五楼。"

道河已经跨过这阳台几次了，近几天是做了一个漫长的梦吗，或者说现在是在做梦？

对面自己的家看起来就像幻影一样。如果这是间空屋子的话，那迄今为止自己见到的异彩是怎么回事儿。道河为了整理思绪转过身来。

角质框眼镜将他的行动理解为拒绝，因此加快速度说道："你是不是听到传闻了？最近哪儿有没死过人的地方，如果在意那个的话就找不到房子了。"

"……妹妹怎么样了？"

"天啊，看来你都打听好了才来的，至今还没有找到。如果觉得不安的话，我和房主再说说，应该还能便宜一些。即便如此也不要把价格压得太低。这家的母亲有一段时间精神不正常，本来说不卖这房子的，最近才开始出售，挺可怜的。"

这件事儿道河也知道，因为每次想买这房子的时候都遭到了拒绝。他用毫无波澜的声音说道："我买。"

"不要这样，好好想想嘛！很难找到这样的房子。"

"我要买。"

"啊？你说要买下来？"

角质框眼镜面露喜色。

"立刻签约。"

"那当然好了，年轻人性格豪爽真好，不协商价格了是吧？"

"按原价签约。"

"你做了个正确的决定。定金支付多少？"

"不支付定金，一次性转账。"

"好，好啊！如果有闲钱的话没必要拖延时间，稍等一下。"

她立刻开始拨打电话，但房主没有接。角质框眼镜拨打了几次电话后，面露难色地开口说道："电话打不通，应该很快就能接通。房主经营一家小店，看来现在很忙。"

"今天不签约也没关系，联络上之后定一个签约日期。"

"好，好的。"

"不要卖给别人，我给你两倍的中介费。"

"天啊，不用这么做，哎呀，这是违法的。"

道河将名片递给笑得合不拢嘴的角质框眼镜，然后回到了自己的家中。道河横穿客厅，打开了阳台的门，透过对面阳台的窗帘窥探异彩的家。刚才和角质框眼镜出来的时候明明关灯了，但现在却灯火通明。

他盯着异彩的阳台。正好吹来一阵风，把异彩阳台角落挂着的风铃吹得转动起来，并发出清脆的响声。

"到底是怎么回事儿？"

道河不断用手搓脸，即便如此眼前亮着灯火的房子也没有消失。

难道透过阳台看的时候和通过大门进去的时候是不同的空间吗？

仅从现在的情况来看是这样的，但这种事儿怎么可能发生？

任其再怎么冥思苦想，还是想不明白。道河拿出便利贴记下可疑之处，然后走下楼。之后，他写下了多种假设，又反复擦去。无论是哪种假设，都无法合理地解释当前的情形。

写满了几张便利贴以后，他才醒悟过来。正确答案并不在目前提出的这些假设之中。问题是，他并不能接受这一假设。

道河凝视着阳台对面。

"她，到底是什么？"

异彩拿起咖啡厅桌上放着的留言簿。留言簿每一页上都被写得满满的，她读着上面的内容并从包里掏出笔来。

"这个男人为什么又不来啊？"

在这句话下面写下今天的日期后，她又在下一页大大地写上了孔道河的名字。怒视着他的名字，异彩不耐烦地又加了一行字。

"我要杀了你！为什么不来！"

手机亟待开通啊！异彩叹了口气，从包里掏出没读完的书——《我的家》。她抽出夹在书页里当作书签的明信片，开始翻动书页。不知读了多久，她抬起头一看，发现已经过了三十分钟。

"早知道就把他的手机号码记下来了。"异彩在心中这样想着。

她喝了一口咖啡，随意抽出的明信片映入眼帘。明信片上写着"孔道河作家见面会"的相关介绍，日期是今天。

"今天？"

确认了日程安排，她发现他现在应该在参加作者见面会吧。可是异彩刚刚还在阳台上见了他呀！

"难道活动取消了吗？"

异彩抛开这样的想法，心想他总会来的吧，又重新翻开了书。但是，直到读完书的最后一页，他还是没有出现。距约定的时间已经超出一个半小时。

管他是恩人还是什么，异彩已经隐隐开始生气了。和煦春日里的星期六，她算是被一个男人放了两次鸽子。

异彩走出咖啡厅，走在上坡路上。抬头看了看Rivervill公寓的五楼，他家没有开灯。

"好像没在家啊！"异彩暗自心想。

到咖啡厅的路只有一条，按理说不可能错过的。异彩来到Rivervill公寓的五楼。电梯门一打开，就看到廊道里摆满了普罗旺斯风的花盆。从电梯一直到玄关门，俨然装饰成了一个小小的花园。一层只住一户人家，看来这样也可以啊！

但有一个奇怪之处，就是这个空间偏女性化。彩色蜡笔色调的花盆以及小巧玲珑的装饰品，都看起来和道河相去甚远，得隔了百万光年吧。他精心收拾花草的样子还真是很难想象呢！

异彩在玄关门前站定，按下门铃。但是听不到里面传出任何动静。

她不禁在心里忿忿道："去哪儿了啊！"

异彩生气地转过身，按下电梯按钮，和刚从电梯上下来的陌生女人碰了个正着。她和这个普罗旺斯风格的入口很搭。

"您来有什么事儿吗？"

女人眼中流露出一丝戒备。

"啊，我想见下孔道河作家。"

"这里没有这号人。"

"这里不是孔道河作家的家吗？是五楼，没错啊！"

"您记错了吧。我已经在这儿住了五年多了。告辞。"

女人越过异彩，站在玄关门前，然后回头看向仍站在原地发愣的异彩。

"您还不走吗？"

"啊，非常抱歉。"

异彩后退几步，按下电梯按钮。这个空当儿，那个女人迅速地按了智能锁进了家门。

异彩一脸呆愣地进入电梯。

"难道不是五楼吗？"

异彩再次回到楼下，抬头望向道河的家。和自己的家相对的层数是五楼没错儿。但是她发现了奇怪之处。自己家对面楼层，并没有外伸式阳台。

"没有阳台？"

异彩不禁在心里疑惑道。揉了揉眼睛，再看还是一样。

异彩怀着一种撞鬼的心情回到家。她打开阳台的门，拉开窗帘，就看到了站在对面阳台上的道河。

一看到他，她就怒不可遏地喊了出来："我等了您足足两个小时！"

但是道河并没有辩解，只是表情微妙，然后突然从阳台越了过来。

"干，干什么？"

异彩被他的气势吓到，趔趔趄趄地往后退了几步。

"你，是什么？"

面对道河突然地发问，异彩没好气地反问道："能是什么。您不知道我的名字吗？明明是您没有来约定的地点，为什么反而对我发脾气。"

道河伸出手，粗鲁地抓住异彩的肩膀。异彩被抓得生疼，不禁皱起眉头。道河往后推着异彩的肩膀。异彩还没来得及再说些什么，就被推着向后退去。

背后传来阳台窗子阴冷的气息。

"快回答。你，到底是什么？"

"放开！"

异彩仰起头喊道，但是道河看起来完全没有想要放开的意思。他更加用力地推着异彩，低声问道："是鬼吗？"

这个男人，难道问我是不是鬼吗？异彩觉得荒唐至极，惊得说不出话，简直怀疑自己的耳朵。

"是梦？还是幻觉？"

"您在说什么！"

异彩一生气，眉毛就挑了起来。他没有出现在约定的地点已经让人很不耐烦，现在还一直在说些让人难以理解的话。

"你，到底是什么啊？"

"对不起，全都不对。我既不是鬼，也不是梦，更不是幻觉。"

这次轮到道河眉头紧蹙了。

"我是郑异彩。是修复师。而且，今天被您放了两次鸽子。"

紧紧抓着她肩膀的道河，无力地垂下手，表情复杂。他后退一步，习惯性地用手搓了搓自己的脸。

"你去了咖啡厅？"

"那当然。我还等了您很久！"

"你留言说'这个男人为什么又不来啊？'在下一页写了我的名字，还写了'我要杀了你！为什么不来！'对吗？"

"您怎么知道？"

异彩用问题回答了对方的问题，这才后知后觉地发现对方没有用敬语。异彩本想发怒，但道河却率先开了口："因为我看了留言。那个留言，我在咖啡厅看到了。"

"您是说我们错过了？好吧，就算是那样，那您为什么去晚了？您是我的救命恩人，就可以那样随便迟到吗？"

道河使劲儿摇着头说道："没有。我是按时去的，我一直一个人坐在那儿，刚刚才回来。"

异彩后退一步，怒视着道河。

"您是让我相信您的话吗？"

"相信吧。因为我也正在努力去相信它。"

异彩还想再反驳些什么，却全被道河诚恳的眼神堵了回去。

修复工作中最重要的就是想象力。被修复的遗物会是什么样子，很大程度上取决于想象力如何。原来的色彩、形态、气味、用途，还有遗物本身蕴含的故事，只有在想象完所有的这些东西之后，才能开始拼凑碎片。

修复就是拼接每一个小碎片描绘成一幅大画作的过程。异彩脑中的各种'记忆碎片'开始向自己原本的位置移动。

看着眼前陷入混乱状态的异彩，道河也沉下心思，冷静地开口说道："我去了咖啡厅，而你并没有来。我等着等着便看到了那留言。而且，我去了你家，按了门铃，隔壁的女人出来告诉我说那是空房子，还说已经空了好几年。我立刻去了房地产中介，也看了房子。你并不在那儿。我再问你一次。你，是谁？"

"您做梦了吗？说这么荒谬的话，您的表情还能那么认真？"

异彩和道河陷入一阵沉默。过了一会儿，异彩也问了自己觉得奇怪的事情。

"那个，今天的作者见面会取消了吗？博物馆附近的弘益书店。作者见面会不是今天六点在那儿举行吗？"

"我没有那种日程。在那儿举办的作者见面会是……"

道河准备摒弃所有常识。换句话说，他打算抛下所有的常识，试着去相信眼前看到的一切。

房子空了三年，报警有强盗也是三年前。从玄关门进入房间的时候不在，只有通过阳台进入时才存在的女人。在弘益书店举办的最后一次作者见面会是三年前。和罗睿熙的热恋传闻也是三年前的这时候。留言簿上写着的日期是三年前的今天。

更重要的是，三年前失踪的女人正站在自己面前。

道河的眼神暗淡了下来，变得阴冷。如果她生活在其他的时间里的话，那么所有的事情就都说得通了。

"这……可能吗？"

他拉过异彩家茶几的椅子坐下，思绪纷杂。他用手指"咚咚"敲着茶几，开始整理自己的思绪。所有的事情都解释得通的假设，就只有一个。

"不同的时间。"

就算从头再捋一遍各种情景，答案也是一样。现在就只剩确认"不同的时间"这一假设了。当道河抬起头想要说些什么的时候。异彩伸出手大喊道："稍等，稍等一下！"

异彩跑进房间，打开笔记本电脑搜索了"孔道河作者见面会"。然后就看到了不久前上传的照片和几篇后记。按照评论区上所言，今天道河回国后立刻去了见面会。但是，他现在就在自己眼前啊！

"这不可能。"

再搜索一下就发现，还有帖子整理了5月1日至5月4日孔道河日本之行的日程。按常理来讲，这是不可能的事情。

5月1日家里进了强盗，道河救了异彩。不仅如此，2日和3日也是……直到昨天，异彩每天晚上都见过他。

还有一点。照片中的孔道河和眼前的孔道河似是而非。气质不同，头发的长度也不同。眼前的道河头发略长一些。

像是着了魔似的，她在搜索框里输入"孔道河私宅""孔道河住址"。随即出现了孔道河作家位于平仓洞的私宅已落成的采访报道。他的父亲是韩国大学教授出身的政界人士,父子两人一起居住的并不是Rivervill,而是看起来规模巨大的宅邸。

异彩再次凝视着眼前的男人。道河同样也是表情复杂地望着她。

不过几个小时再次见面却没能一下子认出异彩的男人,好好儿的消毒药他却说过期了,两个人都去了约定的地点却没能见面,他看到了写在留言簿上的留言,还有作者见面会的时间,日本出入境的日期,声称在Rivervill公寓五楼住了很久的普罗旺斯风格的女人。还有在楼下看不到的阳台。

这些之前没注意的事儿和现在这种如鲠在喉的心情,所有碎片都拼凑起来了。

这样拼起来的大图把一个事实展现在异彩面前,她回到阳台,问了道河一个问题。

"作家先生,你现在生活在哪一年?"

异彩看道河的眉头皱起来。

"对不起,我问了奇怪的问题。"

"你和我的时间应该是通过阳台连接起来了。每次翻越阳台就相当于是一场时间旅行。我现在生活的日期是……"

他说的日期正是三年后的今天。

异彩听完他的回答后干眨了几下眼睛。她只是因为有太多事情无法理解,所以才问了一下。但他却这样回答。

翻越他的阳台就是穿越到三年后的未来。

"这太不可思议了。"

"不然你来解释一下这是怎么回事儿。"

他是对的。所有线索都指向这一点。异彩和道河真的生活在不同的时间里。异彩又眨了几次眼睛,然后出神地凝视着道河的阳台。

"真的是三年吗?"

只要翻越阳台,就能回到三年后,简直难以置信。

"你能相信吗？"

"如果不相信的话，我就要承认自己疯了，我不怎么想承认。"

"是啊！"

与其承认自己疯了，还不如相信翻越阳台就能进行时间旅行。

"那现在作家先生你就是穿越回过去的时间旅行者吗？"

"如果我们没疯的话，应该算是吧！"

异彩的思绪更混乱了。时间旅行的话不是应该更浪漫或更奇幻一点儿吗？又或者是充满了梦幻与冒险。

这时间旅行太过朴素，反而感觉更不现实了。如果是被卷入什么大型事件，那也就稀里糊涂卷进去了，但现在这出奇幻戏剧也太生活化了一点儿吧。

要么这是一场骗局。

异彩倒退着回到屋里，道河的视线也跟着她移动。异彩拿起手机和钱包，不容置疑地说道。

"你先在这儿待一会儿，一动都别动。"

异彩从出租车上下来，大楼入口的广告牌一下抓住了她的视线。广告牌上用黑体写着"遇见孔道河作家"，上面还印着他的照片和活动时间。根据广告上的时间，这会儿演讲应该已经结束，正在举行签名会。

加紧步伐走进会场的异彩突然停住了。会场正中间坐着的正是他。前面有很多人正在排队请他签名。

异彩知道演讲没有取消。她已经看了网上的照片，但她还是想亲眼确认。而现在，异彩眼前是另一个"孔道河"。

真的有。

异彩仔细端详他的样子。他的脸和每天在阳台上见到的道河的脸一模一样，嗓音也是。要说有什么不同的话，就是眼前的他说话时更放松从容。另外和照片里一样，头发更短一点儿。

而且他比阳台对面的道河更具亲和力。会对排队的人说亲切的话语，对方要求握手也会毫不介意地伸出手，偶尔还会灿烂地微笑。

异彩从没见阳台对面的道河那么笑过，不知怎么的看着有点儿陌生。

这时一个正在请求签名的男人问他说。

"作家先生，您的恋爱绯闻是真的吗？"

男人犀利的问题引得队伍里的人都关注起来。他对提问的男人笑了一下，耸了耸肩开口道。

"不久对方公司就会发澄清新闻的，我们见面只是为了讨论电影，没想到被媒体放大了。"

"那在日本被拍到的照片呢？"

"如果说我们是偶然碰到的，大家肯定以为我在说谎，但真的是碰巧遇到的。艺人这个职业真了不得，没想到单纯吃一顿饭也能成为新闻。"

他继续开始签名。

异彩正看着逐渐变短的签名队伍，忽然和他短暂对视了一下。感受到他柔和的眼神，恍惚的精神一下子清醒了。

"回去吧。"

异彩缓缓转过身。亲眼确认过就可以了。该回去见还在阳台上等着的道河了。但她的双腿却使不上劲儿。

她在书店入口的椅子上坐下来缓口气，感觉全身筋疲力尽。

"阳台之间真的有三年的时差吗？"

异彩正重复着"三年"这个词，感觉到旁边有人靠近。一瓶电解质水被递到了她的面前，异彩下意识地接过来，抬起头一看，那个人正是他。

"你的脸色很苍白，该不会今天也喝酒了吧？"

他撇嘴一笑，脸上似乎带着点儿再次见面的高兴。这样一看就更明显了，两人虽然相同，却又完全不同。

"不是,我只是稍微有点儿晕。"

他接下来的话,让异彩更加混乱了。

"你那天没感冒吧?"

他的声音非常亲切。

异彩现在才明白,道河不仅仅只有阳台对面的那个。眼前的道河和阳台对面的道河之间也相隔着三年时间。

这个时间间隔造成两人的温度差别非常大。

"没有,那天真的非常谢谢您。"

异彩只能再次变回恭敬的态度。因为和眼前这个男人的记忆只到酒店为止而已。

帮忙追强盗的人,给自己处理脚伤的人,假装自己男朋友的人,一起吃方便面的人,三番五次接受自己酒疯的人,都是阳台对面的道河。

眼前的男人和这段时光无关。

"在日本期间我手机关机了,回来一看,上面有一通未接电话。"

电话?异彩想起来被平沿帽跟踪的那天自己给道河打过电话。

"是我不小心按到了,不小心,手滑。"

"该不会又是便利店大妈吧?"

异彩耷拉着眉角。

"请您忘记那天的事情吧,明明您对粉丝们那么爱笑,为什么就对我那么别扭呢?"

"可能因为你不是我的粉丝吧?就算没有那通未接电话,我也打算联系你的。关于修复师想再追加采访你一下。稿子写着写着有些部分难住了。"

"好的,我之前给您添了麻烦,还您人情也是应该的。"

"那我回头再联系你,现在我得去参加活动后的聚餐了。"

"您去吧!"

他再次柔和地笑了一下。如果说三年后的道河仿佛冬天的凛冽,那么现在的道河就好似春日的和煦。

异彩出神地凝视着他远去的背影。直至背影完全消失,异彩才看向手中的电解质饮料。她拉开易拉罐拉环喝了一口,头脑似乎清醒了一点儿。

"三年。"

她慢慢站起身。已经亲眼见到现在的孔道河了,该去见三年后的孔道河了。

异彩在玄关门前踌躇了一下。她不曾知道按门锁密码居然也需要勇气。异彩深吸一口气走进屋,又再次感受到了混乱。

道河正按她的吩咐老老实实地在阳台上坐着。

"你去哪儿了?"

道河冷峻地问道。异彩凝视着这样的道河。面对这找不出半点儿从容的锐利眼神和挑剔的表情,异彩的心反而安定下来。

"弘益书店。我去了见面会。"

他的姿势变得别扭。

"所以见到我以后,感想如何?"

"像另外一个人,那时和现在相比。"

"因为发生了很多事儿。"

三年里他身上到底发生了什么事儿呢?异彩把已经到嘴边的问题咽了回去,放下钱包和手机,开朗地说道:"你不饿吗?我要煮方便面吃,要一起吃吗?"

道河脸上露出无语的表情。突然出去了一趟回来,又没头没脑地开始煮方便面?

"不吃吗?我今天被某个男人放了两次鸽子,现在连一顿饭都没吃上呢!"

道河想着先顺着她,于是生硬地说道:"吃。"

"你做了个正确的决定,我煮方便面可是一流的。"

异彩走进厨房，往锅里盛了水，把方便面掰成两半。水量倒得正好，手指尖上感受到的方便面的触感也很正常。

"很好，我现在精神正常，很清醒。"

根据锅里冒出来的热气推测，这也不是一场梦。

"啊，金枪鱼。"

异彩手忙脚乱地拿出金枪鱼，打开罐头盖。然后自然地把金枪鱼的油倒进了锅里。

"嗯？"

发现的时候为时已晚。异彩把漂浮着金枪鱼油的水倒进水池里，皱起了眉头。

"我果真是疯了，疯了，疯掉了。"

带着一脸哭相嘟嘟囔囔的异彩又再次往锅里放了点儿水。

刚刚一直坐在阳台上的道河也进了屋。他自然地在餐桌前坐下，凝视着异彩煮方便面的忙碌身影。

没过一会儿异彩把方便面用托盘端到了餐桌上。异彩把方便面碗推到道河面前，他立马静静地吃起来。

异彩用筷子划拉着方便面，先开口道。

"这怎么可能呢？我去见面会一看，作家先生就在那里。作家先生你明明在阳台上啊！但是作家先生居然在签名会场坐着。作家先生还跟我说话了，和作家先生你……啊，好乱，我到底在说什么？"

道河为混乱的异彩整理了一下情况。

"用名字称呼我，这样就不会那么乱了。"

"啊，好的。我去见面会一看，孔作家在那里。道河先生你明明在阳台上，不可能会比我早到。当然在我到达之前演讲会就已经开始进行了。道河先生你的脸和孔作家的脸一模一样，声音也一模一样。但也有些微妙的差别。比如说气场、表情，搞不好是同卵双胞胎呢！"

"不好意思，我没有双胞胎兄弟。"

"我知道。从现在的情况来看，你们两个确实是同一个人。两个时空通过阳台连接起来了。所以就像道河先生说的那样,似乎越过阳台就穿越了。"

说着说着,异彩皱起了眉头。

"道河先生是相信穿越的吧?"

"我现在除了相信,没有其他方法。"

"适应得挺快的嘛!"

异彩尴尬地笑了笑,放下了筷子。

虽然还剩了些方便面,但是她没有胃口。煮方便面也是为了能有一点儿时间整理下思绪。道河看到异彩放下了筷子,他也随之放下了筷子。

"首先要确认我们是否在同一个时间体系里。"

"我知道。类似平行宇宙那样的吧?"

"如果能用那样的理论来解释就好了。但是我也不确定,只是觉得有这种可能性。"

"好,那我们来整理一下吧。我生活的那个世界有孔作家,他今天开了见面会。那么三年后那个世界的我呢?"

"好奇的话我可以帮你去打听打听。"

道河没能据实相告。

在阳台上再次见到异彩的时候,他以为她终于回来了。但她是生活在三年前的异彩。LAN说对了。在道河的时间体系里,异彩仍旧是失踪状态。而且分析情况的话,可能并不是单纯的失踪。所以道河实在没办法对异彩说出"你失踪了,很有可能已经死了"这样的话。

"确实有些好奇,但是我不想听。不然的话,以后的三年就会变得很没意思。"

"随便你。"

道河喝了口水,不自然地回答了一句。

他已经想清楚了。如果眼前的异彩和自己的时间连通的话,所有的一切就可以纠正过来了。三年前,她的姐姐郑多彩还活着,柳河也没有杀死任何人。

这是一个机会。道河看着坐在对面的异彩,说道:"你,爱你的家人吗?"

"当然了。为什么突然问这个?好肉麻。"

"好奇而已。"

"不爱家人的话爱谁啊?"

异彩就像听到了好笑的笑话一样。因为异彩说得太过理所当然,道河反而不知道说什么了。

"真无聊。不管怎样,真的是发生了不可思议的事情。"

"虽然不可思议,但是也没有其他更好的解释了。"

异彩也同意道河的观点,但是为什么连通的是这个空间呢?

"为什么是阳台?"

还有,为什么是我们?

"我也不知道。"

道河冷漠的回答突然让人觉得有些讨厌。异彩微微瞪了他一眼,但她立刻又改变了想法。他肯定也非常混乱啊!异彩从座位上站起来,收拾碗筷,开始洗碗。

异彩洗碗的时候,道河慢慢地把异彩的家仔细观察了一遍。现在只能选择相信。这里和从玄关门进去的异彩的家是同一个空间,但又有所不同。隐隐的花卉香熏的香味、刚才煮的方便面的味道,以及舒适的温度,都在无声地诉说着,这个家里有人住。

道河一直在想怎么回答异彩的提问。

"为什么是阳台呢?"

正在异彩家阳台上观察自己家的道河转过了身。

"整理完了的话就坐下吧。"

异彩一边脱下橡胶手套放在水池上,一边睁大眼睛问:"您准备继续跟我说平语吗?"

"我已经说了,就继续说吧。你要是觉得委屈,你也可以说平语。"

"算了。"

"那你先坐下。"

异彩坐到了他对面的椅子上。已经整理完思绪的道河冷静地引导异彩开始回忆。

"回忆一下第一次见到我的那天,有什么特别的事儿吗?"

说起特别的事儿的话……

"当然有特别的事儿了。从酒店醒过来,你知道我当时有多震惊吗?"

"不是,我说的是第一次在阳台上见到我的那天。"

"是同一天啊!"

道河思考片刻后继续问道:"那么,那天你相当于是仅仅隔了几个小时就又见到我了?"

"是的。"

"我可是隔了三年。那天还有其他事儿吗?"

"我提着行李搬到这个家里来了。"

家,会不会是501号里藏着什么秘密?道河的脑海中浮现出了一些魔法的东西,然后又被自己脑洞大开的想法逗笑了。

他朝着异彩倾斜着上半身,说道:"我们之间的连接,会持续到什么时候呢?虽然已经持续好几天了,但是应该不会是无限期的。"

"这个难说。也许明天它就会突然消失,就像突然出现一样。"

"确实有可能。那么我们最好先确认一下。"

"确认什么?"

"我们的时间是不是连通的。"

道河说需要确认两个人的时间是不是连通的,异彩也同意他的想法,但是问题来了。

"怎么确认呢?"

面对异彩的提问,道河陷入了沉思。他用手指轻轻敲打着桌面。

可能是因为有节奏的动作,异彩的视线被他那只手吸引住了。道河的手很大,骨关节突出,青筋暴起。

因为老是不由自主地看向他的手,异彩故意抬高了视线,结果又看到了他的喉结。看了会儿微微滑动的喉结,再抬高视线,看到了他的嘴唇。

"三年前,TOMATO公寓前也有花坛吗?"

看到他的嘴唇嚅动,异彩才回过神来。

"有……有。"

"那么,现在一起下去埋个东西在里面怎么样?然后我再从我家出去,去看看能否在花坛里找到埋的东西。如果能找到的话,那就说明我们的时间是连通的。过去的变化会对现在产生影响。"

"这倒是个很不错的主意。"

这是自己平凡的人生中出现的第一个奇异事件,异彩决定去冒险一次。在家里想破脑袋也没用,还不如去尝试做些什么。

朝玄关门走去的异彩回头看了看道河说:"拿一双鞋子来。"

"好的。"

道河通过阳台回到了自己的世界。不一会儿,他就拿来了自己的黑色运动鞋,放在了玄关门前面。

异彩看着自己的鞋子旁边放着道河巨大的运动鞋,不知道为什么心里产生了一种微妙的感觉。她环视了下四周,发现了掉在地上的面值500元的硬币。虽然家里打扫了好几遍,但各个角落里还是会不时地出现硬币。

异彩捡起硬币递给了道河。

"用这个的话肯定过三年也不会腐烂。"

道河看了眼四周,在笔筒里拿起一支油性笔。他在硬币正面写下了自己的名字,然后把硬币放到了异彩的手上。异彩看了看道河的签名,在硬币反面写下了自己的名字,然后把硬币放入拉链袋中,把袋子卷了起来。这样埋起来的话应该就没问题了。

手里拿着拉链袋的异彩先走到了走廊上,等着道河出来。但是却看到道河只在玄关门前面乱挥乱舞,一直不出来。

"您在干什么？"

"我出不去。"

他在玄关门前站着，茫然地看着异彩。他感觉像是撞上了什么东西，就是无法继续前进。有一层透明的膜挡住了他。

道河向着他猜测有膜的分界点伸出手去，在手指尖碰到的地方看到了晃动的透明的膜。

"应该不是突然在演哑剧。"

一开始异彩以为道河在开玩笑，但是看了一会儿，发现真的是有什么东西挡住了他。

"不要用那种眼神看我，我并不是在开玩笑。"

道河换了个方法，像抚摸空气一样摸了摸分界点。他发现他的手在每次触碰的时候，空间在摇晃，就像有一层透明的膜一样。

"我好像知道哪里是分界点了。是那个摇晃的部分，对吧？"

"好像是的。"

"很神奇。那就是说，穿越的界限就是到玄关门为止喽？完全没什么用啊！"

异彩的话是对的。就现在这样的情况，对于找到柳河完全没有帮助。如果不能走出她家，就不可能找到这个时间体系里的柳河。

异彩看着双手扶着透明的墙、茫然若失地站在那里的道河，说道："我先去把这个埋了，然后再回来。"

异彩晃了晃装着硬币的拉链袋，跑下了楼梯。道河听着渐渐远去的脚步声，只觉得自己头痛欲裂。

既然走不出这个房间，那就只能接受异彩的帮助了。不对，在这之前，时间是否连通也还是个疑问。

道河急躁不安地看着走廊，突然听到了快速上楼梯的脚步声。接着，跑上五楼的异彩走进了房间。

"现在您去确认一下吧。我把硬币埋在了最左边花坛的角落里了。"

异彩的手上沾满了泥土，她一边走到水池边洗手，一边继续说道：

"带个泥铲过去。挖比埋更费力一些。"

"我去去就来。"

道河用冷硬的语气回答道。他回到家,到处翻找能挖地的东西。但是他又不养植物,家里哪会有泥铲。无奈之下,道河拿着一个勺子,打开了玄关门。

突然,一阵尖锐的头痛袭来,他不由自主地打了个趔趄。

"怎么回事儿?"

跨出玄关门的瞬间,伴随着席卷而来的头痛,他的脑海中还浮现出了某个场景。准确地说,是某种记忆闯入了他的脑海中。那是三年前,在作者演讲会上,和异彩相遇的记忆。记忆中的自己向异彩提议做追加采访,并说会打电话给她。

因为这个新出现的记忆,道河的思绪在下楼的过程中变得更加复杂了。

走出公寓楼,道河看到了平时从没注意过的TOMATO公寓前的花坛。走到花坛前,他开始挖异彩说的那部分泥土。他用勺子挖了一会儿,觉得很不好用,于是他就直接用手挖了起来。

表层的泥土虽然很硬,但是下面的泥土很湿润,非常好挖。闻着泥土味挖了好一会儿,道河终于看到了拉链袋的末端。他用力把袋子拽出来,顿时泥土四溅。

"找到了。"

拉链袋里装着一枚500韩元的硬币。道河将硬币从拉链袋里掏出来,握在手里。

"果然是相互连接的。"

他更加确信这个事实了。

通过这两个阳台,他们两个可以在三年间来回穿越,而且他们还可以通过改变过去来改变现在。但问题是,道河永远无法从三年前的TOMATO公寓501号走出去。

这样一来,道河就只能成为一个旁观者。他得赶在连接中断之前,告诉异彩未来将要发生的事情。不过，异彩能阻止得了柳河和即将要发生的事情吗？

更何况，道河对异彩还不甚了解。

道河轻叹一口气，抬头仰望着无人居住的TOMATO公寓501号。看来，他得重新整理一下思路才行。

过了一会儿，拿着硬币回到家的道河看到了跳过阳台的异彩，他皱了皱眉头。道河来到阳台，站在异彩面前。

"跳到我家阳台干什么？"

"不是说穿越到三年之后吗？我只是想来一次时间旅行。"

"你就穿成这样跳过来的？"

道河紧皱着眉头，但异彩轻轻扯起自己短裙的裙摆看了看，嘻嘻地笑了起来。

"这有什么，又没人看到。啊，从下面看，根本看不见这个阳台的。"

"看不见？"

异彩和道河的家仿佛变成了另外一个世界。道河认真思考了一下，点了点头。

"也是。这个阳台是两年前才装修扩建出来的。"

"哦？是的。当时强盗进来的时候，之前的我就无法跳过这个阳台啊！"

"……应该是吧。"

"那我会有危险吗？"

"不知道。不过可能会有人报警吧，毕竟这房子里是有人住的。"

"没错。今天过去看了一下，的确有个女人住在这儿。您找到硬币了吗？"

道河打开手掌，给异彩看了下硬币。异彩接过硬币，满脸惊奇地查看着硬币的正面和反面。硬币上，赫然是两个人的签名。

"太神奇了！那我们的时间是……"

"连在一起的。"

一阵微风吹来，传来"丁零丁零"的风铃声。异彩的头发也跟着随风飘扬起来。她拂了拂被风吹乱的头发，嘴边泛起了微笑。

"这风是从哪一年吹来的呢？"

听到异彩的问题，道河也变得感性起来。

"就是说呢。"

"这不禁让人浮想联翩呢，如此一来，感觉自己要变成诗人了。"

异彩明快地笑着，仿佛很是兴奋的样子。

"进来吧。"

道河将异彩带到客厅。来到客厅，异彩环顾了一下房间。

"哇，您家就跟酒店一样啊，这房子真不错！"

客厅中间的斑纹地毯上，放着一个可容纳六人的黑色真皮沙发。三面墙上全部放置着书架，书架上摆放的书琳琅满目，宛如某位作家巨擘的书橱。

"喝咖啡吗？"

"好的。"

不一会儿，道河端着两个黑色马克杯走出来，四处寻找着异彩。此时，异彩正在玄关门前抚摩着空气，她的指尖能感受到微弱的弹性。

"你在干什么？"

"我好像也无法走到未来的时空。"

异彩用手掌"啪啪"地击打着空气，抿嘴笑了起来。手掌心传来的弹性触感有趣得很。

"你不是看到我走不出去了吗？"

"我有可能比较特殊啊，不是吗？"

异彩一边说着一边往后退了一步，接过道河手里其中一个马克杯。道河关上玄关门，这时，他发现了一件奇怪的事情。

"这门你是怎么打开的？"

"我是用力推开的。虽然我的身体不能出去，但在房间里用力推的话，门还是能打开的。不过，因为手不能伸出去，所以门无法关上。"

异彩喝了一口咖啡，嘴里弥漫起异常浓郁的香气，里面糅杂着坚果的香味和巧克力的甜味。

"味道真不错。您用的是什么咖啡豆啊？"

"牙买加蓝山。"

"勾兑搅拌后会有这种味道吗？"

"去年，有家企业开始专门向国内供应这种百分之百牙买加蓝山咖啡豆，不过价格很高。"

竟然可以在家里喝到世界三大咖啡之一的牙买加蓝山咖啡。时间旅行万岁！异彩心情大好，又喝了一口手里的咖啡，真的有种身临其境的感觉。

"时间旅行。"

小声嘀咕着的异彩仿佛下定了决心一样，大声宣布道："好吧，就假设我们所有的设想都是真的，那……"

"那什么？"

"请您告诉我下次中奖彩票的号码吧。"

道河一副瞠目结舌的表情。异彩见此，一字一句地说道："买彩票怎么了？如果中了一等奖，人生就有可能逆转。每次看到涉及时间旅行的电视剧或者电影，我都觉得很奇怪。为什么他们不问问彩票中奖号码呢？当然，我不会独吞的，咱们对半分，奖金我分您一半的。"

异彩脸上满是轻快的表情。

她嘻嘻微笑的样子就仿佛已经中了彩票大奖一样。而事实上，她连拿到奖金后要做什么都已经想好了。

"好，我可以告诉你一等奖的中奖号码。但是，每周连续中奖的话，会让人觉得奇怪，所以我会每月告诉你一次，总共跟你说三次中奖号码。你也不用把奖金分我一半，奖金全部归你，不过我有个条件。"

"什么条件？"

这可是要中三回彩票大奖呢，异彩做好了满足他一切条件的准备。

"帮我找个人。"

"人?"

"我正在寻找我的弟弟,他现在处于失踪的状态。但是,如果回到三年前,也就是在你所处的时间里,应该还可以找得到他。"

这也不是什么难事儿。如果自己找不到,还可以委托跑腿公司来帮忙。尽管会花很多钱,但手里握着三张一等奖彩票,还有什么做不到的呢!

"只要找到他就行吗?"

"我猜测,我弟弟现在可能绑架了一个女人,并且监禁了她。你得救那个女人才行。"

这剧情是要从浪漫玄幻题材转变为惊悚恐怖题材了吗?异彩感觉手里握着的马克杯的热气悠悠地飘散了。

"绑,绑架?"

异彩想跟他说不要开这种玩笑,但对面道河的目光,却比任何时候都要真挚。

"那个女人死于非命,尸体在六个月后被发现。更明确一点儿说,你只要阻止那件事儿发生就可以了。"

灰色的集装箱里幽暗阴冷。多彩用力睁开眼,挣扎着坐起来。她下意识地抓住下滑的被子,右手腕的手铐上连着的长绳发出"沙啦沙啦"的响声。绳子有些重,手腕传来麻麻的酸痛感。现在只被绑住了一侧的手腕对于多彩来说是不幸中的万幸。

"喂!疯子!"

不管多彩怎么大声尖叫,都没有任何回音和动静。

多彩将双腿并拢,把头埋在膝盖中间。多彩在这个地方已经被关了一周了。不,也许都超过十天了。最初的几天,多彩一直处于紧张的状态,强撑着不敢睡觉。这是她第七次因为困得撑不住而沉睡过去。她无法准确地测定时间,这着实让多彩郁闷至极。

绑架犯想要的是多彩一直研究的项链。他疯狂地沉迷于那条项链。

从他一声声地叫多彩"姐姐"的情况来看，他应该年龄不大。不过，就算他不那样称呼她，他的模样看起来也比多彩小一些。他的样子也很帅气，是那种走在路上与他对视过后还会回头再看一眼的帅气。

"这里是哪儿啊？"

多彩完全摸不着头脑。被绑架后，多彩听不到集装箱周围有任何声音。要不是集装箱隔音很好，就是周围什么东西都没有。实在不行，哪怕是有个正常的窗户也好啊……

集装箱左边，有一个手掌大小的窗户。多彩透过那个好像没被打开的玻璃窗往外看，只能看到巴掌大的天空和教会的十字架。如果能完全看到教会的名字就好了，现在她只能看到后面的三个字——"正教"。

这时，外面传来一阵金属门打开时的摩擦声和划拉地板的声音。多彩还感觉到了人的动静。进来的人，是绑架犯柳河。从他急匆匆的步伐来看，应该是他没有解决好外面的事儿。多彩的胳膊上起了一层鸡皮疙瘩。她拉起被子，盖住自己颤抖的手，整理了一下脸上惊恐的表情。

集装箱中间的门一打开，耀眼的光线倾泻进来。有些神经质的柳河走进来，将项链砸到墙壁上，掉落在地板上。那条项链一下子吸引了多彩的视线。

多彩看着那条项链，深吸了一口气。那是自己送给异彩的生日礼物。接着，一个包往床上飞过来。多彩也认识这个包。

这个包是异彩几个月前买的，她还曾在自己面前炫耀过。

"不准碰我的妹妹！"

多彩怒不可遏地大声喊道。

本来打算走进房间的柳河掉转方向，来到多彩的面前。柳河一只脚踩在床上，伸手攥住多彩的衬衫。多彩的身体被拉起来，她因为身体无力只能被动地抓住柳河那只抓着自己衣领的手。

"那你告诉我项链藏在哪儿不就行了吗？我也不想让事情变得复杂。"

"我说过几次了,那条项链就放在房间里!如果不是项链长了脚,它应该就在书桌上。"

柳河用清澈的眼神看着多彩的脸,咧嘴笑了起来:"那项链长脚了吗?"

"什么?"

柳河将多彩放下,多彩手上那连着手铐的绳子发出"沙啦沙啦"的声音。

"不管项链是长了脚,还是长了翅膀,都没关系。你只要把项链带来给我,到时候姐姐你就自由了。"

多彩挣脱出来,将自己的衣领整理好。她的手微微颤抖着。

"害怕了吗?我也本不想让你感到害怕的。"

多彩闭上了嘴巴,柳河的嘴里发出了泄气的声音。

多彩是个非常聪明的人质。即便自己害怕得要死,但她马上装作没事儿的样子。而且,她能清楚地区分出什么时候能顶撞,什么时候不能顶撞柳河。她会适当地加以反抗,让自己看起来一副不好惹的样子,但她又不会过分地越线而让柳河大发雷霆。

柳河坐在床头,手里握着多彩身上盖着的被子。

"我见了你妹妹,很漂亮嘛!"

多彩的眼睛里流露出不安的神色。

"你不要动异彩。和她没关系。"

"两位一点儿也不像,您知道吗?无论是长相,还是气质。从小一起长大,您就从没嫉妒过吗?就没想过为什么妹妹生得那么漂亮,自己却长成这副模样吗?说实话,姐姐您长得不算漂亮。属于有点儿平凡的那一类吧。"

多彩转开头,自讨没趣的柳河又补充了一句。

"最近总是很碍眼呢,郑异彩。"

柳河把多彩抓在手里的被子提起来,一下子扔在地上。

"你想,拿异彩怎样?"

柳河听出多彩声音里的颤抖，心情好了一些。

"没想怎样啊！我想要的只有一个。对姐姐您来说，也算不上坏条件吧。我找到项链，姐姐您找回自由。"

"我说了项链就在桌子上，你还要我说几遍？"

"好吧。姐姐您应该也是惜命的人，在这种情况下应该不会说谎吧。其实现在，我也有点儿怀疑是不是项链已经启动了。"

说不定多彩已经启动了软玉。也许，多彩无意中启动了软玉，还没有找到时间通道，一个月就那样过去了。

"说说您之前研究的内容吧。"

"并没有了解多少。"

"您还是配合一下比较好吧？我的耐心可不多。"

"你这是绑架，知道吗？是犯罪。你打算怎样？"

多彩抬起右手，晃了晃。锁链立刻发出"当啷、当啷"的碰撞声。

"我说过，扭转时间就可以了。"

这不是能不能找到的问题。柳河已经绑架了多彩。现在，除了扭转时间，别无他法。没有任何选择的余地。

"如果不能扭转呢？如果那条项链没有那种力量呢？"

柳河只是笑着。

多彩叹了一口气。真是倒霉被抓啊！听他说会提供关于项链的信息，所以多彩约了他在钟楼公园见面。谈话过程中，她一时大意喝了他给的饮料。然后，就被关进了这个集装箱。

"你到底想要扭转什么？"

"任谁都会有那么一瞬间吧。想要扭转的一瞬间。"

"也许，不扭转时间，也能解决啊！我会帮你的，怎么样？"

"姐姐您吗？"

柳河笑了起来，像是听了什么有趣的话。接着，他的表情又瞬间暗淡了。他五官清晰，因而他表情的变化也极为显眼。

"算了。只要扭转回去就好了。这样不就都解决了吗？我对您没什么不满。您只要做好我吩咐的事情,老老实实地待着就好,所以不用害怕。您这样发抖,就好像我真是个坏人似的。"

"再这样下去,你就变成罪犯了。"

"我已经是罪犯了。"

"你如果现在放了我,我不会报警的。如果你不相信,我可以写保证书。我不是傻子。这种程度的监禁,刑量没多少。也没有暴力,所以只是单纯的绑架。就算检察官判得再严,可能也就是判个三年以下的有期徒刑或者罚款而已。哪怕是恐于报复,我也是不会报警的。不是吗?"

"我不是那个意思。我意思是,我有前科。毒、品、前、科。"

见柳河说得那样淡然,多彩倒吸一口冷气。他再次咧嘴一笑,继续说道:"没关系。因为我早晚会把项链拿到手,扭转时间的。"

柳河似是觉得目前的情况没什么大不了的。他相信只要能够扭转时间,不管他做什么都可以。

"如果找不到呢?如果你永远得不到呢?不,万一在那之前,你就已经被警察抓了呢?"

"姐姐您也太消极了。我说了,肯定能找到的。反正能扭转时间,不管是绑架一个人,还是绑架两个人,都一样。"

柳河突然目露凶光,充满狂气。

"虽然我对您没什么不满,但对郑异彩那个女人,真让人不太满意。自己的姐姐被绑在这儿,当妹妹的,一个人太逍遥了吧。不是吗?"

最让他不满意的是,她总是和道河见面。

"不许动我妹妹。"

多彩眼里流露出不安的神色。柳河是个难以捉摸的人,不知道他会做出什么事儿。

"怕什么。我也是有审美的。我是个看脸的人。喜欢高个子的女人。啊,论外貌的话,郑异彩正是我的菜呢!"

"异彩,她。"

"怎么了?又要说'不许动她'吗?姐姐您也不用这么虚伪。您不也希望郑异彩能够消失吗?不是吗?"

"我和你不一样。"

"如果您想继续假装善良的姐姐,您随便。"

柳河从刚才扔掉的异彩的包里掏出手机。有一条让自主联系通信公司的信息,看样子应该已经销户。因为设置了屏锁,除了能看到来自"成洙"的多通未接电话,其他的一无所知。

"成洙是谁?"

多彩绷起脸。见柳河一直看着自己,多彩不得已开口说道:"博物馆的同事。也是异彩的朋友。"

"男朋友?"

"普通朋友。"

"哼嗯,他的车是蓝色的Q3?"

见多彩局促不安的样子,柳河扑哧笑了。

"您知道手机的解锁图案吗?"

"我怎么知道。"

多彩虽然嘴上这么说,她的视线却一直逗留在手机上。即使是没信号的手机,也能拨打112或119等急救电话。只要能拿到手,就有望逃离此地了。

"您的眼神太哀切了。我可没想把这个给您。您想想解锁图案吧,截止到明天。"

"到底怎么做,你才会放了我?"

"我不能放了您。因为,项链或许还没有换主人,如果放了姐姐,我的行动可能就会受限了。姐姐您要帮我一起寻找项链。两个人总比一个人强吧。我调查过,您很有能力呢!"

"你觉得我会帮你吗?"

"您都被绑架了,话还这么多。我觉得您还是乖乖配合的好。因为，您能逃离此地的方法，只有扭转时间这一个办法。"

"那怎么找啊？若按你说的，项链启动后会消失，会随机飘荡在时间里啊！"

"得找到啊！不管用什么方法。"

"如果我不配合呢？"

"这儿，这个地方会多一个人吧。郑异彩？不对，您的单亲母亲还在呢。她怎么样？一家三口并排坐在一起的话，您会不会愿意配合呢？"

多彩用力咬着嘴唇，几乎要咬出血来，她低声说道："你疯了。"

"所以说啊，我好像是疯了。"

柳河笑得比任何时候都要灿烂，多彩沉吟了一下，下定了决心。

"我，应该做什么？"

"您先想想解锁图案吧！"

尸体？异彩手中的马克杯摔落在地。杯子里滚烫的咖啡顿时四溅开来，一部分溅在了异彩的腿上，随后沿着腿流淌而下。咖啡溅到的皮肤被烫得发红。

"啊！"

感到疼痛的异彩皱起了眉头。

"小心一点儿。"

"还不是因为您突然说些像小说的情节，才会这样啊！"

异彩把空马克杯放在桌上，然后抽出几张纸巾。她轻轻地擦了擦沾在腿上的咖啡，便开始擦被咖啡浸湿的地板和沙发。

绷紧了脸的道河打开抽屉，取出急救箱。从里边找出酒精和消毒棉，递给了异彩。

"用这个冷却一下。"

"没关系，这种程度。"

"擦擦。好像烫伤了。"

"只溅了一点儿。"

"我很担心,所以你快擦擦。擦了我再继续说。"

异彩不得不拿起消毒棉,沾了沾酒精。湿润的消毒棉一碰到腿,她就感到一阵清凉。翻着急救箱的道河又递过来烫伤膏。异彩挤出药膏,抹在腿上。

"不用这么夸张。"

"是你对自己太不关心。上次伤到的脚好点儿了吗?"

"没事儿了。总之,您还是接着说吧!"

道河刚一开口,就传来了门铃声。

"三年前,我弟弟和一个女人在一起。也许是绑架,也许是经过对方同意而在一起。问题是,六个月后,发现了那个女人的尸体。"

这时,门铃又再一次"不识趣"地响了起来,但道河没有理会,继续说着。

"弟弟沦为犯罪嫌疑人。案件轰动一时,警方也展开了彻底的调查,我也单独进行了调查。但是,我弟弟到现在还没找到。"

接连响起的门铃打断了道河的话,有人一直不停地按着门铃。虽然里面没有任何反应,访客却不依不饶,后来竟开始敲着门大喊起来:"孔道河,开门!我在停车场看到你的车了!"

听到清脆的声音,异彩把头转向玄关门。

"您出去看看吧。有人来了啊!"

道河伸出手,抓住她的胳膊,再次成功地拉回了异彩的视线。

"如果是你的话,如果是你所在的时间的话,应该能找到。"

道河决定保密。他隐瞒了被发现的女尸是多彩的事实。他迫切地需要异彩的帮助,所以不能对她如实相告。他猜测不到如果知道受害人是自己的姐姐,她会作何反应。所以他必须选择安全的办法。

为了不让她听到多彩的消息后,冲动地扭曲未来。

"如果是你的话,可以找到。"

道河那富有感染力的声音,再次动摇了异彩的心。她的眼眸也随之转动。

"啊,嗯。"

异彩无法忽视他的眼神和声音。她鬼使神差地点了点头,在听到喧闹的声音后,又回过神来。访客开始歇斯底里地踢踹玄关门。

无法忽视的巨大噪声触动着道河的神经。

"等一下。"

道河走到对讲机前。屏幕一亮,就出现了一位褐色卷发的女人。跟着道河走过来的异彩在看到那个女人的脸后,不由得张大了嘴巴。

是罗睿熙,她身穿一条修身的黑色连衣裙,显得身材格外曼妙。对讲机屏幕里的她和电视里一模一样。不对,是比电视上还要漂亮。"漂亮"这个词好像就是为她而存在的。

"你怎么来了?"

听到道河冷冰冰的声音,睿熙像早就预料到他会这样问似的,露出魅惑的微笑。

"因为想你了。"

"别装了。"

道河生硬地说罢,睿熙瞬间变了脸。

"真小气。我来找你真的是有话要说。"

异彩双臂环抱站在几步之外,像看电视似的盯着对讲机看热闹。对她来说,睿熙的到访并不重要,重要的是三张头等奖的中奖彩票。

"我家有客人,你走吧。"

"撒谎。别等着将来后悔,快开门。你不是很想念我吗?"

道河充满厌烦的眼里瞬间燃起怒火。

"难道你得了痴呆吗?"

"说话又那么刻薄。屏幕上能看到我吧?很久没见,是不是觉得我更漂亮了?"

她的脸上泛起微笑。

"我无话可说,你走吧。"

"我很后悔，也反省了很多。"

"够了，滚。"

他的语气多少有些粗鲁，异彩有些吃惊。但是睿熙反而笑得更加灿烂了。

"很久没听你这么说了。说'滚'的时候你的声音很性感，你知道吗？"

"我说了让你滚。"

"你看，又这么性感。"

睿熙一脸的淘气，微笑着回应。

道河朝异彩点了点头。异彩用口型问道："怎么了？"只见他连忙摇晃手指，然后轻声耳语道："扮演男友的事儿，好像是时候报恩了。"

异彩明白了他的意思，靠到对讲机前。

"外面是谁啊？"当然，她没有忘记努力地让自己的声音听起来清脆动听一些。

"没什么。"

道河说完便关掉了对讲机，转身离开了玄关门，毫无留恋地向阳台走去。

"您去哪儿？"

"你家。"

"什么？"

"这儿可能会变得更吵。"

异彩回头看向安静下来的玄关门。

"她没走吗？"

"没走。"

像是为了证明他的话似的，门又一次"哐哐"响了起来。

"那个女人是谁！"

听到这大嗓门儿，异彩吓得打了个寒噤，连忙跟上道河的步伐。

"不愧是演员，嗓门儿就是好啊！"

连罗睿熙都缠着他不放，道河看起来更了不起了。

虽然早就知道他了不起。

作者见面会上有人提出了关于热恋传闻的问题，他搪塞说只是因为电影的事情见了几次面。但是听两个人的对话，好像并不只是那样。

虽然现在吃了闭门羹，但睿熙的话暗示过去两人之间是有某种历史的。

"心情莫名变得好奇怪啊！"

道河已经率先越过了阳台，他向随后而来的异彩伸出手。

"我自己能过去。"

"抓着。如果从这儿摔下去，可不是受伤那么简单。"

这话没错。异彩老老实实地抓着他的手越过阳台。之前没有他的帮助，她也都顺利地越过来了。虽说不是必要的帮助，却也莫名觉得踏实。

回到家的异彩把水面荡漾的两个水杯放在桌上，然后一口气干了自己那杯。喝了冰水以后，顿时感觉神清气爽了不少。

仔细琢磨道河的话，异彩发现有几个问题。首先，帮他找弟弟的过程中如果时间连接中断，异彩得不到彩票号码怎么办。

"要不然让他先预付？"

还有一个问题。绑架、监禁、杀人、尸体等一连串的词组让人惶恐不安。

虽然很想救人一命，可她不想搭上自己的性命，这也是十分坦率的想法。异彩权衡着彩票和危险，忽然，她想起了什么。

"一个月，只有一次。"

仔细一想，初次遇见道河的那天，还有一件特别的事情。那就是她收到了多彩一直在研究的那条软玉项链。

"如果那是一条开启时间旅行的项链的话？"

异彩立马笑了出来，不可能有那样的项链。但是如果计较起来，通过阳台和三年后的未来相连接，也是不可能的事儿。还有那时的那光芒。

异彩抬起头凝视着道河。

"特别的事情，还有一件。"

"特别的事情？"

"初次遇见您的那天，我离开酒店后去了一趟博物馆。那时，和我一起共事的朋友给了我一条项链。"

"项链？"

听到"项链"一词，道河有了反应。

异彩取来放在床下的木匣子打了开来，软玉项链随即展现在眼前。

道河盯着项链，比知道通过阳台可以穿越时显得更加震惊。

柳河失踪之前一直在寻找什么项链。他的公寓里有很多关于项链的资料，但是道河并没有留意看。因为那像是只有在传说里才会出现的项链。

再加上柳河的亲生母亲在世时收藏过茶具和古籍，受其影响的柳河也很热衷于收藏古玩。

道河没把它放在心上，但LAN却主张那条项链可能是非常重要的线索。那条项链现在就在眼前，和柳河公寓里贴着的照片一模一样。

异彩没有觉察到他的神色变化。

"这是姐姐之前一直在研究的东西。项链每颗珠子的制作时代都不同。"

"那是什么意思？"

"也就是说，这些小珠子是琉璃玉珠。这条项链由去年、百年前和千年前制成的琉璃玉珠串连而成。"

"为什么要这么做呢？"

"一开始我觉得是有人收集了不同时代的琉璃玉珠制作而成。"

"但是呢？"

"你看这儿,看到这行字了吧?"

异彩用手指指着放在木匣子里的项链。仔细一看就发现,软玉上刻着汉字。

"上边刻着'一个月,只有一次'。"

"什么意思?"

异彩摇了摇头。

"是不是说为期一个月,仅有一次的机会呢?扭转时间、改变命运的机会。"

"你是说这是开启时间旅行的项链?"

道河虽然一直在反问,但从他看到项链的那一刻起,他就已经十分确信了。这条项链应该就是时间旅行的媒介。

"这也是有可能的。"

异彩想要取出匣子里的项链,道河连忙抓住她的胳膊。

"别碰它。如果真的是因为项链的话,最好还是别碰它。时间连接会解除也说不定。"

"啊,是呢。"

异彩迅速地撤回胳膊。

"这条项链确实有很多奇特之处,当然也有可能性不是。"

"不,应该没错儿。我知道这条项链。"

道河的声音有些细微颤抖。亲眼见了柳河一直在寻找的项链,他似乎才明白了他那么执迷于这条项链的原因。他围着TOMATO公寓501号打转的原因,还有他绑架郑多彩的原因。

时间旅行,他应该很想逆转时间。

道河用手搓了搓脸,眼神里流露出藏不住的不安和悲伤。异彩打量着他的脸色问道:"您知道?这条项链?"

"我,知道。"

他红了眼眶。异彩明白其中定有什么缘由,于是悄悄移开视线。看起来刀枪不入似的,却突然显现出软弱的样子,这可是犯规。

道河低头看着项链,良久,他才伸手关上了木匣子的盖子。

"你好好保管，放在谁都找不到的地方。"

异彩再次把它推到床下，站在道河面前。

"说说您对这条项链的了解吧。"

"这条项链会寻找主人，如果条件合适，它就会启动。而且据说，过了限定的时间它就会消失。可能是为了寻找下一位主人，飘荡在时间里吧。"

异彩低声嘟囔着他最后的话：

"飘荡在时间里。"

"我觉得是一种暗喻。但若属实，一个月的期限一过，这条项链就可能会消失。"

异彩在脑海中计算着时间。收到项链时是5月1日。

"收到项链以及在阳台遇见您是1号，所以我们还剩二十四天。"

"如果假设正确的话。"

可以开启时间旅行的项链，真是荒谬绝伦。可就目前来看，这似乎最接近正确答案。

"您是怎么知道软玉项链的？"

"弟弟之前一直在找这条项链。我觉得我们这样连接在一起，绝非偶然。这对我们来说都是机会。我找回自己的弟弟，你得到你想要的东西。我想你也绝对不会后悔的。我觉得我们需要抓住的'一个月，只有一次'的机会也许就是这个吧。我们可以改变你的未来和我的现在。"

果然，他好像认为这是"机会"。道河说完，等着异彩理清自己的想法。

一直低头凝视着地面的异彩抬起头，似是下了什么决心。

"好。可以报警吗？"

"不行，不能报警。警察到现在都没有找到一点儿线索。就算申报失踪，警察应该也不会有什么作为。如果平白无故地刺激到我弟弟，还可能会加快那个女人的死亡。"

"那也应该……"

异彩的声音越来越小，因为那个人是道河的弟弟，所以她不想说出什么话伤害到道河。但她转念一想，又有什么方法能抓到涉嫌绑架、监禁、杀人的罪犯呢？

"我是说要找到他，并不是说要抓他。"

看到异彩再次犹豫不决的样子，道河补充道："我们是在救那个女人，说不定能救两个人。"

"两个人？"

"那个女人和我的弟弟柳河。他们两个可以重获新生，而你能成为彩票一等奖的中奖者，并且是三次。"

异彩咽了咽口水。这个中三次彩票一等奖的条件，对于异彩来说实在是太有诱惑力了。而且还事关两个人的生命……

"这对你来说难道不是很不错的条件吗？我不会让你做困难的事儿，如果你做不到也可以拒绝。"

"那是要追踪手机位置之类的吗？"

"没用，到目前为止，我能做的都尝试过了。"

"那怎么找呢？"

"办法我来想，准备工作我来做。在此期间，你就只管收集跟项链有关的线索。我不会让你去做危险的事儿。"

道河冷淡的表情让异彩不寒而栗。仿佛时间静止了一般，异彩愣了好久，之后她一口气喝了好多水，连道河的那份也喝掉了。然后反问道："您确定不会有危险吗？"

"我会试着找到不让你陷入危险的方法。"

异彩闭口不言，她的眉头皱了起来。

"帮帮我。"

道河的语气十分恳切。

和煦春日里的星期天，异彩早早地起了床，她打开电脑浏览器，一直反复搜索着什么。不知是不是因为家里太过安静，房间里只有她均匀地敲击电脑键盘的声音。

与"时间旅行""文物项链""时间旅行项链""阳台时间旅行"等

相关的关键词,她能想起来的,她全都搜索了一遍,但是搜索出来的全是一些小说、电视剧和电影的情节内容。

一个月,只有一次。

如果因为这条项链的每颗珠子是在不同年代制作出来的,而能够实现时间旅行的话,那么在这世界上肯定还有人经历过异彩和道河正在经历的事儿。那会不会有人留下记录呢?

异彩改变了搜索框里的关键词。

"时间旅行随笔""一个月,只有一次的画作""时间旅行项链的画作"。

不知不觉中,异彩已经搜索了一上午,最终她搜索到一幅一家小画廊正在展出的画作。这幅作品据推测创作于开化时期,作者未详。画中没有任何多余修饰,只有那条软玉项链跃然纸上。画作旁边留有一句话:

一个月就这样毫无意义地过去了,奇迹并没有发生。

不容置疑,异彩拿着的项链就是那条软玉项链。异彩加快了敲击键盘的速度。或许是因为不知道作者是谁,所以并没有搜索出来什么重要的线索。但是可以搜索到收藏这幅画作的画廊。异彩在搜索框记事本里粘贴下画廊的地址。

"先去那儿看看再说。"

异彩怀着激动的心情搜索了到那儿去的交通方式。在皇博物馆前面有可以直达画廊的公交车。但是画廊的入场时间限制却是个问题。

就算她现在就出发,好像也无法在画廊规定入场时间内赶到。异彩在记事本上记下公交车号和要下车的站牌,之后她的手才离开了鼠标。

"一个月的奇迹。"

这幅画的作者把这段时间用"奇迹"来表达。异彩靠在椅子后背上，思索着自己和道河在这一个月里可以创造什么样的奇迹。

道河说过他一直在寻找成为杀人嫌疑犯的弟弟。异彩在酒店和作者演讲会遇到的孔作家与阳台对面的道河，这两个人性格差异明显也许就是因为他的弟弟——柳河。

"弟弟的名字，是孔柳河吗？"

虽然道河多次强调尽量不会让异彩陷入危险之中，但这话本身就是说异彩很有可能陷入危险。那个人对于道河来说是弟弟，但对异彩来说只不过是涉嫌绑架、监禁、杀人的罪犯而已。寻找那样的人，对于异彩来说无疑就像是在地雷区行走一样危险。

异彩综合各种状况，还是觉得拒绝这个提议比较好。就算中了彩票一等奖，自己没命花也还是没用。因此她想拒绝，但是心里还有点儿过意不去，她感觉就像对那个本可以救下来的人见死不救一样。若六个月后听到有谁死亡的消息，她肯定会自责愧疚的。

而且阳台对面的那个男人……

一时间想到道河，异彩把椅子向后移了移。下定决心之后的异彩总觉得要吃点儿什么。

异彩起身回过头，无意间与阳台玻璃窗外的双眼对视了。她被吓了一跳，意识到是道河之后舒了口气。

"吓，吓死了。为什么要在那儿站着啊？"

异彩打开阳台的门，道河走了进来。

"我敲了好一会儿门，你也没听见。"

"那也不能站在那儿啊！"

异彩抱怨着。她遇到强盗和跟踪她戴着棒球帽的男人，而且还遇到小偷。最近她经常与罪犯碰面，好像胆子变得越来越小。

"如果吓到你了，我表示抱歉。"

"没关系，有什么事儿吗？"

"我是来听你的回答的。"

异彩直勾勾地盯着道河。果然，她一与道河对视，就有一种快要窒息的感觉。她不自觉地舒了一口气。

"知道了。"

道河的眼神渐渐放柔,像是安心了一样。

"这就对了,我们会在一个月内找到柳河和被绑架的女人,而你能获得彩票中奖号码。"

"那就这样吧,不过道河先生得对我的安全负责。"

异彩决定帮助他,不仅仅是因为彩票中奖号码,还是因为在异彩遇到强盗时,他毫不犹豫地出手相救。出于感谢之情,异彩觉得自己也该帮助他。而且,异彩希望道河能像她在作者演讲会遇到的孔作家一样再次笑起来。

这世界上有很多人否定时间旅行。他们以时间悖论等各种理由来论证时间旅行是不可能的。仔细去分析那些理由的话,大部分也还是较为合理的。但是现在,道河却真实地站在异彩的面前。

异彩的时间和三年后的道河能够相互连接在一起,这绝对不是偶然。异彩有一种预感,这其中肯定有什么理由。于是,她决定投身到这像魔法般发生的状况中一探究竟。

她希望这不是地雷区而是花路。

在她想继续说些什么的时候,她的手机铃声响了起来。在她开通手机号之后,第一个打电话过来的是"孔道河作家"。

异彩将手机屏幕让道河看过之后,接通了电话。

"喂。"

"我是作家孔道河。"

听到手机里传来的孔作家的声音,异彩屏住了呼吸。她在与道河相视的状态下,和孔作家通着电话,这真是件无法想象的事儿。

"您打来电话是因为采访的事儿吧?"

"是的,想问问您星期一是否有时间?"

"我可以的。"

"那四点见可以吗?"

"好的。"

"我会提前跟博物馆联系的。"

异彩跟孔作家定好见面场所后,挂掉了电话。她对一直注视着自己的道河说道:"跟孔作家约好明天见了。"

孔作家喜欢书的味道。无论是新书还是旧书的味道他都很喜欢。不过有一点例外,那就是父亲书房里散发出的书的味道。他闻到父亲书房的书的味道时,就像闻到有毒物质散发着刺激性气味,让他胸闷到透不过气来。

现在也是这样。道河走进很久没来过的父亲书房内,他还是有一种要窒息的感觉。

"拿着。"

道河听父亲说罢,转头看到桌子上放着一个金色信封。孔作家看了一眼信封,又看了一眼父亲。

"这是什么?"

"你替我去参加吧!"

父亲的声音里透露着不满意。对于父亲来说,孔作家并不让他满意。在柳河发生毒品事件之后,父亲对代替弟弟以儿子的名义生活的道河还是不满意。

孔作家不想因为小事儿与父亲争吵,他顺从地打开信封。信封里面是带有蕾丝装饰的请帖。

高润宇和金孝琳,道河没听过的名字。

"大韩集团三千金的结婚典礼,你到那儿好好打个招呼。"

"这么重要的场合,您怎么不亲自去呢?"

父亲对孔作家的这种态度感到不快。之后,父亲拿出了一张照片。照片上的女人高贵而美丽。微微内卷的短发,身着正装套裙的她可以用"清秀文静"来形容。这个女人长了一张好像无论你说什么她都会回答"好的"的乖巧的脸。

就算不听父亲接下来要说的话,道河也知道这张照片的用途是什么。

"我没有兴趣。"

孔作家被压抑许久的感情在渐渐爆发。

"就以你的水平,本是不可能与这样的千金交往的。也多亏你遗传了在熙漂亮的外貌,再加上你作家的名声,才给你安排的。"

"也是,也该想想我的出身。"

"对啊,你知道就好。虽然那位千金是再婚,但这都不算什么缺陷。先交往试试吧!"

小时候,孔作家和妈妈两个人生活在高级公寓里。但不知道是不是施工工作没做好,一到夏天,房子里就到处发霉。无论喷多少除霉剂都没有用,霉菌扩散开来好像是要把整面墙吃掉一样,有时候甚至连窗帘、沙发和衣柜上也布满了霉菌。

外表华丽却每年都长满霉菌的家。孔作家有时觉得自己像极了小时候生活过的那个家。

"这个女人的家里也知道吗?"

"你说什么呢?"

"我问您他们是否知道我是您的私生子。"

"看来你是疯了。"

父亲眼神里透露出的轻蔑对道河来说并不陌生。

在那个长满霉菌的家里,道河偶尔见到的父亲还是满脸温柔。也许当时父亲的表情中透露的并不是温柔,而是愧疚。但自从他踏入这个豪宅的那天起,父亲就经常用那种轻蔑的眼神看着道河。

因为在孔作家成为他的儿子之前,孔作家对于他来说是不知道什么时候就会被发现的耻辱。

"我不会去相亲。还有,您要一直对柳河不管不顾吗?已经过去半年了,请您叫他回家吧。"

即便提到柳河,父亲的表情也没有一丝变动。在柳河以毒品持有罪被抓走的时候,还有说要对外公布道河是他的儿子的时候,他都是这副表情。

"愚蠢的家伙。佣人的儿子闯祸了没有问题,但那闯祸的儿子若和我在一个屋檐下生活就有问题。他是毒贩呀!"

道河觉得自己快要窒息了，仿佛书房里的空气一下子全都消失了一样。

"柳河不是用人的儿子，是爸爸的亲生儿子。"

"我没有像他那样的儿子。我只有你一个儿子。你不要多管闲事儿，往我脸上抹黑。"

曾经，他也宣称他只有柳河这个儿子。

"如果我不是有名的作家，您还会这样吗？"

"不管你是什么，总归比柳河那个家伙好。幸亏外面的人都以为我只有一个儿子。"

所以，孔作家一直以被隐藏的儿子的身份活到现在。而以后，柳河将要像他以前那样生活下去。不管是谁，爸爸有真正地把他们当作自己的儿子过吗？

"爸爸。"

"算了。我们家是不能容忍那种瘾君子的。你不要把事情闹大。这对你来说不是件好事儿吗？你一直希望我能承认你这个儿子，我没说错吧？所以不要假装固执要面子了，重新回到这个家吧！"

小时候，道河确实希望爸爸能承认他这个儿子。不对，是在柳河被赶出去前，他一直期盼着爸爸能对外承认自己是他的儿子。那曾是他最大的愿望。

但是现在不一样了。对于爸爸来说，儿子只是如同装饰品般的存在。当柳河看清楚这一点时，他只想拒绝。更何况他是替代柳河，这点更让人讨厌。

"请您让柳河回来吧。那么我也会回来。"

孔作家从黑色的皮革沙发上起身站起来，打开了门。

妈妈在熙正站在门外。看到她站在那儿不敢进门的样子，道河觉得心里很不是滋味。

但是，这一切都是她咎由自取。

"这么快就走了吗？吃了饭再走吧。"

其实因为今天是双亲节，道河才回来的。但是以他现在的心情，他一点儿也不想和爸爸一起吃饭。

"您和爸爸一起吃饭吧。"

"你爸爸他不和我一起吃饭啊！"

柳河被赶了出去，孔作家又不愿意回来，所以偌大的房子里只剩下爸爸和妈妈两个人。即使这样，也没有任何改变。

"您准备一直这样生活下去吗？"

"道河……"

"实在不行的话，您就再婚吧。您总不能一直以柳河乳母的身份生活在这里吧。不对，现在对外宣称是我的乳母了吗？"

在熙似乎很为难，她躲开了孔作家的视线。

"如果让人落下口舌的话，你爸爸会很辛苦的。最近政党情况不太好。我现在挺好的。"

"真是非常好"这句话已经到嘴边了，道河还是硬生生地把它咽了下去。虽然他很爱自己的妈妈在熙，但是却无法理解她。她为什么要执着于这种生活呢？看着妈妈这样牺牲自己，忍气吞声地生活，道河觉得很郁闷，甚至很生气。

"我走了。"

道河此时有一种浑身发霉的感觉。他走出玄关门，庭院映入眼帘。碧绿的庭院角落里，道河似乎看到打扮得像个少爷一样的柳河，边喊着"哥哥"边跑过来。

第一次见到柳河，是在他的亲生母亲去世之后。

葬礼结束后的第二天，孔作家紧握着在熙的手走进了这个家。对外则称他们俩是为了柳河雇用的乳母和她的儿子。但是事实并非如此。道河的爸爸只是把两家的生活合并为一家而已。就这样，只相差一岁的孔作家和柳河在同一个屋檐下长大了。他们俩兄弟的感情好到让所有人都觉得惊奇。

孔作家抬头看了看天空，耀眼的阳光刺疼了他的眼睛。

"被绑架的那个女人还好吗？"

下午三点，异彩看了下时间便停止了工作。可能是因为心事太多，她无法集中精神工作。于是她看了看正在旁边桌子上复原石佛像的成洙。

"成洙啊。"

"嗯，说。"

成洙正拿着放大镜和小镊子在拼接石块，随意回答了一句。他负责的十万块碎块的石佛像修复工作，不知不觉已经拼接到了腰。

"成洙啊。"

"干吗一直叫我？"

成洙用小镊子夹着的石块掉了。这个石块偏偏又骨碌碌地滚到了其他石块中间，找不到了。

"啊啊啊啊！我不干了！"

失去积极性的成洙耷拉下了肩膀。异彩趁机问道：

"你觉得，如果可以时间旅行的话，你怎么想？穿越到三年后，一个月的时间。"

"可以去了解下彩票中奖号码。"

还没等到异彩回答，成洙转过头去问："怎么了？"

"没什么，就问问。你是我的朋友嘛！但是你家已经很有钱了，怎么还想着中彩票？"

"这个你就不懂了，钱当然是越多越好。"

"这倒也是。"

异彩点了点头，拿起了包。成洙直勾勾地看着像是准备下班的异彩。

"你干什么？"

"准备下班。我有个采访。"

"孔道河的采访是今天吗？"

"嗯。"

"下班前还会回来吧？我今天也会早点儿收工，我们简单喝一杯吧！"

"不了，我今天直接下班了，有个地方要去。"

"去哪里？"

"时间旅行。"

成洙做出一副失魂落魄的表情，异彩微笑着走出了修复室。

走廊上，异彩看到了捧着一堆东西的珠雅。她朝珠雅走过去，很自然地接过了一半的东西。

"这都是些什么？"

"哦，谢谢。下一次特展准备工作的相关资料。有几个文物需要拜托你们组修复呢。提前安排好日程吧！"

看来为了迎接暑假而准备的特展主题已经定下了。

"主题是什么？"

"高丽瓷器。要是多彩姐在的话就好了。"

"就是啊！"

每次谈到多彩，异彩的眼睛都会发光，今天她却反应平平。

"你在担心什么事儿吗？"

"啊，没有。只是觉得有些郁闷。"

"为什么？高组长那个家伙又说什么了？"

"没有。"

干脆地回答后，异彩突然觉得有点儿奇怪。最近几天她把润宇忘得干干净净。看到异彩心情低落，珠雅提高嗓门儿说：

"对，把他忘了吧。啊，今天是你的生日吧？送你什么礼物好呢？你有什么想要的吗？"

"嗯，有一个。与其说是礼物，应该算是拜托你一件事儿。"

"什么事儿？"

"我有想找的材料，想到机要书库去。"

"那么你负责高丽瓷器的修复。我会帮你申请阅览相关材料。"

珠雅爽快地说道。聊着聊着，她们就走到了停车场。珠雅把东西都放进车的后备厢，整理了下衣服，然后问道："你是去做采访吧？"

"你怎么知道的？"

"博物馆里都传开了，说你又去见孔道河。"

"怎么大家对别人的事情这么关注，看来都很闲啊！"异彩气鼓鼓地嘟囔着。

"让他们随便说去，我不管了。"

"为什么不管了，你跟他相处试试啊！"

珠雅嘻嘻地笑了。

"什么相处试试啊。罗睿熙正气势汹汹地盯着他呢。"

"澄清的新闻都出来了啊，说两人是因为电影才见面的。"

"算了吧。我走了。"

异彩挥着手向前走去。

慢慢地走着走着，异彩看到了对面的化妆品店。建筑的外墙上贴着罗睿熙的照片，异彩不由自主地朝那边走去。

异彩站在了店门口罗睿熙的全身宣传面板前。这种面板一般都按照本人的实际身高来制作，所以看起来罗睿熙要比异彩高一些。她确实是一个五官长得都特别好看的美人。

异彩盯着面板看了好一会儿，突然感受到了别人的视线，于是转过头去。她发现化妆品店的店员们都在看着自己。

看来是自己盯着看得太过分了。

异彩尴尬地笑笑，走进了店里。一个围着粉红色围裙的店员跟了上来。

"您有什么需要的吗？"

"口红。不对，还是唇膏比较好。"

店员把异彩领到了另一边，她从柜台上拿起一支唇膏，涂在了自己的手背上，给异彩看了看颜色。

"这是这次新出来的可爱系列。这个产品就是罗睿熙涂的可爱粉色。现在这个颜色卖得最好了。"

店员给异彩看的是一款深粉色的唇膏。但是她直接跳过那款，拿起了一支珊瑚色的唇膏。事实上，珊瑚色比粉红色更加适合异彩。

付完钱后，异彩在嘴唇上试涂了下新买的唇膏。店员们都称赞这个颜色非常适合她。走出店门，异彩又看了眼门口罗睿熙的全身面板，然后朝着跟孔作家约定的地方走去。

走过十字路口的斑马线，异彩看到了咖啡杯模样的招牌。"招牌还挺好看的呢！"异彩边这样想边走进了咖啡店。

异彩在找空位时，同时看到了孔作家和润宇。两个人不可思议地朝同一个方向并排坐着。庆幸的是，两张桌子的距离还算远。

异彩苦恼着要不要换个地方，但是因为孔作家先发现了她，她只好无可奈何地向他走去。

紧接着，她和润宇的视线碰到了一起。

和孔作家高兴的神情不同，润宇直接避开了异彩的视线。也许这也是理所当然的反应。因为润宇面前正坐着传闻中要和他结婚的女人。

"叫什么名字来着……"

对于异彩来说，这个男人曾是自己人生的男主人公，现在却只是一个和其他女人在一起的"客人甲"。

看来上天真的是很讨厌自己。在生日这天遇上这样的事情，真是荒唐。异彩觉得自己很凄凉，也许是因为自己察觉到，曾经觉得很特别的爱情，到头来也只是一场普通的恋爱。异彩感受到的凄凉感仿佛蔓延至整个咖啡店。

果不其然，异彩没有理睬润宇，径直走向了孔作家。异彩想起了眼前的孔作家并不是阳台对面的道河，于是用眼神跟他打了一个招呼。

"我来迟了吧？"

"是我提前到了。请坐。您要喝点儿什么？"

异彩看着孔作家，竟然不自觉地笑了出来。他说话真的太慢了。虽然他和道河长得一模一样，说话的声音也一样，却完全像是另外一个人。

"摩卡咖啡。"

孔作家起身来到收银台点咖啡，周围弥漫起橘子的香气。这家咖啡厅的布置很有韵味，里面摆着许多引人注目的小艺术品，座椅也很舒服。异彩侧耳倾听着音响里缓缓流出的歌声。伴着原声吉他的旋律，歌手正浅浅吟唱着甜蜜的爱情。

异彩背靠着沙发，闭上了眼睛。邻桌客人的声音夹杂在音乐声的间隙里传入异彩的耳朵。

"那个男人，不是孔道河作家吗？"

"不会吧！"

"我去听过作者演讲会，好像真的是他。像他那样西装革履，具有致命性感的人可不常见。"

"是孔道河，孔道河。"

"天啊，真人更帅气一些。他好像是和那个女人一起来的，是他女朋友吗？"

"不可能吧，他不是和罗睿熙在交往吗？"

"报道上说不是呢！"

"你相信报道吗？"

"那这个女人是谁啊？"

人们打量完异彩，将视线转移到孔作家身上，他正站在收银台掏出卡准备付账。异彩觉察到人们的视线，她也睁开眼睛注视着孔作家。

即使抛去畅销作家的头衔，西装革履的他也足够吸引所有人的视线。他手里端着托盘，托盘上放着异彩点的摩卡咖啡、他自己点的美式冰咖啡，还有两杯水。见他回到座位，旁边窃窃私语的嘀咕声越来越大。

孔作家放下咖啡，打开了笔记本电脑。一个女人扭扭捏捏地走过来，将笔和纸递给孔作家。

"您是孔道河作家吧，我是您的粉丝。"

孔作家和异彩对视了一下。

"抱歉，失礼一下。"

孔作家征得异彩的谅解后，接过笔和纸并签了名。如此一来，又有几个女人也朝孔作家走了过来。

咖啡厅顿时变成了一个小型签名会。孔作家会和每个粉丝都交换下眼神，询问对方名字后给她们签了名。

"他对粉丝果然非常亲切呢！"

蜂拥而来的女人们都抱着一张签名回到自己的座位上。这时，一个穿着蕾丝裙的脸颊绯红的女人,来到孔作家身边。正是那个和润宇坐在一起的女人。

"我是孔作家的粉丝。"

异彩看到她害羞地将日记本递给孔作家的样子,"扑哧"一声笑了出来。润宇那尴尬难受的表情,仿佛就在异彩眼前一样。

这时,异彩想起来,润宇曾经见过阳台对面的道河。如果自己平白无故地装作认识的样子,可能会导致无法预知的状况发生。

"请问怎么称呼您?"

孔作家向着穿蕾丝裙的女人问道。

"孝琳,金孝琳。"

好吧,原来你叫那个名字啊!异彩斜坐着,吃了一口鲜奶油,凝视着正在给孝琳签名的孔作家。最后,孝琳拿到签名回到了自己的座位,当时的氛围有一丝丝尴尬。

"对不起让您久等了,那我们开始采访吧。"

采访持续了一个多小时。这之前,他们通过邮件沟通了一些整体的概念,这次的采访事无巨细非常详致。

"下面这个问题和修复工作没什么关联。您认为恭憨王的业绩中,最杰出的是哪一个呢?"

异彩抿了一口咖啡,开口问道:"您是想要官方回答呢?还是想问私人见解呢?"

"当然是私人的见解。"

"那就没那么难回答了。我觉得恭憨王最大的业绩,是禁止'留辫子'和'穿胡服'。"

孔作家将异彩的话原封不动地敲进电脑。

"您是在高度赞扬他为了维护民族精神所做出的努力吗?"

"不,我们国家不是也曾有'留辫子文化'吗?多亏了恭憨王,这个文化只流行了不到一个世纪的时间。是不是很可怕啊?光头倒是也可以彰显每个人的魅力,不过,半光头可会导致颜值直线下滑啊!"

听到这出人意料的回答,孔作家大笑起来。

看到大笑的孔作家，异彩有些不知所措。原来他也是可以这样大笑的人啊……

强忍住笑意的孔作家，表达了自己的感受："这真是很有趣的见解！"

异彩并不是为了有趣才那样说的，而是很认真地在回答。但她没有问他到底是哪里觉得有趣，而是继续补充了自己的意见。

"如果恭愍王未曾禁止，而让其一直流行下去的话，那现在的历史剧产业肯定会遭受不好的影响。"

就在异彩说话的时候，她感觉到背后传来一阵动静。看来是润宇和孝琳要离开咖啡厅了。只听得"啪"的一声，润宇碰了下异彩的椅子，走了出去。

异彩忍着不予理睬，继续说着。

"到时候韩流中的历史剧肯定会完蛋的。因为不管男演员有多帅气，只要留了辫子，就无法改变其颜值下滑的命运了。"

听到异彩滔滔不绝的言论，正在敲击电脑的孔作家手上忙得不可开交。他暗自庆幸，自己因为她的见解而有了新的想法，就在他做最后的备注时，手背上突然溅来了一滴水。

他抬头一看，水珠顺着异彩的鼻尖，"啪"一声落在桌子上。她的衬衫湿淋淋的，水顺着她的头发和下巴流下来。

这时，惊慌的孔作家看到了一个女人。

正是那个刚刚来要签名，名叫孝琳的女人。她端着托盘站在异彩身后，急得直跺脚。

"真对不起，全弄湿了，怎么办？"

异彩被突然倒在自己身上的水吓得一哆嗦。这简直就是晴天霹雳。她转过头，看到了哽咽的孝琳。当她看清孝琳的面孔后，整个人都快要虚脱了。

孝琳拿着纸巾，茫然不知所措。

"对不起，我的脚绊了一下。怎么办啊？真的很抱歉。"

孝琳又一次跟她道歉。和惊慌不知所措的孝琳不同，异彩作为被水浇成落汤鸡的当事者,只是轻轻地叹了一口气。

这次又是水。

"算了,您走吧!"

"我会给您清洗费的,真的很抱歉。"

异彩用手背擦了擦下巴上的水珠,冷冷地回答道:"没事儿,您走吧。您男朋友还在外面等您呢!"

异彩拿起托盘上的纸巾,将自己脸上的水擦掉。这些用再生纸制造的纸巾虽然有些粗糙,但吸水能力非常强。

"不过,我还是觉得很抱歉。"

看到孝琳吞吞吐吐的样子,先一步走出去的润宇又折返了回来。

异彩瞪着站在桌子前面的润宇。原本以为润宇只会偏向孝琳,没想到他将自己的外套脱下来披在了异彩的肩膀上。

"干什么?"

异彩敏感地将外套收起来,两眼瞪着润宇。

"衣服太透了。"

异彩眨了眨眼睛,马上意识到了这让人脸红的一幕。今天自己穿的偏偏是一件白色衬衫。可即使这样,异彩也不想披上润宇的外套。

还不如直接脱掉呢!

"被看就看呗,又不会脱层皮。"

异彩将外套丢给润宇。孝琳似乎有所察觉,便问道:"你们认识吗?"

三个人中间弥漫着微妙的气氛。在润宇表情为难地开口之前,异彩先一步说道:"我是博物馆的职员。你是新来的实习生吧?"

"啊,对,原来您是前辈啊,真抱歉。"

"什么前辈啊,咱们负责的业务又不一样。"

"不管怎样……您就披上这外套吧。您不用推辞,再说也是我的错。"

孝琳再次将外套递了过来,就像是拿着自己的衣服一样。

就在那时,孔作家从位子上起身,将自己的西装外套披在了异彩的身上。孔作家的突然靠近,让惊慌的异彩猛吸了一口气。他回到自己的位置后,淡淡的清香味氤氲开来,包裹着异彩的身体。

"这样应该就可以了。"

孔作家简单麻利地把事情解决了。

润宇的视线掠过异彩肩膀上搭着的外套，转移到孔作家身上。他脸上露出了很不满的表情。

"真的很抱歉。"

再次道歉的孝琳耷拉着肩膀先行出去了。紧接着，润宇也跟着她走了出去。没走几步，他停住转过身来，看着异彩。

"生日快乐。"

润宇说完，和孝琳一起消失在异彩的视线之外。

难道我还要跟你说一声谢谢吗？多亏了你，我才记住了我人生中这个最糟糕的生日。异彩抑制住自己想哭的心情，深呼了一口气，迎上了孔作家的目光。

"今天是您的生日吗？"

"那个……是的。"

异彩夸张地耸了耸肩膀。

"每次见到您，衣服都是湿的。"

"就是说呢，每次都对我散发这致命的魅力，这还了得啊！"

孔作家想用一个玩笑来终结这略微尴尬的处境。不过，孔作家对今天是她生日这件事儿很上心。

"您今天应该有约会吧。"

"我不是很喜欢过生日，所以什么都没有准备，也没什么约会，请不要担心。咱们进入下一个问题吧。"

异彩的语气轻描淡写，像一点儿都不介意般地点了点头。

采访很自然地重新开始了。孔作家又问了几个问题，异彩也都如实地回答了。

"谢谢您，真是帮了我很大的忙。"

孔作家将准备的所有问题整理完毕，关上了笔记本电脑，内心感到非常满意。在和异彩的畅谈中，他写作时遇到的难点也都顺理成章地解开了。

"能帮到您，真是太好了。"

异彩正打算将肩膀上搭着的外套脱下来，见此，孔作家说道："您就那样披着吧。您衣服烘干后再走也不迟。我还有一个出版社的会议，所以得先走一步了。"

孔作家轻轻地点点头，打过招呼，走出了咖啡厅，他一次也没有回头看。异彩见此，神情有些迷茫。

"那衣服呢？"

要怎么办啊？

异彩转过头，凝视着肩膀上披着的衣服。怎么每次见到孔作家都会多一件衣服呢？异彩耸了耸肩膀，起身向外走去。

她披着孔作家的外套，轻挪着脚步，俨然有一种和他并肩前行的感觉。异彩走上大路，坐上公交车，她要去的地方是那个珍藏着软玉项链画作的画廊。

大约花了一个小时，异彩来到一个集聚了很多悠久画舫和印刷厂所在的地方。她沿着胡同走进去，眼前出现了一个雅致的画廊。

异彩走进画廊，径直走向了那幅项链画作。她完全不顾展览的路线顺序，走着走着，一幅巨大的图画映入了她的眼帘。

"软玉项链。"

异彩朝着曾在网上看到过的图画走去，在悬挂得整整齐齐的画作前停下了脚步。

画中，一个女人满脸笑意，脖颈上戴着一串软玉项链。画中的项链不仅非常小巧，还被衣角掩盖着。不过，那确实就是软玉项链。如果不仔细看，很容易被忽视而看不到。

这幅画名为《相遇》，创作于1981年。异彩用相机将作品简介及画作拍摄下来，再次心事重重地凝视着这幅画。

画中的女人沉浸在幸福之中。这个戴着项链的女人是度过了怎样的一个月，她又是碰到了什么样的机缘呢？

异彩本应该走出展馆，去打听一下画家的情况，但她的视线却无法从画上收回来。远处，有个人注视着异彩的一举一动。那个老绅士看起来仿佛是展馆的负责人。他注视了异彩许久,之后便消失在了画廊的后方。

过了良久,异彩才将视线转移到《相遇》旁边,那些整齐排列着的开化期的画作上。这个画廊里,竟珍藏着两幅与软玉项链有关的画作。

"一个月就这样毫无意义地过去了,奇迹并没有发生。"

异彩凝视着这幅吸引她前来的画作,摇了摇头。

"这幅画似乎不是创作于开化时期啊!"她暗自嘀咕。

尽管这事得需要确认才能明确得知,但从颜料的色感和画幅上来看,这似乎是最近才有的东西。这幅画并非著名画作,不存在赝品一说,看来是什么地方弄错了。

异彩走向咨询台,一个能让人联想到东洋画的职员,面带端庄淡雅的微笑,迎了过来。

"请问您有什么需要吗?"

"里面有一幅与项链有关,下面还注着文字的画。那幅画颜料似乎有些别致呢!"

"是的,没错。因为画的色感尤为独特,所以我们馆长对这幅作品格外珍爱。"

听到画廊职员亲切而又坚定的回答,异彩有些难为情。她从钱包里拿出名片,接着说道:

"啊,好的。另外……"

接过异彩递来的著名博物馆的名片,那个职员脸上的笑容更加灿烂了。

"我想拜访一下作品《相遇》的作者,请问这幅作品可以购买吗?"

"啊,这幅作品是不对外出售的。另外,郑画家不喜欢抛头露面,所以我不能帮您牵线搭桥了。非常抱歉。"

"您能帮我联系一下吗?我有件事儿一定要跟他请教一下。"

"那,我将您的名片转交给他吧。他偶尔也会来这里。"

"多谢您!"

异彩在自己递出的名片上留了一句话：

"为了三年后的未来，特请见您一面。"

道河站在市场入口处，凝视着一个名为"金枪鱼天国"的广告牌。多彩买的生命保险额度非常大，因此异彩和多彩的母亲完全没有必要再辛辛苦苦地继续经营这家小店了。然而，她却仍然全年无休地继续营业着。

走进店内，一个失去了两个孩子的又老又疲惫的女人抬了抬头。

"快请进。您要吃什么？"

"我来这儿是有话要跟您说。"

这个女人凝视了道河一会儿，转身走向了厨房。

"请坐。"

道河找了个合适的位置坐下。尽管他没有点东西，但那个女人还是在厨房里"叮叮当当"地做着什么。不一会儿，一份金枪鱼方便面和金枪鱼紫菜包饭摆在了他的面前。

"我……"

"这是我免费送给您的，您先吃吧。"

她为他做的食物里，饱含着亲切深情的味道。

"谢谢您！"

可能是因为相同的拉面、相同的金枪鱼，这味道竟然也和异彩为他煮的一模一样。蓦地，面条像是卡在了嗓子眼儿里，他心头一紧，有些哽咽。而金枪鱼紫菜包饭，他也同样难以下咽。食物味道很香，也很温馨，但对他来说反而更加吃不下去了。

道河放下筷子，正在刷碗的女人转过身来看着他。

"不合您的口味吗？"

"不是。很好吃。"

看到道河要从钱包里拿钱，那个女人摆手说道：

"我并不是为了收您钱才让您吃的。您要说的事情是什么？"

"我收到了房屋中介所的电话，说您不打算卖房子了。我来这，是想买下您TOMATO公寓501号的房子。"

那个女人缓缓摘下橡胶手套,拉过道河旁边的椅子坐下来。

"很抱歉,那房子不能卖,我当时可能是一时糊涂了。"

"我并没有打算要搬进去。屋里的东西还那样放着,密码我也不会换,如果您想看房子随时都可以去。请您卖给我吧。"

"……您是不是认识我家孩子啊?看您今天来我这里,您应该认识我家异彩吧。"

道河虽然很好奇她是如何觉察出来的,但他没有深问。一般这样的事情,作为"妈妈",应该是会察觉出来的吧!

"……是的。"

"我就知道是这样。我家孩子很喜欢带朋友们来店里。大女儿虽然很讨厌我开这家店……有一天,我突然想把这一切都忘了。我想着把那房子卖了,然后,把一切都忘了。我这当妈妈的真是坏,怎么能想着要把孩子们都忘掉呢。当真有人要来买我的房子时,我才想明白这一点。很抱歉,让您白跑一趟了。"

"我,真的很想买那个房子。"

"您刚刚说的话,我也同样说给您听。屋里的东西原封不动,密码我也不换。那房子的密码是异彩的生日,您如果想去随时可以去。我要留着这房子,等异彩回来,我要留给异彩。"

闻此,道河艰辛地张嘴说道:

"她会,回来的。"

"当然了。我女儿那么孝顺,肯定会回来的。就为了吃我做的紫菜包饭,她也会回来的。因为我女儿从来不吃别人家做的紫菜包饭。"

那个女人说着,用围裙抹了把眼泪。

"哎呀,我有些失态了。不好意思,您快都吃了吧。"

她走进厨房里面,再也没有出来。道河眼前似乎出现了她躲在角落里哭泣的模样。他好像知道她继续营业的原因了——这个女人是在等异彩回家呢。

原本打算起身的道河将剩下的紫菜包饭和方便面全都塞进了嘴里,

然后从钱包里拿出一张一万韩元面值的纸币压在了被吃得干干净净的盘子底下。一走出店门，市场上嘈杂的噪音便涌进了他的耳朵里。

他走到市场入口，回身站立着。

"对不起。"

他需要跟那个女人道歉，因为是他的弟弟——柳河杀死了多彩。而为了找到柳河，他竟让异彩只身犯险，让她陷入了危险之中。

他从衣服内侧口袋里掏出手机，打开了异彩的详细资料文件。他要看一下TOMATO公寓501号的密码。时间已经过去三年了，他想去确认一下床下有没有那条项链。不过，文件上记载的异彩的生日，是今天。

"原来今天是她的生日啊！"他心想。

他转过身来，脚步比以往任何时候都要沉重。他不紧不慢地迈着步子，这时，膝盖一下子折弯下来。

新的记忆就这样伴随着疼痛奔涌而来。

"我吃海带汤了。妈，你炫耀那个康乃馨花篮了吗？嗯，我周末回去。嗯。妈！你再等等，我肯定会让你享福的！！"

异彩挂掉电话，一下子打开了玄关门。

迎接她的，是屋里通明的灯火。自从家里进了强盗后，她上班前总是把灯全部打开。她觉得，与其每次打开门都惴惴不安，倒不如多交点儿电费好一些。

她走进屋里，端详着挂在胳膊上的外套。

"我得晾干了再给他。"她心想。

她脱下外套，整齐地挂在衣架上。接着，她确认了下时间，现在比和道河约好的时间晚了半个小时了。

拉开窗帘，她一下就看到了坐在对面茶桌边的道河。

"你来晚了。"

一看到异彩，他便表达了自己的不满。

"您等很久了吗？"

"你为什么开着灯就出去了？我还以为你在家，叫了你好长时间。"

"自从家里进了强盗，屋里太黑的话，我会害怕的。"

她一边翻着书包找日记本，一边回答道。说完，她才觉察到他那直勾勾的目光。那目光不像平时那样冷漠，但也不带有多少情感。

"关上灯也行，不是有我吗？"

"您平时不也得出门吗？"

"我即便出门，也是白天出去。太阳落山之前，我就回来了。至少，接下来的一个月里是这样。"

"什么呀！您怎么突然间变得这么深情了，怪尴尬的。"

"因为，在外面我没法守护你。但在家里的时候，我会让你安心休息的。"

这个让人心乱不已的坏男人。

"那，好吧！"

异彩有些难为情，嘴里支支吾吾的，她撕下日记本的一页，递了过去。纸上写着画廊名称、画作的名字以及画家的姓名。

"要是没有收获，我也不会回来这么晚。我找到了两幅画着软玉项链的画作。我也去了收藏这个画作的画廊，还拜托那儿的职员给那位画家留了信息。听说那位画家平时不大愿意抛头露面，估计可能不会联系我的。道河先生，您也去看看吧！"

道河伸手接过纸条，脸上露出一副微妙的表情，一个陌生的画廊和作品名称跃然纸上。他没想到，异彩竟然这么快就查到了这些信息。

"你是怎么找到的？"

"应该是有神仙在暗中相助吧！"

"柳河也见过这幅画吗？"

"如果见到那位画家，应该就能知道了。"

道河把纸塞到茶几上的笔记本电脑下面。

"你不是说有两幅作品吗？另一幅呢？"

"另一幅画的作者不详。"

"目前，那幅作品由谁收藏着呢？"

"并排挂在同一家画廊。"

"如果是一幅,也许是偶然,但挂着两幅,就得好好查查了。这交给我来查吧。"

道河拿起笔记本电脑旁的购物袋,忽地伸到阳台栏杆的另一边。

"这是什么?"

"生日礼物。"

异彩的眼睛瞪得溜圆。

"您怎么知道是我的生日?"

道河不能说自己去过"金枪鱼天国",连忙转移话题。

"你和过去的我见面,某些事情发生了变化,我的记忆好像也会随之改变。三年前的今天,在咖啡厅发生的事情,我已经知道了。"

异彩将手伸出栏杆,接过购物袋,继续说道:"您说您知道了?"

"在我走出玄关门的瞬间,新的记忆就会浮现。而且在门外时,如果有什么改变,好像会实时浮现。你和孔作家四点左右见的面,对吧?"

"对。"

异彩有些恍惚。虽然早就有所猜测,但听他亲口说出来,她才确信——如果自己做些什么,未来就会被改变。那么,自己到底是应该更加积极地行动起来呢,还是应该更加小心呢?

"记忆发生改变,是什么心情?"

"新的记忆被钉进脑子里的心情。难以形容,感觉不怎么样。"

实在想象不到那是怎样一种心情。异彩放弃苦恼,她低头看着自己手里拎着的购物袋。

"可以看吗?"

见道河点头,异彩掏出购物袋里的盒子。蓝色的盒子里整齐地摆放着项链型定位器、警报器和瓦斯枪。

"这充满杀机的三件套是什么?"

"虽然大概率不会发生那种事儿,但是万一发生了什么,我也没法过去。你随身带着。"

"谢谢您替我担心。"

作为生日礼物来说,这确实是奇妙的组合,但她很满意。而且,这些也是目前她最需要的东西。

"今天是你的生日,你没有约吗?"

"今年姐姐也不在……其实也不是我真正的生日。"

"不是真正的生日?"

"反正是那么回事儿。"异彩抿嘴笑着,把护身三件套放进购物袋里。

"我给你看个东西,过来。"

"给我看个东西?"

异彩凝视着道河。他面无表情的时候嘴角也是微微上扬的。他大笑时嘴角也会微微扬起,特别有魅力。不过那表情她只见过孔作家版的。

"你过来看看就知道了。"

异彩听话地越过阳台。跟着道河走进客厅,发现桌上放着一个奶油蛋糕。异彩用手指指着蛋糕问道:"给我看的就是这个?"

"不是。这个,是因为我觉得对不起你。"

"有什么对不起的?"她神色紧张地问道。

"把你扯进我弟弟的事情里。"还有,我骗了你。

"不用。毕竟我也有想得到的东西。不管怎样,还是谢谢您的蛋糕。"

心里觉得痒痒的,异彩不由得笑了出来。幸好,总算是避免了一个最差的生日。

最差的生日是在去年。是因为润宇。他在异彩生日那天,失约去和他妈妈一起吃晚饭。那天,她生平第一次遭到了侮辱。

今天也很危险。她在咖啡厅遇到了润宇和孝琳,还被泼了水。如果不是孔作家借给自己外套,她真的会想哭。还有道河给自己准备的护身三件套和蛋糕,让自己的心情好了起来。这算是孔作家和道河的成功合作吧!

道河拿起蛋糕盒子上挂着的五颜六色的蜡烛问道:

"几根?"

"两根。"

"你看起来可不像是二十岁。"

"当然要往小了说啊！"

道河"扑哧"一笑，插上两根长长的蜡烛，用火柴点燃。抬头时他看到异彩凝视着玄关门。

"你不会还想让我给你唱生日歌吧？"

"我只是想到，玄关门外的我应该正在吹着三根蜡烛啊！"

话一出口，就暴露了自己的年龄。

道河一时想不到该如何回应，只是看着异彩。Rivervill公寓501号的玄关门外，她应该是不存在的。即使她还活着，她的处境也很有可能根本就吹不了蜡烛。

"为什么这么看着我？觉得我童颜貌美吗？"

"这个……。"

异彩"呼"地一下吹熄了蜡烛。这时，道河立刻递过来一个文件夹。

"我想给你看的是这个。"

"什么啊？"

"你自己看。"

看了文件夹的标题才知道，原来是柳河的案件记录。

异彩开始仔细地阅读案件记录。大部分内容和道河之前告诉自己的差不多。文件里介绍柳河为"26岁的休学学生"。他比异彩想的还要帅气，那张脸就像是漫画家的作品。

里面还有关于柳河成长经历的说明。浏览过"名牌大学学生"的内容后，异彩的视线停在了"毒品前科"部分。仔细阅读后发现，他曾在夜店里因食用大麻曲奇被当场抓获，并且在他的衣服和包里发现了大量的大麻曲奇。

"大麻曲奇？难道说的是饼干？"

像是帮助异彩解答疑惑似的，报道中附带着图片。大麻曲奇看起来就像烘焙店里售卖的手工曲奇。

根据记录，柳河是因为朋友们的恶作剧才吃了大麻曲奇。而且当天，负责毒品工作的刑警出现在了夜店。朋友们发现刑警后，把大麻饼干藏在了已经不省人事的柳河包里，之后柳河被当场逮捕。

这是个倒霉的案例。本来应该被判无罪的。但是柳河父亲还有朋友们的父母希望尽快结案用了些手段,最终案件以"单纯嗑药"结案。柳河也因此被判了缓刑得以释放。

从那时起,柳河开始游荡。然后六个月后,水库里出现了一名被害女子的尸体。资料里还简略地整理了柳河沦为犯罪嫌疑人以后,道河对案件的推理过程。

异彩读完所有的内容,合上文件,陷入沉思。

"您说您弟弟一直在找软玉项链是吧?"

"对。"

柳河应该是为了改变"现在",才对项链那么执迷。但犯下绑架甚至杀人罪却有些奇怪。

"杀人难道和项链有关吗?"

"不知道。我只是这么猜测。"

除此之外,异彩想问的还有很多。但考虑到除了犯人这个身份,那更是他的弟弟,所以不太容易开口。

"现在在你所在的三年前,这些都还没有发生。我们会阻止它的。"

他这么说似乎是想让她安心。

"那当然。"

异彩的眼神变得坚定。见她似乎渐渐陷入沉思,道河悄悄起身走向厨房。异彩听到动静蓦然回首,看到道河的背影显得格外凄凉。

他是怀着怎样的心情在寻找弟弟呢?异彩的视线越过案件记录,向蛋糕盒子下压着的卡片信封望去。

"生日贺卡?"

异彩随意拿起镶着金边的卡片信封,打开信封一看,里面是一张饰满了蕾丝的卡片。无论怎么看,都不像是道河的风格。

"买蛋糕附赠的吗?"

打开卡片一看,原来是张请柬。想要重新合上的时候,新娘的名字映入眼帘。

"金孝琳。"

一时愣住的异彩"扑哧"笑了起来。虽然是很常见的一个名字，她的内心还是"咯噔"一下。请柬上印的日期是三年以后。她把卡片放回信封里，闻到牙买加蓝山咖啡浓郁的香气。

"很在意吗？"

异彩把请柬放在桌上，拿起道河刚刚放下的马克杯。

"怎么会，我还以为又是生日贺卡呢！"

"是那个女人，在咖啡厅泼水的那个女人。第一次婚礼我也去了。"

异彩一时间感到有些混乱。润宇马上就要和她结婚了，道河却又拿着她的请柬。

"润宇，离婚了？"

"结婚应该还不到一年的时候。"

"原来是这样啊！"

道河再次问道：

"很在意吗？"

"不关我的事儿。"

话虽这么说，但看起来却像是十分在意的样子。因此，道河不能对她说的事情又多了一件。如果知道了两人离婚的原因，不知她会作何反应。

异彩拿起奶油蛋糕上的草莓吃着，眨了眨眼睛。

"啊？如果出现了没有过的记忆，是不是立刻就能知道新发生的事情？"

"好像是这样的。"

"等等。那么，如果记忆会出现，那么原来的记忆也会消失吗？"

"目前还没有那种感觉。因为记忆是额外新出现的。但是或许也有那种可能吧！"

异彩的眉间皱成一团。之前把事情想得太简单了。

"我错了，万一您自己的人生发生了改变，万一您的记忆变得紊乱……"

"那没办法。"

道河波澜不惊的回答，让人在他身上找不到一点儿对人生的眷恋。异彩的眉毛挑了起来。

"迄今为止您所有的成就也许会不复存在。"

"我看起来幸福吗？"

异彩没办法立刻那么回答。

因为成功并不意味着幸福。眼前的道河好像全然失去了孔作家那种慵懒而轻微的挑剔，还有笑容。更重要的是，他失去了弟弟。

见她有所迟疑，道河接着说道：

"你不用一副那样的表情。我想说的是，无论发生多大的变化都无所谓。之前我没有意识到，一回想我才发现，原来的我们自酒店见面后就再也没见过。但是你不是已经和过去的我又见了两次面嘛。你的未来和我的现在，已经开始改变。"

"那也是。"

"我，认为这是一种幸运。因为在这剩下的一个月时间里，我可以经历几次新的人生。"

道河微笑着说着，看上去却稍显凄凉。

成洙抻着头观察着异彩的脸色。然后他小心翼翼地打开抽屉，拿出里面的购物袋。他悄悄起身走到异彩的办公桌前，迅速地放下了购物袋。

正在操作台上仔细观察显微镜的异彩抬起头。

"那是什么？"

"生日礼物，昨天忘记给你。我最近总是迷迷糊糊的。"

成洙有些过意不去地挠了挠头。

"你什么时候不迷糊啊，谢谢了。"

异彩毫不在意地说道。但这却让成洙对异彩感到更加抱歉。

一年三百六十五天，其中有三百六十四天异彩和成洙都是相互嘲笑、捉弄着对方。但只有在异彩生日这一天，成洙一定会记着给她过生日。虽然异彩嘴上说着没关系，但她这一整天都会情绪低落，这让成洙很是在意。而让成洙更心疼的是，她讨厌像别人那样和大家聚在一起热热闹闹地过生日。如果不管她的话，她就会一个人静静地度过，所以每到生日这一天，成洙都会强制给她准备生日礼物。平时漠不关心的多彩姐在这一天也会推掉所有事情，记着给异彩过生日。

虽然她今年太忙，不能陪异彩过生日。

"你昨天干什么了？"

"跟你说了去'时间旅行'了啊！"

虽然异彩的回答就是指字面意义上的"时间旅行"，但成洙却理解成了其他意思。

"你不会是想到小时候的事儿，自己在那儿掉辛酸泪了吧？"

异彩看出成洙的担忧，"扑哧"笑了出来。

"不是啦，我去了个地方。"

"吃海带汤了吗？生日蛋糕呢？"

"都吃了。海带汤是自己做的，生日蛋糕嘛，道河先生给我准备了。"

成洙这才露出安心的表情。

"他还陪你过生日了？"

"嗯，机缘巧合吧！"

"果然，我挑对礼物了。加油啊！"

成洙对着异彩竖起了大拇指。

"加什么油啊？"

异彩顿时有一种奇怪的预感。她放下手里的工作，打开了购物袋。购物袋里是一件米色雪纺衫。衣服的款式无可挑剔，而且感觉可以穿着参加各种场合。异彩向成洙投去怀疑的眼神，因为成洙不可能送她这么平凡又实用的礼物。

"这件衣服让人心动的亮点在后面，正面不行的话就用背面一决胜负。"

异彩听完成洙的话，将视线转移到衣服背面。她这才发现雪纺衫的整个背部是用蕾丝和网纱交织而成。异彩一下子皱起了眉头。

"这个让我怎么穿啊！"

"不是让你来博物馆的时候穿的，是让你在家穿的。"

"在家穿？"

"男人一般都容易被反转魅力吸引。当他看着你的正面，毫无防备的时候，你就突然转身！"

"算了。"

异彩将雪纺衫原封不动地放进购物袋。

"哎嘿！你就听我的！你看你又不会撒娇，也不性感。你想怎么着啊？最起码得通过衣服展现你的反转魅力啊！你的对手可是罗睿熙啊！你得好好打起精神来！"

如果异彩穿着这件雪纺衫出现在阳台的话，道河会是什么表情呢，异彩好奇自己在他眼里是不是还是像路边小石子那样不起眼儿呢？

异彩笑着说道：

"谢了啊。怎么回事儿啊，你竟然关心起我的恋爱史。"

"因为我的恋爱史并不顺利。"

"你什么时候顺利过了？"

"没顺利过啊，但最近可能是最大的危机。"

"最大危机？怎么了？发生什么事儿了吗？"

说起成洙的恋爱史肯定和多彩有关。成洙的脸色突然变得沉重，他并没有回答异彩，而是拉了把椅子坐在异彩旁边。

"帮我算算塔罗牌吧！"

"你不是不相信吗？"

异彩虽然嘴上这么说，但她的手已经去找塔罗牌了。她从包里拿出塔罗牌握在手里，那硬邦邦又凉津津的塔罗牌的触感从手心传来。

"恋爱运？"

"嗯。"

异彩熟练地将塔罗牌洗好又重新按顺序摆放在桌面上。在她一张张将牌翻过来的时候，她的脸上浮现出一丝慌张。

成洙意识到她的表情变化，用阴沉的语气说道："有什么就说什么。"

"哦，嗯，确实是大危机。有什么大事要发生，因为这件大事，会使现在的关系几乎处于断绝状态……也有可能以后再也见不到了。"

成洙若有所思地摸了摸下巴，点了点头。

"是这样啊！"

成洙并没有因为算出不好的结果而叫喊着"无效"，他也没有耍赖地要求重算一次。这样的反应反而让异彩更加不安。

"你还好吗？再帮你重新算一次？也是，都怪我太久不算塔罗牌了，塔罗神可能发怒了。再算一次吧！"

"没有什么解决的办法吗？"

"虽然塔罗牌不是万能的，那再算一次？"

异彩内心期待着千万要出来好牌，她又抽出了一张牌。

异彩用不安的眼神凝视着成洙："你和姐姐发生什么事儿了吗？"

"小孩子家家的，不用管。"

"说什么呢？到底什么事儿啊？说说看，说不定我能帮忙解决呢！"

"算了。"

成洙挥了挥手，走了出去。异彩总觉得他的背影看上去有些忧郁。

"他们之间肯定发生了什么事儿。"

异彩凝视着成洙离开的门口，眼里浸满了担忧。

叁 无法翻越的阳台

打开玄关门,向外走去的道河突然头晕目眩,趔趄了一下。与此同时,陌生的记忆跑进他的脑海当中。虽然他快速地抓住了玄关门的把手,但胳膊却用不上劲儿。

照片里的柳河背对着精心打理好的庭院树和惹人怜爱的池塘坐着，笑容灿烂。异彩一开始以为照片背景是公园，再翻看了几张照片，她才发现那应该是柳河家中的院子。照片中的柳河真可谓是"少爷"。

SNS中上传的照片展示着他以前的生活有多么幸福。他吃的食物，他的购物清单，还有他的旅行照片，每张照片下都有好多人点赞和评论。

"看着不像杀人犯啊……"

异彩看着笔记本电脑屏幕中随着鼠标滑动的柳河的照片，她心中的疑问越来越多。

虽说杀人犯没有什么特定的长相，但照片中的柳河笑得那么无忧无虑，活泼开朗。看起来跟"凶恶""居心不良"这样的词语完全不搭。

接下来的照片是取景于法国的一个小城市。他好像完全沉迷在那儿的古董市场里。柳河几乎把法国的Saint-Ouen、Vanves、Montreuil三大跳蚤市场淘了个遍，买了大量收藏物带回韩国并连续开了好几天派对。

"命真好啊！"

在SNS上传的最后一张照片是他在夜店被当场逮捕那天拍的照片。那张照片下面尽是一些讥讽他是瘾君子的评论和一些无法理解的脏话。而写这些评论和脏话的人大部分是之前给他点赞、留言的人。

异彩注意到其中的很多评论提及到"说""骗人"等之类的字眼儿。还有一些"真恶心""虚言症"等说法不一的评论。

"说谎跟骗人好像和毒品没有什么关联吧！"

异彩想来想去，还是觉得道河好像有什么事儿没有告诉她。

"要问问吗？"

异彩凝望着阳台的窗帘，然后她拉开椅子，站了起来。她透过窗帘的缝隙向外张望。

道河此时正在对面阳台上坐着，聚精会神地看着笔记本电脑屏幕。他为什么每天晚上都会去阳台上工作呢？

"关于我，他又是怎样想的呢？"

异彩现在必须承认，每次见到道河，她的心都会怦怦直跳。一开始异彩单纯地认为，就是因为这特殊的状况以及他的外貌才会这样，但她现在无法再回避自己的感情了。

她总是被道河所吸引，即便她知道他们的关系不可能进一步发展。他们连像其他恋人那样一起去电影院看电影，一起牵手去散步这种小事儿都做不到，也不能在海边喊着"来抓我啊"嬉戏打闹，也无法在百货商场对他说"哥哥，给我买这个"。无论哪儿，他们俩都不能一起出去，两个人能在一起的地方只有这儿，这个阳台而已。

时间连接结束之后更是个问题。

三年之后，她是否还能与铭记此刻的道河再次相遇？还是说，三年后的他会忘掉这一切呢？

陷入思索的异彩用手敲打着眼前的窗帘，伴随着窗帘晃动的声音，关着的阳台门被打开了。道河缓缓抬起头来。

发现异彩的道河率先开了口："你有话要说？"

异彩这才回过神来，她平复了一下心情。

"啊，嗯，我有件好奇的事儿。"

道河当即合上笔记本电脑，一下越过阳台来到异彩家里。

"好奇什么？"

"啊，怎么老是这样突然地跳到别人家里啊！"

异彩下意识地向后退了一步，小声嘟囔着。

"在这案件终结之前，你先忍忍。"

说着这话的道河眼神透露着淡漠。异彩生日那天，道河的生日蛋糕让异彩十分感动，在那之后异彩对于道河来说，依旧是像路边小石子那样不起眼儿。不，对于道河来说，她应该是变成了稍微有点儿用的小石子。

看来这时间和空间限制的浪漫要以她一个人的心动结束了。

道河很自然地坐到T型桌上。

"问吧，别看我眼色。"

并不是看你眼色呢。异彩正了正表情，问出自己的疑惑。

"嗯，就是那个，我看了孔柳河先生的SNS，最后上传的照片下面有好多'说谎精''大骗子'之类的回复，好像并不是因为毒品才这样评论的。"

道河的眼神突然变得阴沉。这是他内心不可触碰的一点。

"你为什么会好奇这个。"

"不是，我就是觉得要想找到孔柳河的话，应该先了解他是个什么样的人比较好。说不定以后会遇到他。准确了解道河先生的弟弟现在处于什么状况会比较有帮助，不是吗？"

她说的对，道河掩去阴沉的表情。为了尽量不让她陷入危险，道河应该把对她有帮助的信息全部都告诉她。

"坐下吧，说来话长。"

异彩在他面前坐下后，道河便开始讲述他们的故事。

"我爸爸家族世代都是从事政治工作的，所以政治联姻也成为很理所当然的事情。柳河的妈妈就是爸爸的联姻对象。不过她体弱多病，在柳河六岁的时候就去世了。"

道河称爸爸的原配夫人为"柳河的妈妈"，而不是"我们的妈妈"。从道河的话里，异彩感觉到一丝微妙之处。这种感觉在道河接下来的言语中得到了解释。

"我和我的妈妈一直生活在其他地方。我是我爸爸的私生子。柳河妈妈去世的时候，我开始期待些什么。也许我可以光明正大地生活了。但事实证明，那只能是我的一个梦。爸爸是政治家，对于他来说，我妈妈和我只是一种耻辱。"

异彩倒抽了一口气，她没想到她听到的会是这样一个故事。而且道河就像在讲述别人的事情一样叙述着自己的故事。

"我妈妈作为柳河的保姆住进了那个家，而我扮演的是保姆儿子的角色。我爸爸则塑造了一个因为忘不了过早离世的夫人而拒绝再婚的形象，也因此颇得大众的好感。另外，他还宣称为了让儿子能过上平凡的生活，不对媒体公开。这个举动也赢得了大众的信任。但是在选举前夕，有个杂志社提出要对爸爸做单独采访。采访中有关于家人的提问，可能是他们开的条件太好了，爸爸居然破例答应接受采访。但紧接着，柳河的吸毒事件就被曝光了。"

"不要说了。可以不用再说下去了。"

异彩轻轻地拍了拍道河的手臂。

"不，你还是了解清楚比较好。你说的对，想要与柳河打交道，你需要知道我们之间的关系，这样会对你有所帮助。"

"您没关系吗？"

道河并没有回答，而是继续说道：

"因为柳河吸毒事件，我爸爸接受采访时，用我填补了他儿子的这个位置。当时我的第一本小说刚成为畅销书，所以大众的反应极好。同时，我爸爸把柳河赶出了家门，让柳河受到了很大的伤害。也因此，柳河在他的朋友面前，成了一个满口谎言的人。因为从那以后，柳河将以保姆儿子的身份生活下去。"

异彩感觉自己快要不能呼吸了。一瞬间，柳河平静而快乐的人生就发生了翻天覆地的变化。异彩突然能理解他为什么要执迷于那条项链了。他肯定是想要把所有的一切都恢复到原位。

"所以三年前，和你在同一时间里的柳河非常怨恨我。那时我们已经有半年时间没有联系彼此了。"

说完这些的道河就像是寒冬里的独木，看上去非常凄凉。

异彩从椅子上站起来，蹲在了道河面前。就像他之前照顾受伤的自己一样，异彩此时很想帮他疗伤。

"我来帮您找他。我会把您的弟弟还给您。"

异彩的声音里饱含着坚定的意志。她是真的下决心要帮道河找回弟弟。

从一开始，异彩就没有真的想要通过帮他做事来换取彩票中奖号码。

异彩抱住道河的肩膀，轻轻地拍着。正凝视着空气某处的道河看向异彩拍打的肩膀。

"你干什么？"

看到道河皱起的眉头，异彩抿着嘴笑了起来。

"轻轻地拍拍而已。"

"如果是安慰我，那就算了。"

"知道了。那我给您摸摸头吧！"

异彩抬起一只手，开始抚摸道河的头发。他那细而短的头发温和地缠绕在异彩的手指上。

"心情变好点儿了吗？"

"我又不是小孩子，对我做这些……"

异彩打断了他的话，理直气壮地说道："大人也需要这样的安慰。一个人觉得落寞的时候，需要别人的体温来抚慰。"

道河的瞳孔闪烁着。他确实常常需要安慰，但是真正当温暖的手靠近自己时，他却产生了逃避的想法。道河推开了异彩的手，躲进了自己围起来的"城墙"里面。

"你觉得你很了解我吗？"

异彩却又推倒了那堵"城墙"。

"至少，我很了解那种怀疑自己所拥有的并不属于自己的感觉，那种经常觉得自己脚下不稳的感觉。是一种站在随时可能塌陷的地上的心情。"

"可以了，你不要再说了。"

道河的耳朵开始变红发烫。异彩这才收回了自己的手。

"吃饭了吗？我想吃方便面，一起吃吧！"

道河的视线停留在异彩微笑的脸上。她亲切的笑容刺激了他的良心。

见道河不回答，异彩又继续说道："我不想一个人吃，所以才问您的。"

道河突然觉得不知如何回答。他只是在利用异彩而已，对于她的亲切，他觉得很不舒服。更何况，等到阳台的奇迹消失，他们之间的关系也就结束了。

异彩早晚会知道他隐瞒的秘密。即使他能救回多彩，把所有事情都恢复到原位，也免不了被谴责。

不，也许这并不是谴责就能结束的事情。

"不用太费心，等一个月的期限到了，我们这段关系也就结束了。"

也许，不用一个月……

"说得真冷酷无情。那样说话，您心里就会好受些吗？一个月后是一个月后，现在是现在。"

"我可能都不会记得这个瞬间。"

连接断掉之后的问题，是他们两个需要解决的"作业"。

"也有可能会记得啊！也许会拥有像现在这样单独分开的记忆。不，即使不记得也没有关系。重要的，是现在，不是未来；是今天，不是明天。"异彩说完后，走回了家里。独自留在阳台的道河耳边，只剩下"当啷当啷"的风铃声。

风也在这个时候，吹了起来。

道河提着水果篮，站在了一户陌生人家的木门前。这不是一座模仿韩屋的房子，而是一座可能会被指定为文化遗产的古宅。

"庆州市仁旺洞"。

道河再次确认了一遍地址，毫不犹豫地按下了门铃。屋里传来一位年迈老人的声音。

"谁啊？"

"快递。"

伴随着窸窸窣窣的声音，门开了。道河迅速地把脚伸进了门缝中。房子主人感觉到了异常，不觉地往后退了几步。

"你，你干什么？"

"对不起，老人家。我知道我这样很失礼，但是我有些事情想请教您。"

郑画家看了看道河，板起了脸。画廊联系过他，说孔道河在找自己。但是他已经明确拒绝见面了，孔道河是怎么知道地址找过来的。

"虽然我不知道你是怎么回事儿，但是你这样是什么也得不到的。你是不是想写和软玉项链相关的书？"

郑画家冷硬的语气使道河的心变得焦急起来。

"不是的。我的弟弟在寻找项链时被当成杀人嫌疑犯，现在失踪了？"

"你弟弟？"

道河拿出了照片。

"已经失踪两三年了。"

郑画家看了看照片中柳河的面孔，放低了气势，打开了大门。

"请进吧！"

"那就失礼了。"

道河担心郑画家反悔，迅速地走进了大门。

"请往这边走。"

道河跟着郑画家走到了房子后面。这座古宅实际要比从外面看更显古老。尽管这样，还是能感受到房子主人对它的精心爱护。特别是后面庭院里的桧树让人印象深刻。弯曲成几何形状的大树看上去已有几千年的历史了。

被带到大厅的道河放下了水果篮,坐在了椅子上。接着郑画家就走进屋子里面不见了。独自留下的道河环视了一下大厅。挂在墙上的一幅画吸引住了他的视线。这好像就是异彩说过的那幅画。

画中的女人脖子上戴着软玉项链,亲切地笑着。她手里拿着包袱皮,做着针线活。穿着改良韩服的她姿态优美。道河觉得,看过这幅画之后,整个大厅的风景看起来都不一样了,因为到处都可以看到鲜艳的包袱皮装饰。

道河的直觉告诉自己,如果郑画家也穿越了的话,他很有可能是跟这个女人连接的。并且那段时间,他们应该过得很幸福。

道河很庆幸自己找来了庆州。虽然他去过了异彩所说的画廊,但是在那里没有找到那幅画。画廊也一直强调并不知道那幅画。于是道河只好来庆州找找看。

道河拿起手机,对着那幅画拍下了照片。

不一会儿,郑画家端着两杯木瓜茶出现了。他坐到了道河的对面。

"听说你是看到了那幅画后来找我的?"

"是的。"

"我把它搬回家很久了,居然还有人找我。以前这幅画挂在画廊的时候,就有好多人来找我。但是找到家里来的,你是第一个。你是怎么找到我的?"

"对不起。因为着急,我雇了人。"

郑画家对此一脸不满。

"雇人?你说的是那种私人侦探吗?"

"差不多。"

"为了你弟弟?"

"您好像认出了照片里的人。柳河是不是来找过您?"

"是的。他去画廊找过我好几次,非常执着。虽然没有见面,但是有互相留言。我向他证实了可以穿越时间的项链是存在的。但是结果竟然变成了这样,我很后悔啊!"

道河点了点头，喝了一口木瓜茶。现在是时候进入正题了。

"老人家您穿越过时间吗？"

"当然。那是很久以前的事儿了。你是在找弟弟的过程中，相信项链的存在的吗？"

"我，也可以穿越时间。我和三年前的过去连接起来了。"

郑画家听了道河的话，顿时眼里露出了欣喜。他放下茶杯，向前探出身体。

"我看过许多来找项链的人，却还是第一次遇到穿越的人。你就是项链的主人吧？"

"是称为主人吗？我不是。项链主人是和我连接的那个人。也许，三年前，她去找过您。她叫郑异彩，找去画廊的也是她。"

郑画家听了之后，开始努力回想过去。

"郑异彩，叫郑异彩……三年前……对，是有那么个小姑娘。是的。但是我错过了和她见面的机会。不过，找项链的是你弟弟，怎么穿越的是你啊……真是世事难料啊！"

"我推断，弟弟杀害的女人正是异彩的姐姐。"

"呵呵。怎么会变成这样？"

"我认为这是能把现在这错乱的状况纠正过来的机会。因为三年前的她，可以创造出一个别样的未来。"

"这样啊，好吧！你为什么要找我呢？你来找我应该不仅仅只是好奇我有没有见过你的弟弟吧？"

"我还有几件事情要跟您确认。"

"我们相遇这也是缘分，你问吧。"

郑画家品尝着木瓜茶，从容地与道河继续交谈。

"我是通过阳台实现时间连接的，连接的范围一直到玄关门为止。"

"没错，我把那个连接范围叫作'月池'。"

"月池？"

"就是'月亮来回悠荡的地方'的意思。你继续说吧！"

"嗯。如果她在过去改变未来的话，那现在也同样会被改变。在'月池'里面不会受到影响，但出去的时候，好像就会产生变化，就像是在头脑里塞进来了新的记忆一样。前辈，您也是这样吗？"

"是的，对于她来说，我可是正生活在未来之中啊！"

郑画家的目光自然地落在那幅画上，目光里满满的都是爱意。道河看着郑画家的目光，心里非常羡慕。在奇迹般的一个月后，自己是否也会用郑画家此刻的目光，来回忆这段时间呢？

"我现在的记忆里，原来的记忆和新的记忆是相互分离的。新的记忆仿佛是历历在目的梦境。那一个月之后时间连接中断的话，会变成什么样呢？"

"这根据过去的改变程度会有所不同。"

"那如果，彻底改变了呢？"

"那连接中断后，你将不是原来的你了。人，不是以记忆为媒介而进行变化的一种存在。一旦连接中断的话，只会留下新的记忆。原来的自己将会永远消失。"

"那现在的我呢，会怎么样啊？"

"应该会在时间中消失。具体的细节我也不清楚。"

"在时间中……"

消失。

"反过来，如果她什么也改变不了的话，你会记住所有的事情。和她相遇的事儿，和过去的时间连接的事儿，你都会记住。以现在的自己继续活下去。"

郑画家看了看道河脸上复杂的表情，继续说道："我为了保障安全，制定了一些规则，将各种变化的可能性降到了最低。对我来说，能与她相遇，就是最令人满意的礼物了。我没有再执念于其他的东西。那，你现在还剩几天？"

"大概还剩二十天左右。"

"一切都会如你所愿的。但是你一定要小心，过去一点儿小小的变化也可能会让人生出现很大的转变。你从'月池'出去后要格外小心，因为有可能再也回不到'月池'里去了。"

"这意思是……"

"举个例子吧，如果过去的你搬家离开了，将会怎么样呢？"

"那就没法通过阳台回去了。不对，在这之前，也没法通过阳台来实现连接了。"

"没错。'月池'是一个安全地带，假设你因为某种失误而死掉了，如果你不从'月池'出去的话，直到连接中断之前，你都是平安无事的。在这之前，如果原属于过去的人扭转了未来的话，那你的死亡也将不复存在。"

"从理论上讲，确实是这样的。"

"在这之外，也会有很多的变数。"

很多的变数。道河凝视着放在自己眼前的木瓜茶。后来，郑画家又举了几个例子，嘱咐道河一定要小心。

道河走出郑画家的家，心情无比复杂。他沿着巷子走着走着，停下了脚步。可能是因为这里都是狭窄的小巷让他搞错了方向。数不清的韩屋鳞次栉比，没有可以当作路标的东西。

对平时方向感很好的道河来说，这种事情并不常见。道河没有折返回去，而是倚靠着韩屋的墙面，闭上了眼睛。

如果去找柳河，救下多彩，那自己过去三年间的记忆将会全部消失。过去三年里，糟糕的记忆比美好的记忆要更多。如此看来，自己所做的事情也不是全无意义。但那段时间里自己出版的书、现在正在编辑的小说、说过的话、自己的行动以及付出的努力将全部消失不见。

"现在的我要消失不见了。"

但是，道河并不是一筹莫展。如果因为惧怕改变后的生活而失去了这次机会，他将会更加后悔不已。论起后悔，过去三年对他来说就已经足够了。

现在，他得考虑一下异彩的未来。如果不改变过去，异彩将会失踪。

最后,道河心中有了答案。

异彩打开了吸尘器。下班回到家,异彩没有卷起被子去清洗,而是拿起了吸尘器。其实,她平时并不是一个特别干净整洁的人,但因为道河随时在她房间进进出出,她才不得不这样。

打扫完卫生,异彩将阳台的门打开。不过,对面什么都没有。正当她闷闷不乐时,道河阳台的门打开了。

"回来啦?"

道河的招呼让异彩感觉气氛有点儿奇怪,就像下班回家后,老公出来迎接的感觉一样。

"天哪,什么老公啊!"

瞬间脸红的异彩嘟嘟囔囔道:"您在等我吗?您怎么知道我回来,然后就马上出来了呢?"

"你过来,咱们简单吃个晚饭吧。一起吃吧。"

"不会吧,您邀请我共进晚餐?"

"你也可以拒绝。"

"不!我马上跳过去。今天再来一次时间旅行吧!"

道河还没来得及阻止,异彩就翻过了阳台。

"你跳过来的时候怎么一点儿也不害怕啊?这里可是五楼呢!"

"不是您让我跳过来的吗?这又不是第一次了。"

道河露出不满的表情,没有再说什么。异彩跟在道河后面来到房间里。

"我的晚餐在哪里啊?"

异彩迈着碎步走到餐桌前,上面摆满了饭菜。无论怎么看,这都不是简单的饭菜。

"还有谁要来吗?"

"没有。"

"那为什么会有这么多饭菜啊?"

这些饭菜远远超过了两个人的饭量。

"因为我不知道你爱吃什么。"

闻此,异彩的嘴角上扬起了弧线。她坐在餐椅上,拿起了筷子。

"那,为了了解我喜欢吃什么,我要都尝尝看。"

道河坐在异彩对面,开始了只属于他们两个人的晚餐。异彩快速地将自己眼前的饭菜全吃光了。

"好好吃啊!这些饭菜全是您亲自做的吗?"

"我买的。"

"抱歉,是我想得太多了。"

道河嘴边泛起微笑。

"慢慢吃。"

"不用担心,我会全部吃光的。"

异彩带着满足的表情,将饭菜全都吃光了。回到家时,有人弄好饭等着自己,这种感觉真不错。

"啊,您去画廊看过了吗?"

听到异彩的问话,道河手里的筷子顿了一下,继续夹菜。他再一次撒了谎。

"看来他还是没有要见我的意思。而且,画廊里也没有'相遇'这幅画。"

"如果见到他,很多事情就能搞清楚了。"

"我正在找方法,再等等吧!"

"稍等一下,那您到现在,还没见到那幅画啊!"

异彩不再吃饭,而是走向阳台,跳过了栏杆。

道河想看看异彩要做什么,便跟着她走向阳台。好像在找着什么的异彩手里拿着相机再次出现在阳台。她跳过一根栏杆,将手伸到对面。就在这时,挂在异彩手腕上的照相机"嗖"的一下掉了下去。

"啊!"

异彩的目光追随着掉落的照相机。刹那,脚突然滑了一下,身体一下子失去了平衡。

道河迅速将上身探出栏杆，伸出了两只手。他成功抓住了坠落的异彩的胳膊，有惊无险。这真是令人心惊胆战的瞬间。然而，道河的身体探出去太多，也跟着失去了重心。道河也掉了下去，此时，他的手紧紧地抓住了异彩。

接下来的事情发生在电光石火间，道河没有放开异彩，两个人就那样一起坠落下去。

"啊啊啊！"

异彩的惨叫声在道河的耳边响起。在坠落的过程中，道河转过身体，让异彩躲在自己的上面，并抱住了异彩的头。"咚"的一声，他的背上受到剧烈撞击。

悲剧不可避免地发生了。即使这样，如果异彩能活着，那其他人也都能被救。不，不是的。他并不是为了阻止悲剧发生才将她抓住的，他不是那种舍己为人的人。尽管他很想阻止悲剧的发生，但这远不如自己的生命更重要。

尽管如此，所有事情的发生都是那么自然。胸膛上异彩的重量让他感到很温暖，这种感觉非常陌生。不过，在生命的最后，能有这种感觉倒不是坏事儿。

令人奇怪的是，回忆像走马灯一样在眼前一幕幕地闪现。更为奇怪的是，自己竟然没有任何疼痛感。道河慢慢地睁开眼，看到了紧闭着眼睛瑟瑟发抖的异彩。

"你没事儿吧？"

他的声音跟从前一样。异彩闻此，强打起精神，好不容易睁开了眼睛。

"哦，啊，啊？！"

异彩的眼睛越睁越大。

"我们，正飘浮在空中呢！"

这话听起来像是胡话。道河这才往背后看去，正如异彩所言，他们两个人正在四楼左右的高处飘浮着。

"'月池'……"

道河小声嘀咕着。这是郑画家为时间通道取的名字。

"'月池'?"

尽管道河说得很小声,异彩还是听到了,因为他们靠得非常近,连彼此的呼吸声都能听清。道河没有说这是从郑画家那里听来的,转而说道:"我说的是这个空间,我打算将连接的空间叫作'月池'。"

"'月池',这名字很适合,'月亮来回悠荡的地方'。"

"你知道其中的意思?"

"难道不是您根据意思才取的名字吗?庆州的雁鸭池从前就叫'月池'啊!不说这个了,我还以为我现在要死了呢!"

"你以后小心一点儿,连我都差点儿死掉了。"

"对不起,不管怎么样,我真是太感动了。"

"我不是说了会保护你吗?至少在这空间之内。还有,你很重啊,现在从我身上起来吧。"

异彩的脸瞬间变得滚烫。她现在还趴在道河的身上。异彩用手撑着空中,多亏能够感受到那空中的弹性,她才能容易地翻身到旁边。

两人并排躺在空中。

异彩的心脏剧烈地跳动着,这种心跳的感觉,对她来说很陌生。因为她平常属于心脏比较强大的人,遇到一般的事情,她不会感到紧张或者心脏剧烈跳动。但自从遇到道河之后,她的心脏就好像被驱迫着一样,开始剧烈跳动。

或许就是因为这种感觉,大家才开始恋爱的吧!

而且也不知这种感觉的尽头在何方。

"快看这天空。"

天上的点点星光像她的声音一样清朗,点缀着整片夜空。

"感觉这不像是首尔的夜空。"

道河也沉浸在这美得令人窒息的风景之中。他没想到在首尔还能看到这银河般的夜景。繁星点缀,皓月当空,此时的风景无比绚烂。

"好美啊!"

道河没有回答她的话,而是一直仰望着夜空。他思索了一会儿"这到底是怎么回事儿",又想到担心这个并没有什么意义。所以,只要尽情享受这一刻就好。

道河失神地望着这夜空,此时耳边再次传来异彩的声音。

"这儿,是过去和未来时空共同所有的夜空吗?"

"什么意思?"

"就是觉得好像世界上所有的星星都聚集在了这里一样。"

"也有可能就是那样。"

异彩伸手摸了摸支撑着背部的那层透明的膜。

"和玄关门处的边界感觉好相似啊!我家和道河先生您家好像真的是两个不同的世界呢!'我们二人的世界'听起来不是很浪漫吗?"

数着星星的道河回过头,看着异彩的侧颜。而异彩却自知地只顾着沉迷于这夜景之中了。

月光之下的美景让她挪不开眼睛。

异彩后知后觉地觉察到道河的目光,她也转过头来,对视上了道河复杂的视线,他的眼神温柔却也淡漠,甚至还夹杂着点儿焦灼。

果然,他真好。让她不得不对他痴迷。异彩对着他微微一笑,眼睛弯弯的。道河佯装咳嗽了一下,避开她的视线坐了起来。

"起来吧。这儿虽然看起来没事儿,但也说不准。"

他回避着异彩的目光站了起来,向她伸出了手。

"您知道您很会破坏氛围吗?"

"我哪一方面都很卓越。"

异彩扑哧一声笑了出来,她抓住他的手站了起来。

仰望天空的时候没觉得,异彩在看到空旷脚下的瞬间,突然感觉头晕目眩。她赶紧抬头向上看去。

"……但我们怎么上去啊?"

道河指着Rivervill公寓外墙上的天然气管道说道：

"通过那个就行了。"

他牵着异彩的手向River Ville公寓走去。因为距离比较近，他们只走了大约三步就到外墙边上了。但或许是因为想到自己是在空中行走，他们走得有些踉跄。

先行通过管道爬到阳台的道河一手抓住栏杆，一手伸向异彩。站在下面的异彩也向上伸出了双手。指尖传来微凉的触感，道河再次弯了弯腰，紧紧抓住她的手，用力将异彩拉了上来。

"啊！"

由于被拉上去的速度过快，异彩惊吓不已。一瞬间被拉上栏杆的异彩像包袱一样地被抛到了阳台里面。

"好疼，轻一点儿。"

"我也胳膊疼。你太重了。"

"您又想用玩笑让我忘记吧。这次估计会很难忘记哦！非常非常感谢您救了我。"

"算了。"

"所以说，既然'算了'，又为什么总是救我。再这样下去，我该迷上您了。"

"你想拿什么来着啊？"莫名觉得尴尬的道河转移了话题。

"啊，是照相机。我把挂在画廊里的画作用照相机拍下来了。您说您没看到，所以想让您看看照片。啊！我的照相机！我的照相机是消失在时间里了吗？我照相机的分期还没付完呢！"

异彩一脸惋惜的样子，往栏杆下面左看右看，但始终没找到消失了的照相机。道河先行走到屋里，然后对异彩说道："饭就别吃了，要来杯咖啡吗？"

"好啊！"

异彩跟随道河来到客厅。在他去泡咖啡的期间，异彩浏览了他的书架。天蓝色的书脊上印刷着"拼图"题目的书格外显眼。她打开这本书才发现，这是一本以文物修复师为主人公的小说。

"我可以看看这本书吗？"

听到她的喊声，道河伸出头向客厅里望去，回答道："还有几本，所以这本你拿走吧。这是采访你之后写出来的书。"

"这本书就是吗？"

她翻到最后一页，确认版权后发现，发行日期是在一年后。她正在阅读在她的时间里还没有出刊的书！

"那我就先借走了啊！"

芳醇的咖啡香味在屋子里弥漫开来。就在此时，嘈杂的门铃声传了过来。异彩的视线转向了玄关门处。

异彩向着玄关门走去，在看到内线电话屏幕时，她一下子屏住了呼吸。画面中出现的是一头大波浪褐色卷发，是她在几天前见过的卷发。

"又来了？"

画面中的女人正是罗睿熙。

道河两手端着马克杯，向站在内线电话前的异彩走去。越过她的肩膀，看到画面之后，他将马克杯放在了桌子上。再次转身走到内线电话前站定。

"你怎么又来了？"

睿熙听到道河的声音，抬起头。

"给我开开门吧。"

一听她的声音就知道她喝醉了。

"回去吧。"

"我想回到过去。"

"你喝酒了？"

"喝了一点儿。你要是不开门的话，我就躺这儿睡了。"

道河下意识地回头看了看异彩，只见她尴尬地耸了耸肩膀。

"我要回去看书了。咖啡，就当我喝过了吧。"

异彩越过阳台，回到自己家里，把书扔到了床上。她转身注视着道河的客厅。

睿熙走进了道河家里。她此时的样子比电视上、电影里以及刚才出现在内线电话画面上的模样要妖艳得多。微卷的大波浪秀发来回荡漾着,露出了她那纤细的颈线。她从发梢到脚尖都是那么的诱人。

道河好像对她说了些什么。睿熙跟跟跄跄地走到客厅,坐在了沙发上。本来就短的短裙在她坐到沙发上之后,裙角更加向上了。异彩看着这岌岌可危的状况,又不自觉地屏住了呼吸。

"我现在在干什么啊!"

当她意识到自己在偷窥后,她敲打了一下窗帘。她走到了离阳台远远的地方,否则她会忍不住一直往阳台那边看。

"哼⋯⋯"

其实异彩一直都想问问他和罗睿熙到底是什么关系。

"就算问了,他会告诉我吗?"

异彩深深叹了口气,拿起书坐到了书桌前,但她的视线却不在书上,而是向着阳台窗帘的方向。

道河和睿熙在说什么呢?

异彩看一眼道河的书,又看一眼阳台上的窗帘,她一直在重复这两个动作。就这样,异彩明白了人如果对一件事儿好奇的话,会发疯。

"我刚才为什么会敲打了一下窗帘呢?"

异彩埋怨着刚才贸然敲打窗帘的自己,她从椅子上起身。她正打算将手伸向窗帘时,被夜晚的风吹起一角的窗帘自动地掀了起来。

"哦?!"

受到惊吓的异彩下意识地向后退。紧接着,就从窗帘缝隙中间看到了道河的脸,他像没事儿人一样走了进来。

他对视上异彩那双充满惊吓的眼,率先说道:"你不睡吗?"

"什,什么?怎么突然说这个?"

"睿熙喝醉了,而且她又是明星,看来得让她在我家睡了。"

"所以呢?"

"我打算在这儿睡。"

"什么？！"

异彩瞪大了眼睛。

"今晚就麻烦你了。"

"您说什么呢？为什么不在自己家睡，跑到别人家来睡啊？"

"我今晚如果跟那个女人睡在一个屋檐下，明天就有大麻烦了。"

"跟我睡在一个屋檐下就没事儿？"

"又不是第一次跟你睡在一个屋里。"

那倒确实是。在酒店睡在一个房间里，两个人又随时进进出出对方的家。虽然不是在一个屋檐下，但她也在能看到他的阳台上睡过。

但异彩还是觉得不太妥，用力瞪着眼睛说道。

"去，去酒店不就行了吗？"

"太麻烦。"

道河风清云淡回答着。他朝屋里看了看，走到床边躺倒在床上。异彩看着他一副天下太平的模样，提高了音量大声喊道："那我睡哪儿啊？"

道河闻此，闭着双眼轻轻拍了拍他身旁的位置。

"别担心，我绝对只是单纯地睡一觉就走。"

这一晚，异彩的女性魅力好像又一次被怀疑了。

"希望您倒是能睡着。"

异彩"啪"的一声合上了书，打开了壁柜。她拿出枕头和被子，看了看床前的空地。在那儿铺好被子后，异彩坐在床边，转头看向道河。

"下去睡吧！"

"没关系。"

"我有关系！"

"那你在下边睡吧！"

道河枕着的枕头散发出幽幽的玫瑰香。她还回来的毯子也有这种香气。平时他是讨厌花香的，但奇怪的是他并不讨厌这玫瑰香。

他侧身躺下把胳膊伸进枕头下面，闭上眼睛。

异彩失神地凝视着道河熟睡的脸庞。闭着眼睛的他看起来非常善良。性感之上仿佛添了一抹清隽。

"好吧。又性感又清隽，全让你一个人占尽了。"

但是异彩并不讨厌目前这种情景。甚至还莫名有点儿心动。异彩只留了一盏落地灯照明，将其他灯都关掉后，她坐在书桌前读起道河的书。读了一会儿，异彩忍不住抬起头。

"我是真的非常好奇才想问的。难道您喜欢男人吗？那个……您不仅对罗睿熙那么怠慢，好像是对女人都没什么兴趣。难道说，您是意识到自己的性取向以后才和罗睿熙分手的？"

道河闭着眼睛开口说道："我喜欢女人。弟弟的事情发生以后，罗睿熙是第一个疏远我的。"

简短的一句话说明了事情的始末。他的弟弟是杀人犯罪嫌疑人，罗睿熙身为艺人肯定会觉得有压力。

"我还能继续问吗？"

"别问。"

"您的理想型是什么样的？不是现在，是三年前。"

"不麻烦的女人。"

"不是那种，说具体点儿。直发还是卷发？妆容呢？喜欢什么样的衣服？香水呢？喜欢什么颜色呢？"

一直闭着眼回答的道河终于睁开眼睛。

"你好奇这个做什么？"

"如果您还想睡觉就回答一下。您不说我会一直问下去的。"

"卷发，不夸张的妆容，端庄的两件式套裙，香水是柑橘调，天蓝色。"

得到了自己想要的回答，异彩把道河说的一一记了下来。

"晚安。"

"你不睡吗？"

"明天是佛诞日，不用上班。"

偷偷抿着嘴笑的异彩再次打开了道河的书。

道河闭上眼睛，倾听着异彩翻书的声音。"沙沙"的翻书声让罗睿熙带来的不愉快渐渐散去。房间里适宜的温度、隐约的香气，还有异彩的翻书声，让道河变得安心了些。

"沙沙"声一停，道河悄悄地睁开眼睛。异彩趴在桌上睡着了。道河起身把她抱到床上。

睡熟中的面庞看起来十分可爱。看她嘴唇嚅动、眉毛低垂的样子，似乎是做了什么梦。道河坐在床头，低头看着她的脸，伸手拂过她的发丝。他并不是想要帮她理一理散乱的头发，而是想要触碰。

只是单纯地……想要触碰。

难道要期待"偶然"了吗？即便是以智商134为傲的多彩，也想不出逃跑的方法。现在她能做的就只有大声呼救而已。但那并不是个明智的办法。

她不能盲目地呼喊。

草率的行动也许会引起绑架犯的暴怒，从而招致最坏的结果。虽然他曾经对多彩威逼恐吓，但从来没有施暴过。他看起来对多彩的身体也没什么兴趣。就目前来说。

多彩透过小小的窗子，望着黑漆漆的天空。现在的一切只像是个梦。

不，如果是梦就好了。

夜空中只能看得到一颗星星。"人死了会变成星星"那么幼稚的话，如果是真的就好了。那样的话。她甚至在想象，如果那颗星星是离世父亲的灵魂，他肯定会派人来救自己的。

"爸爸，救救我。"

她轻声对星星说道。果然，没有任何回应。

她浑身打了个冷战，突然十分怀念小时候被朴女士抱在裙子里读童话书的瞬间。那时候还没有异彩，她仿佛独占了全世界所有的爱。

"我到底会怎样呢?"

不知道今后还要在这个地方迎来多少个夜晚。

时间缓慢地流淌。不,她甚至怀疑自己到底有没有处在流动的时间之中。多希望能有人来救自己啊!

"怎么会有那样的人啊!"

她露出一抹讥讽的微笑,然后想起一个人。不,是两个人。异彩和成洙,如果是他们的话,会不会来救自己呢?毕竟他们都很重感情。

一想起他们两个,多彩的情感变得激昂。好想回去,她还怀念朴女士的金枪鱼天国。她并不是觉得丢脸,只是讨厌让朴女士那么辛苦。也讨厌朴女士被那些无理的客人随便轻待。但是,她总是心口不一。

真是后悔至极。

早知道,就对异彩也和气些了。异彩一直带着春风般的笑容围着自己打转,早知道就温柔地抱抱她了,一次也好。早知道就对她说了——你是谁无所谓,你只是我的妹妹。

如果能回到从前,她好像可以活得不一样。之前一直回避的成洙的心意,好像也能如实地去面对了。

"我想回去。"

虽然她的愿望很强烈,但锁在手腕上的手铐并没有放开她。她没有勇气像电影里一样让手腕脱臼或者自断手腕。那只是在电影里才有可能的方法。如果真的那么做,肯定会休克。

今天,是星期几呢?现在,是几点呢?谁,在想着我呢?

这个夜晚,她的内心变得脆弱。

睁开眼睛的时候,家里已经洒满了耀眼的阳光。本想趴在桌上稍微眯一会儿的,醒来时却发现自己在床上。她扭头来回张望,却没有发现道河。他应该是回家了。

连被子也盖得好好儿的,看样子应该是他把自己挪过来的吧。睡得连这都没有感觉到,看来确实是累坏了。

"啊，浑身疼。"

也许是从阳台坠落的时候受了惊吓，异彩觉得全身的肌肉都很酸痛。异彩摸索着找到手机，确认了时间。刚过早上九点。

"好久没这样睡个好觉了。"

她本来没想这样酣睡的，结果睡得连皮肤都更有光泽了。

"罗睿熙回去了吗？"

异彩伸了个懒腰下了床，偷偷向阳台张望。别说是罗睿熙了，似乎连道河都没什么动静。

打开窗帘以后，异彩开始为出门做准备。她精心地化了个妆，看着镜子的她一脸悲壮。然后她翻了翻衣柜找出一套天蓝色的两件式套裙穿上。才发现问题出在香水身上，柑橘调的香水她一瓶也没有。

异彩越过阳台，来到道河的家。她探头探脑地扫了一眼里面的客厅，没有听到一点儿动静。

"您在家吗？"

家里空荡荡的。她站在客厅，盯着玄关的门。

"两个人一起出去了吗？"

玄关门外是异彩无法干预的世界。异彩徒劳地摸索了下玄关门的把手，向客厅角落里陈列着香水的地方走去。

他喜欢柑橘调，确实收集了不少。她在其中找到女士也可以用的香水，喷在手腕上。那是非常清新的香气，似乎连心情都变得清爽了。

返回自己家的异彩穿上高跟儿鞋，欣赏着全身镜子里的自己。

"完美。"

打开玄关门想要出去的她，感受到身后有一股力量拉着自己的包。她吓得回头一看，发现包就拴在半空中，任凭她怎么拽，都拽不过来。她瞪着皮包，打开看了看里面。包里只放着道河送给他的护身三件套、钱包，还有手机。

异彩掏出护身三件套放在鞋柜上。然后皮包就轻松地跟着出了门，像是什么都没发生过一样。

"未来的东西带不出来吗?"

她觉得这也得告诉道河。在楼梯上走着走着,她突然想到了香水。她把手腕放在鼻子上,只有沐浴露的味道。好像连香水粒子都不能穿越时间。

异彩轻轻叹了口气。没有一样是简单的啊!

转过挂满佛灯的胡同,她走进一家立着罗睿熙广告面板的化妆品店。多种香水混杂的味道刺激着她的嗅觉。其中,就有异彩曾经下定决心打算下次就买的那款。但是,她拿起的是在道河家喷过的那款。

"好贵啊!"

含泪付完钱以后,异彩把香水喷在手腕上,然后走向自己常去的那家美发店。设计师挂着职业笑容走向前来。

"欢迎光临。"

"我没有预约,我想吹个卷发,化个妆。"

设计师的笑容变得更加灿烂了。

"请您这边坐。刚好有个预约取消了,我闲着呢!"

见异彩身穿天蓝色的两件式套裙,设计师打开了一个化妆箱。

"您化了底妆啊。不用再化也可以,您的皮肤本来就很好。看来您今天是要去个好地方呀!"

"我去参加前男友的婚礼。该化的已经都化了,但麻烦您帮我弄自然点儿,看起来像没化一样。"

异彩的话音刚落,美发店里瞬间陷入一片寂静。不仅是店员,就连坐在旁边座位上正在染发的顾客的眼里都燃起熊熊烈火。

负责化妆的设计师又额外多打开了两个化妆箱,然后拿起遮瑕膏。

"果然底妆是最重要的。"

设计师一手拿着遮瑕膏,一手拿着化妆刷,脸上的表情变得格外悲壮。她迅速的手法也丝毫不逊于脸上的悲壮,异彩的脸渐渐开始发生变化。

灰姑娘接受精灵的帮助变身的时候,就是这种感觉吗?异彩出神地看着每时每刻都在改变的自己的脸。

孔作家到了婚礼现场后，首先找到婚主①露了个脸。心不在焉地寒暄之后，他在签到簿上留下了父亲的名字。盖签字笔的笔盖的时候，手上却蹭上了墨水。他那一直挂着对外专用微笑的表情出现了裂痕。

单是要参加连长什么样儿都不知道的女人的婚礼，就已经让L心气不顺了。更何况手上还蹭上了墨水。他心怀不满地转过身，挂在入口的照片映入眼帘。

"是他们。"

是在咖啡厅采访异彩时遇到的那对情侣。那个女人用水泼了异彩，他记忆深刻，所以还记得她的脸。

"原来是之前见过的女人啊！"

孔作家走进男士洗手间，想要把手上的墨水洗掉。

他打开洗手池的水龙头，这时，耳边传来在洗手间角落里吸烟男人们的声音。洗手间墙上贴着的禁烟标志显得黯淡无光。

"郑异彩还挺厉害啊，竟然还来参加前男友婚礼。两人交往了三年的事儿在博物馆人尽皆知，但她还是来了。"

"难道是来说一句'去你的前男友，后悔去吧！'的吗？"

"听说她和孔道河正在暧昧中，那只是传闻吗？"

"他不是和罗睿熙传出恋爱绯闻了吗？那他哪还能看得上异彩啊！"

"我觉得异彩是不太可能，毕竟两人家境悬殊。"

"难道不是因为年龄吗？而且，交往三年的话也该腻了。"

孔作家听着那些男人"哧哧"的笑声，关上了水龙头。原来，不是只有女人才说闲话。有时男人们之间的闲话更加低劣。他满脸嫌弃地走出了洗手间。

孔作家露出疲态，他为了写稿子只睡了两个小时。他按着眼窝，

---

① 一般指新郎或新娘的父亲。

在电梯前站定，按下按钮，等着下楼。但电梯每次都人满为患。他等了几次之后，一脸不耐烦地向安全出口处的楼梯走去。

他刚打开安全通道的门，就听到男人的高喊声。

"你疯了？你当这是哪儿，还敢来？"

"我不是来见你的，你别管。"

好像是男人跟女人争吵的声音。

孔作家苦恼要不要回去继续等电梯，但他还是嫌麻烦，就想着安静地从他们旁边走下去就好了。

"要是碰见孝琳怎么办？"

"我没兴趣，你们两个结不结婚跟我没关系。快放手！"

"你以为我会放任你搞砸我的婚礼吗？"

"我说了我不会搞砸你婚礼的，我是来找人的，见到他我就走了。放手！"

孔作家越走近他们，越感觉这声音好像在哪儿听到过。走下一层之后，他才确认了这两个人是谁。是异彩和润宇。

"你来这儿能找谁啊？"

"怎么了？你不是还说要和我在外面组成个小家庭，还要生孩子的吗？就这么怕被发现啊？"

"我说的那些话伤你自尊心了吗？所以你才这样的吗？"

"我为什么会被你这种人伤自尊心啊？你觉得自己很了不起吗？在我眼中，你现在什么都不是！你放开我！"

润宇并没有要放开异彩的想法，他拽着异彩的胳膊向下走去。孔作家轻叹了口气，介入他们两人中间。

"放开手比较好吧？新郎这是对客人干什么呢？"

"你又是谁？"

转过身的润宇一下子皱起了眉头。

"我？我是新娘这边的客人。我好像看到了什么不该看的，而且异彩小姐是来见我的，并不是来找你的。"

异彩的眼神略显惊讶,她还没有拜托他,他就出手相救了。而且,他不是道河而是孔作家。孔作家在和异彩相视的一瞬间,温柔一笑。

"差点儿都认不出来你了,跟我见面还这么精心打扮啊?"

"啊,我……"

异彩尴尬地笑了笑,她总不能说是为了勾引他特意费心化了妆吧。

"我不知道你们两个还有那样的过去,要是知道的话,就不会让你跟我一起来了,真是抱歉。"

孔作家边说着边抓住了润宇的手腕。他用力握着,让抓着异彩的润宇不得不放手。

"新郎看起来挺悠闲的嘛,难道不需要去招呼客人吗?我看客人还挺多的。"

不知所措的润宇跑上去了。异彩因为被抓着的手突然血液流通了,身体不自觉地跟跄了一下。

"你知道我每次遇到你,都是你需要被照顾的时候吗?"

搀扶着异彩的孔作家笑吟吟地说道。他那温柔的微笑让异彩心动。

"谢谢。"

"你不是说有要见的人吗?快去吧。"

"啊,我见过了。"

异彩要见的人就是站在她眼前的孔作家。所以,她也算是达成了目标。

"那咱们下去吧!"

"好的。"

异彩偷偷瞥了瞥孔作家。她之所以这么费心做了发型,又化了妆来到这里,就是单纯地为了遇见他。不管怎样,她都要吸引他的注意,跟他亲近之后,找到他弟弟就非常容易了。但她的计划都被润宇搞砸了。无论是过去还是未来,她不堪的一面都被他看到了。

既然这样,她就只能执行B计划了。也许给他留下一个疯女人的印象会更有效。

"那个，要喝杯咖啡再走吗？刚才您也帮了我，而且，好像一直在给您添麻烦。如果您嫌去远处太麻烦的话，那就去一楼的咖啡厅吧。"

"好的。"

孔作家痛快地答应，跟着异彩走了下来。他最讨厌麻烦的事儿，但奇怪的是，他并不讨厌这个女人。空无一人的安全楼梯通道里回响着他们二人的脚步声。

华丽的吊灯散发出淡淡的光芒，照耀在异彩和孔作家的上方。淡淡的灯光营造出的氛围，正适合和眼前人聊天儿。精心摆放的书柜将桌子分离开来，整个咖啡厅的设计给人一种淡雅舒适的感觉。

两个人在酒店一楼咖啡厅找了个位子坐下，然后相互凝视着对方。总觉得该说点儿什么。

"天气挺好的吧？"

"是啊！"

"早知道今天会见面的话，我该把外套也带来的，得还给您。"

"啊，没关系的。"

对话实在是难以继续下去。异彩没办法，只能将话题转到她的正事儿。

"今天真是谢谢您了。为了表达谢意，我帮您算算塔罗牌吧。"

"啊？"

没头没尾地突然要算塔罗牌，连异彩自己也觉得很无语，但她实在没想到其他办法。不过幸好，孔作家表露出一副想试试的表情。

异彩从包里拿出塔罗牌，按照顺序将牌摆好之后，她将牌一张张翻过来。这些牌全都散发出阴森森的气息。只看着牌上的画也能看出，这是一些使人内心不安的牌。

"嗯……不知道该不该说。因为我也是第一次见这种牌。"

异彩故意夸张地吸了一口气，然后瞥了一眼孔作家的脸色。但他看上去好像并没有多大兴趣。

"大事不好啊！您有一位家人蒙冤，且与其失去了联系。那位家人四面八方都是剑，只要他走错一步，就会掉入万丈深渊。虽然他在等待有人来救他，但他绝对不会先伸手向人求救。他正处于险境之中，能帮他的只有您了。"

"此话怎讲？"

"不要被传闻所迷惑，最重要的是信任。"

异彩正设计着一场骗局。

与其突然对他说"我见到了未来的你"，还不如用塔罗牌来制造一个谎言。但是孔作家的反应很是冷淡，就连之前眼神里透露的温柔也消失不见了。

"我不相信塔罗牌之类的。"

他的语气也变得很是阴沉。

"请不要相信，这只是作为乐趣才算的。本来算命这种事儿都是只信好话的。我也想对您说一些好话的，但抽出的牌太奇怪了，我也很抱歉。"

就在此时，孔作家的手机振动了起来。他看了看手机，是出版社负责人发来的信息。

——孔作家，您现在在酒店里干什么呢？呜呜。

道河环顾了下周围，并没有看见负责人。

——您在附近吗？

——看您这么淡定，您应该是还没看见吧！

信息下面附带了一条链接，道河点进去之后，发现是一则新闻报道。

《孔道河的真正爱人是谁？罗睿熙VS酒店女》。

报道上的照片让道河不自觉地睁大了双眼。

他和喝醉的异彩一起走进H酒店的照片，他在咖啡厅采访异彩时的照片，还有他们现在所在的J酒店咖啡厅的照片，全都上传到这则新闻报道里面去了。虽然异彩的脸被巧妙地遮住了，但道河可是被拍了个正面。

孔作家继续往下浏览着报道，表情满是厌烦与烦躁。

他们被拍的照片已经上了热搜榜。报道被上传了还不到十分钟，就已经占据热搜榜榜首。

"啊，为什么？"

道河深深叹了一口气，夹杂着不耐与烦躁。异彩似是被他吓到了，身体一颤，但他并没有注意到异彩的反应。

孔作家环视了一下周围。能拍到他们两个相对而坐的照片，看来这附近肯定有记者在。而且从异彩被拍到背部的角度来看，他们肯定是在咖啡厅入口处拍的。

"起来吧。"

"嗯？怎么了？"

"快点儿！"

"好的！"

异彩不明所以地从座位上站了起来。刚起身，孔作家就搂住了她的肩膀，用另一只手遮住了异彩的脸。他那大手将异彩的脸遮住之后，异彩一点儿都看不见前方的路。

被挡住视线的异彩抬起头，仰望着孔作家。她想问问他到底发生什么事儿了，但看到他一脸严肃的表情，只能先闭嘴。

他看着前方说道："快点儿走，如果不想让你的照片和罗睿熙一起上头条的话。"

异彩眉毛皱了起来。虽然不知道他在说什么，但还是先按照他说的做会比较好。他俩加快脚步走到地下停车场。孔作家为异彩打开了副驾驶座的门。

上车之后，坐到驾驶位的孔作家把手机拿给异彩看。异彩在看到照片后，立即把手机抢了过来。

"这个女人，不就是我吗？"

虽然照片上的她或者正面被巧妙地遮挡住，或者是被拍到了背影，但她不可能认不出自己的样子。孔作家边启动了车子。

"先出去再说吧。"

异彩闻言,使劲儿点了点头,并将手机还给了他。

孔作家刚接过手机,手机就响起了铃声。他看到打电话的是允亨哥,就将手机连接到了车载蓝牙音响上,接通了电话。

"嗯,哥。"

"你现在不是还在酒店吧?"

对方的声音通过车载音响传了过来。

"从酒店出来了。告诉他们如果不撤掉报道就起诉他们。罗睿熙的时候也是这样,他们到底想干什么啊?我和罗睿熙只吃过一次饭而已,哥你也知道啊。而且我和'酒店女'目前连一次饭也没吃过。"

异彩在旁边听着他们的通话,不知此刻她是该高兴还是不高兴。这样一来,正如异彩所愿,就有了经常与其见面的契机。但异彩想到随之而来的星期一的"暴风雨",真是无法高兴起来。

成洙和珠雅肯定能认出照片中的女人是异彩。再联想到博物馆内流传的传闻,将照片中的女人和异彩对号入座的人肯定不在少数。异彩一想到他们鬣狗般探究的眼神就头皮发麻。

"你先过来,我们谈一谈吧。恶评正以每秒钟一百条的速度在出版社网页上蔓延。我到今天才知道我们国家竟然有这么多种骂人的方式。"

"我现在跟酒店绯闻女在一起。我把她送回去就过去找你。"

"什么?那么,你们一起来吧。"

"不用。"

"哎呀,不对。你别过来了。外面的记者越来越多了。你去工作室吧,我马上过去。"挂断电话后,孔作家叹了口气。异彩看着心烦意乱的道河,小心地说道:"一起去吧。这事儿我有很大的责任。我也需要了解下情况。"

"那好吧!"

孔作家又叹了口气,在导航上输入了工作室的地址。异彩在一旁用手机浏览着实时新闻与评论。或许是因为考虑到异彩是普通人,所以新闻并没有曝光她的正面照。

来了两条信息提示,异彩看了看,是成洙和珠雅。

——成洙:被拍到和孔道河在一起的女人是你吧?看后脑勺就知道是你!

——珠雅:你去参加浑蛋前男友的婚礼了?有没有打扮得漂漂亮亮地去?

即使正面照没有被曝光,但是熟悉她的人基本都认出她了。异彩敷衍地回了"是的"两个字,然后重新开始看新闻评论。

评论里谩骂声一片,似乎大部分都是罗睿熙的粉丝写的。虽然罗睿熙所属的公司和出版社都发布了澄清公告,但是没有人相信。正当异彩看着那些数不清的评论时,突然感到车子朝一边剧烈倾斜。

异彩看了看正在掉头的孔作家,突然明白过来,自己给他的人生带来了巨大的改变。

"出去了吗?"

道河来到了异彩家的阳台,往屋里看了看。已经过了十二点了,异彩肯定起床了,但是屋里没有一点儿动静。

"异彩小姐?"

道河喊了异彩的名字,但是没有得到任何回应。于是,他打开阳台门看了看。

不出所料,异彩不在家。房间里乱糟糟的,看来她出去得很匆忙。

"去哪儿了……"

道河没想到,他去买了个菜回来,异彩就出门了。道河觉得有些失望。本来他是想和异彩一起吃午饭的。

"我来啦!"

听到熟悉的声音,道河回头看了看对面的阳台。看到一个身材高大的男人走进了自己家的客厅。除了道河自己,就只有允亨知道自己家的门锁密码。

道河急忙抓住栏杆，准备跳回自己家的阳台。但是在他跳过去之前，允亨先看到了他。允亨眨了下眼睛，抬了抬眼镜。

"你怎么在那儿？"

道河一时不知如何回答。只有越过阳台才能回去，但是在允亨面前跳过去的话，肯定会引起误会。所以他立刻转移了话题。

"你怎么来了？出版社怎么办？"

允亨晃了晃手里拿的购物袋。

"管理作家的生活也是工作。"

"那你也跟我打声招呼再来呀，怎么可以这样突然到别人家里来呢？"

"等你有了女朋友，我就跟你打声招呼再来。我问你呢，你在那儿干什么？"

"就过来看看而已。"

道河没办法，只好跳回了自己家阳台。允亨用一种奇怪的表情看了他一会儿，摇着头走向了厨房。

"你是为了做小偷，才重修阳台的吗？就算对面的房子空着，你也不能这样随便翻过去。小心被别人举报，会被警察抓走的。那样的话，我也要流落街头了。你应该不会希望事情发展到这个地步吧！"

允亨一边把冰箱里过期的食物拿出来，一边继续啰唆。

"你又没吃饭吧？上次拿过来的东西还是原封不动地摆在那儿。"

"因为我自己做饭，所以没吃那些。你跟阿姨说我都吃光了。"

"你怎么可能自己做饭吃呢……"

允亨打开冷冻室一看，平时总是空空如也的冷冻室里，居然放满了食材。有成品速食，甚至还有海鲜和肉类。

"这是吹的什么风啊，还真自己做饭吃了？"

允亨不可置信地看着道河。

"我只是觉得好像自己一直在吃方便面。"

"很好,你的想法很正确。方便面有什么好吃的,什么味道也没有。"

"味道还可以……"

允亨忽略了道河的回答,他把购物袋里的保鲜盒拿出来,放进了冰箱里。顿时,冰箱被各种小菜塞满了。整理完毕,允亨看着整洁的冰箱,感到非常满意。这时,道河递给他一个马克杯。

"咖啡,很不错。"

允亨拿起杯子,自然地坐到了客厅的沙发上。道河先开口说道:"正好我也有事情拜托你。"

听到"拜托"这两个字,允亨一下子从邻家哥哥的角色转换为出版社代表。

"什么事儿?除了提高版税,其他事情只要你开口,我都会答应。"

"睿熙又开始找上门了。昨天也来了。"

"你说什么?睿熙?不会是罗睿熙吧?怎么突然提到她?"

看着允亨莫名其妙的表情,道河皱起了眉头。他无法理解允亨的反应。

"从上个月开始,她总是在我快要忘掉她时找上门来。"

"是吗?罗睿熙吗?为什么?"

道河突然觉得不断反问的允亨异常陌生。上个月,允亨听说罗睿熙找上门的事儿时,还气得暴跳如雷。

"她上次找上门时,我跟你说过了。"

"你没跟我说。你说过的话我肯定会记得。但是罗睿熙是怎么知道你家地址并且找过来的?不对,她为什么来?肯定是有事儿才会找上门啊!"

感觉到些许违和感的道河突然意识到,有些事情发生了一些转变。因为异彩的某种行动,玄关外面的世界发生了变化。

见道河没有回应,允亨又问了一遍。

"我问你她为什么会来?"

"不知道。我直接让她回去了。"

道河想了一下，随便编了两句。

"嗯，做得好。下次你让她联系出版社。你不是很讨厌这种烦人的事情吗？呀！你不要误会啊，不是我把你家地址告诉她的。"

"我知道。"

是道河自己把地址告诉罗睿熙的。因为睿熙是艺人，所以，过去他们基本都是在道河家里见面的。有时允亨也在。但是从允亨现在的反应来看，好像从来没有和睿熙见过面。

允亨挠了挠头，说："不管怎样，我跟罗睿熙所属的公司联系一下。"

"算了，不用了。我会看着办的。"

"噢，你对罗睿熙产生兴趣了？"

"不是，因为感觉她不会再来了。如果把她所属的公司也掺和进来的话，事情会变得更加复杂。"

允亨总觉得事情就这样结束的话太可惜了。如果道河继续跟罗睿熙纠缠不清，会非常有利于书的宣传。

"话虽如此，但是见一面问问到底有什么事情会不会更好？说不定你就会对她产生好感了呢？找弟弟虽然重要，但是你的人生也要继续下去啊！"

道河觉得，"我的人生"已经离自己太远了。

"我也许能找到柳河。"

"什么？怎么找？"

"被害人的妹妹出现了，她可能会成为'钥匙'。几天前，我也遇到了柳河，虽然时间很短暂。"

"你遇到他了？他在哪里？没有受伤吧？"

"看上去还可以。因为当时情况特殊，没能跟他说上话……"

道河并没有如实说出自己正在经历的事情，有点儿含糊其辞。

"他没事儿就好。既然已经遇到了，那找到他就只是时间问题了。"

"希望如此。"

"等一下,被害人的妹妹,不就是那个失踪的女人吗?小说《拼图》里修复师的原型?"

"是的。"

"呀,这剧情就跟你的小说一样。守着秘密失踪的女人再次出现了。是什么样的女人?"

当道河想起异彩时,他的嘴角浮现出了微笑。

"开朗、温暖。不知道会突然跑到哪儿去的女人。还会耍酒疯。"

允亨正在想象着黑发红唇的神秘美女,听到道河这么一说,失望地咂了咂嘴。怎么偏偏是会耍酒疯的女人。

他正想说真可惜,却看到此时道河正若有所思地看着对面阳台,触摸着自己的嘴唇。

"什么呀?那个表情。你,不会对那个女人感兴趣吧?"

"不是。"

道河那温和的表情瞬间变得冷若冰霜。允亨放下马克杯,用食指扶了扶眼镜。

"好吧。不管是'钥匙'还是什么,你千万不要错过。你笑着讲一个女人的事情,这情景,我多少年都没看到了。"

"我笑了?"

"你照照镜子看。"

尴尬的道河在允亨旁边坐下。

"其实不是那个被害者的妹妹回来了。我是见到了失踪前的她,也就是生活在三年前的她。"

允亨惊呆了。他把马克杯里的咖啡像喝冷水一样迅速喝完,然后猛地把头发解开。接着,披头散发的允亨抓起道河的手,认真地问道:"你跟哥去医院,好吗?"

"肉麻兮兮地干什么呢?"

道河想甩掉允亨的手,但是允亨又立刻用双手紧握住他的手,边点头边说："没关系。把小说和现实混淆的情况是有可能发生的。是的，很有可能。你太投入了，所以会这样。你不要觉得精神病医院离你很远，如果实在觉得别扭，就用我的名义预约。"

果然，这并不是能让人轻易相信的经历。道河推开允亨的双手，假装淡定地说道："这是我下一部小说的内容。就想问问你这样的故事如何？"

"啊，原来如此。怪不得。吓得我心脏病都要出来了。"

"有那么吓人吗？"

"不久前出版社搬迁的时候，我贷款了。少说也要还十年。所以你必须健康地活十年。"

"十年？"

"是的，十年。"

允亨强调了下时间。道河喝了口咖啡，靠在了沙发上。

"我也希望，我能够健康地活十年。"

冷掉的咖啡喝起来有点儿苦涩。

孔作家的工作室是一个雅致的复式商务公寓。工作室除了门和窗户，四周墙面上，全都挂满了书架。中间放着一张巨大的会议桌和几把椅子。楼梯上面的布局则几乎看不到。

异彩踮起脚跟往上看，映入眼帘的是蓝色系的被角，那里好像放置着一个床垫。

"看来他也会在这里睡觉呢！"

这里的氛围整体上很温馨，比起Rivervill公寓，异彩更喜欢这里。异彩参观了一圈后，拉开会议桌前的椅子坐下，将外套脱下搭在旁边的椅背上。她脱下那紧紧裹在身上的两件套装样式的外套，连呼吸都觉得舒畅了许多。

"他还没来啊！"

她又环视了一下周围，拿出了手机。

随着时间流逝，回帖中涌现出了越来越多的污言秽语。她翻了下帖子泛滥的缘由，才知道是睿熙通过SNS上传了"请自重"的字眼儿。粉丝们似乎是将罗睿熙看作悲情的女主角，而道河和异彩则被定义为该遭天打雷劈的"恶人帮凶"。

"看来，我要长命百岁了。"

被人铺天盖地地骂成这样，看来她可能要"长命百岁"了。不对，她可能会长生不死，万寿无疆。

就在她确认着这些实时更新的回帖时，周围的光线变得有些暗淡下来。天花板上，三叶草模样的LED电灯的其中一个叶子变黑了。

"看来得换灯了。"

就在她抬头看向电灯时，工作室的门被打开了。刚刚出去和出版社职员进行电话沟通的孔作家走了进来。

"事情怎么样了？"

"很麻烦。"

孔作家拉开异彩旁边的椅子坐下，使劲儿揉了揉眼窝，似乎是有些疲倦。

"您累了吗？"

"我想睡觉。"

他紧蹙着眉头，弥漫在四周的慵懒气氛慢慢氤氲起来。

"人家又不是要和我睡觉，但这种心情很奇怪。"她想道。

不管是过去还是未来，这个男人都让自己心脏有些受不了呢！每次和他在一起，异彩就会总忍不住犯嘀咕。

异彩用一只手撑着下巴，问道："那就睡吧。晚上不睡觉，熬夜干什么啊？"

"作家要写稿子啊，还能干什么。"

"那也得先睡觉再写稿子啊，如果不睡觉会死人的。"

"我也觉得这样下去说不定会死掉。"

"您为什么这么拼命啊？"

孔作家原本慵懒的眼神马上变得凌厉起来。异彩不自觉地咽了口唾沫。

"因为我需要去证明。"

"证明什么啊？"

"自己的存在，或者说，价值。"

"谁会在意您是不是作家呢，只要自己诞生到这个世界上，就是一件很有价值的事情不就行了吗？"

"也有人不能那样想。"

他的话轻描淡写，其中蕴涵的深意却很沉重。异彩想到阳台对面的道河正在为自己拼命工作而错过的事情感到后悔不已。

"您活得有点儿累啊！那样您可能会因为错过很多重要的东西而后悔的。"

"那是以后的事情了。"

她本想不管用什么办法，要利用这个男人来找到柳河，现在看来不是件容易的事儿。这个男人最讨厌麻烦事，平时忙得连睡觉的时间都没有。

就在她思索要怎么办时，他又开口说道："你对我就没有一点儿戒心吗？"

冷不丁地，这是什么话啊？

异彩又一次闭上了眼睛，仔细想来，她现在是和一个陌生的男人处在一个陌生的空间里，而目前的处境似乎有些暧昧。异彩骨碌碌地转了转眼珠，嘻嘻地笑了起来。他不是阳台对面的道河。

"啊，那个，其实，孔作家不是那种能让人很放心的风格吧？"

"但我看您还挺放心我的。"

异彩耸了耸肩膀。

"可能是因为我在梦里见过您，所以才这样吧！"

"您梦见过我吗？"

"这个您不用担心，不是那种少儿不宜的情景。"

"您做了一个怎样的梦啊？"

"在一个狭小的世界里，只剩下我们两个人。孔作家就像看待路边小石子那样看待我，自始至终都是那样，所以我才会放心的。"

"这真是个奇怪的梦啊！"

"是吗？"

"是啊！"

异彩将视线转移到刚才看的帖子上。

"恋爱绯闻很火嘛。你们又不是偶像明星，没想到作家的恋爱绯闻也能闹得这么沸沸扬扬啊！"

"不是因为我，而是因为罗睿熙小姐的人气吧。"

"不会有什么麻烦吗？如果罗睿熙小姐误会了的话……"

异彩的话还没说完，孔作家便站起身来，激动地表达着自己的不满。

"我们没有交往，真的没有交往。"

从他怒目圆睁的样子来看，两个人确实不是恋爱关系。

"我知道了，请您冷静一下。"

吃惊的异彩下意识地一哆嗦，安抚他道。

"我都说了，我们两个没有交往，为什么没人相信呢？为什么大家宁愿相信那些小道消息，也不相信正式说明呢？"

孔作家脸上满是烦躁和愤怒，看来他对自己和罗睿熙的恋爱绯闻非常反感。

"孔作家没有过那样的经历吗？"

"哪样的经历啊？"

"就是完全不相信某个人说的话啊！即便对方说，'事情真的不是那样，我是冤枉的'，但您还是完全不相信他说的话。您没有过这样吗？"

听到这话，孔作家的脑海里浮现出了柳河的事情。顿时，他的脸色凝重起来。当柳河以现行犯的身份被拘留时，不管他表明自己有多么委屈,孔作家都没有听进去。

因为柳河是现行犯。

异彩觉察到孔作家的脸色,便悄悄地转过了视线。孔作家眼神冷漠悲伤,看来他被伤得不轻。

气氛难以言喻地尴尬起来。异彩装作若无其事的样子,拿起了桌面上随意散放的一摞A4纸。翻到文章的第一行,她就已然看出,这是她昨晚读的小说——《拼图》。

异彩看了好一会儿小说。

"主人公是位修复师啊,这是要我审校的原稿吗?"

"我还没写完,最后一个场景被卡住了。"

异彩"唰唰"地翻着这些A4纸,打开了最后一页。

"主人公是一位修复师,找她不就行了吗?让她将事情重新拼凑起来,还原当时现场的情况。将凌乱的碎片拼凑起来,那罪犯的轮廓就能大体看出来了。反正罪犯就是弟弟,那……"

看到孔作家脸色渐变,异彩含含糊糊地结束了自己的话。仔细一想,她好像是跟作者剧透了自己作品的情节内容。

"你大体浏览了一下,就知道罪犯是弟弟了吗?"

"啊哈哈,这只是我的直觉。"

"真是神奇啊!"

"我对'感觉'这类东西挺感兴趣的,偶尔也会用塔罗牌占卜,一般来说都挺准的。"

孔作家的眼神里既充满了好奇。允亨和编辑部的职员都看过自己目前写的原稿,但他们都推演不出谁是罪犯。究竟主角是罪犯,还是他的朋友是罪犯,大家各执其词,众说纷纭。甚至,有个职员认为那个作为临时演员登场的配角才是真正的罪犯。

不过,异彩却认定那个被他描写得活泼开朗的弟弟才是罪犯。而且,她只是大体浏览了一下而已。

看到孔作家对此深感好奇,异彩有点儿尴尬。就在她正苦恼着要如何转移话题时，周围的灯光又暗了下来。

工作室里的灯彻底坏掉了。尽管外面的光线透过窗户照进来，仍然可以辨清事物，但仅凭这点儿微弱的亮光，两个人无法安心地面对面坐在一起。

孔作家不自觉地左顾右盼。这时，异彩趁机转移了话题。

"您家里有备用灯吗？需要出去买一个吗？"

"好像是有的，不过还是以后再换吧。"

他打开了二层和阳台的灯，但屋里并不是很亮。

"还是现在换吧，黑漆漆的让人有点儿堵得慌。"

"这不是单纯的LED灯，而是模块灯，我之前没有换过。"

"那我来换吧！"

异彩站起身来，示意孔作家赶紧去把灯拿来。

孔作家一脸不悦地从鞋柜里将LED模块灯拿出来，在桌子前面脱下鞋子。异彩拽了一下正要爬上桌子的孔作家的衣角。

"您不是说不会换吗？"

"我没说自己不会换，只是说我没换过而已。"

异彩"扑哧"一下笑了，她一把抢过模块灯，拿在手里。

"算了吧。我以前换过，而且也知道怎么换，所以还是让我来吧！"

"您之前换过模块灯吗？"

孔作家反问道。要知道，这可不是单纯地将灯连接到插座上而已，而是需要将电线和安全器连接起来。

"您把闸合上吧。"

异彩打开LED模块灯的包装，将它放在桌子上，脱掉了鞋子。一直受高跟儿鞋压迫的脚一下子放松开来，她的心情也跟着变好了。

她站到桌子上，熟练地摘下电灯罩。

"需要我帮忙吗？"

孔作家条件反射似的抓住摇摇晃晃的桌子，问道。

"没关系，我自己可以的。"

异彩抬起两只胳膊,雪纺衫的一角翘了起来。衣服下露出来的雪白纤腰一下子吸引了孔作家的目光。他悄悄地别过头去,心情有些异样。像看路边小石子一样不在意别人的人,不是孔作家,而是异彩啊!

孔作家似乎有些不服气,斜着眼凝视着异彩。

"按照现在的剧情发展,是不是您摇摇晃晃地摔倒,然后我一下接住您啊!"

"别说胡话了,您接一下这个吧。"

异彩把拿下来的LED模块灯递给了孔作家。就在他接过模块灯的一瞬间,一种熟悉温馨的香味扑鼻而来。

"哦?"

异彩好像用了和自己同样的香水。孔作家正要说一下香水的事情,只见异彩又跟他招了招手。

"您把新模块灯给我吧。"

孔作家把桌子上的模块灯递给异彩,她再次抬起了两个胳膊。

异彩微露的肌肤让他有些眩晕,尽管她每次移动身体时肌肤都会显露出来,但这次孔作家没有转移自己的视线。

既然是露给我看的,那我还是看一下吧。

"您的手法看起来挺熟练啊!"

"我们家没有男人,所以什么事情都得自己做。"

更换LED模块这种事儿对异彩来说小菜一碟。异彩的爸爸早在她上中学的时候就去世了,家里只剩下妈妈、多彩和异彩。她们三个人中异彩的个子最高,所以换灯这样的事情就自然落到了异彩身上。除此之外,装窗帘或者组装家具也都是异彩的事情。

她把模块的电线连接到安定器上,然后拍了拍手。

"好了。开灯试试。"

按下开关,工作室又变得亮堂起来。

"能独自做好所有事情的女人……"

"您是想说我没有魅力吗?周围很多人都说我是一辈子单身的命。"

异彩一边毫不在乎地说着,一边把灯罩罩好,然后从桌子上爬了下来。裙子有些往上滑,但是她并没有在意。

"真的是反应迟钝。"孔作家小声嘀咕着,又坐回到了自己的椅子上。

"我可没说没有魅力。"

一般情况下,人们都不会觉得这种女人有魅力。

"为什么开始用起了平语?"

坐在对面的异彩像兔子一样瞪大了眼睛。

孔作家这才意识到自己对待异彩的态度比较随意。他感觉自己在不知不觉中渐渐被异彩吸引了。太奇怪了,自己总是被她吸引。虽然孔作家最讨厌麻烦事儿,但是这个女人却能让自己做尽麻烦事儿。而且这个女人的每句话都能使他动摇,就像她知道所有的一切一样。

孔作家的眼神变得柔和起来。

"你要是觉得委屈,你也可以说平语。"

异彩勉强忍住了笑声。他和阳台对面的道河说出同样的话,看来他们确实是同一个人。

"那随便您吧。"

他不是那种叫他不要做就会不做的男人。

听到异彩的许可,孔作家的嘴角露出了微笑。

"太好了。以后灯坏了的话,你来帮我换吧。不过你身上这件衣服太短了,下次穿件长的来。"

异彩眯起眼睛问道:"您是怕麻烦才这样的,是吗?"

"你没想过我这是在勾引你吗?"

异彩干咳了几声,转过了身。因为她觉得自己肯定脸红了。

"不要开这种玩笑啦!"

孔作家笑了。虽然是玩笑话,但多半是发自内心的。

"如果不是开玩笑呢?"

"我知道您对我没兴趣,所以不要再开这种玩笑了。"

"可是我现在慢慢对你产生兴趣了。"

看着孔作家的笑脸,异彩咕嘟咽了下口水。就在昨天,她接受了自己喜欢道河的事实。但是一天的时间都还没过,却又对孔作家的笑容心动了。虽说是同一个人,但奇怪的是,异彩总感觉自己有点不忠。

而且道河只要走出"月池",就会看到这瞬间的事情。

"清醒一下吧!"

异彩提醒自己,千万不能忘了最初的目的。

就在这时,门铃声打破了这令人窒息的紧张感。孔作家打开门,一个戴着眼镜且看上去很温和的男人走了进来。他就是经常和孔作家通话的出版社代表允亨。

允亨大步流星地走进来,把外带的咖啡放在桌子上,然后凝视着异彩。似乎到了打招呼的时候了。异彩慢慢地站了起来。而允亨抢先一步,先打起了招呼。

"您好。我是崔允亨。"

"我是郑异彩。"

当三个人聚在一起时,莫名地产生了一种紧张感。异彩尴尬地笑了笑,他也跟着笑了笑,像极了抱着蜜罐子的小熊的卡通形象。

"我很久都没看到这个家伙跟女人在一起了。难道……"

允亨想试探性地询问一下,但异彩立刻打断了他的话。

"我们什么关系也没有。孔作家只是帮过我几次忙,仅此而已。"

面对她强烈的否认,允亨用好奇的眼光打量着她。他只见过拼命想跟孔作家扯上关系的女人,异彩的反应着实让他感到很新奇。尤其是在孔作家和他爸爸一起接受采访的新闻出来之后,七大姑八大姨都来找他,托他给他们介绍一下孔作家。

另外,还有一件让人惊讶的事情。

"道河不是那种随便帮助别人的人。"

"这倒是真的。"

因为异彩配合的回答,气氛终于变得和谐起来。孔作家看到他们两个人刚见面就能这样轻松地交谈，心里有些不舒服，于是插嘴说道："摩卡咖啡？"

他从包装袋里拿出摩卡咖啡递给异彩，自己则拿了一杯美式咖啡。

"您记得？"

"我记忆力比较好。"

允亨看着朝异彩微笑的孔作家，咂了咂嘴。

他心想："这微妙的气氛是怎么回事儿？"

某人为了收拾烂摊子累得不成样子，而某人却在这里搞暧昧。允亨顿时气不打一处来。但是又能怎么样呢？谁让他是招牌作家呢！

允亨拿出剩余的一杯咖啡，坐到了椅子上。

"不好意思，事情变得有些复杂了。因为不久前，这家伙跟罗睿熙闹出过恋爱绯闻。"

"嗯。我看到了新闻。"

"所以罗睿熙的粉丝们乱成了一团。我和罗睿熙的所属公司谈过了，我们收拾烂摊子时，他们会给予配合。"

允亨小声说明情况后，用手扶了一下眼镜。异彩眨了眨眼睛，并没有任何回应。感到危机的允亨做出了可怜兮兮的表情，然后像在祷告一样拱起双手。

"拜托了，异彩小姐。"

"什么？"

"我们只能发布承认异彩小姐和道河恋爱的新闻。在报道中曝光的三张照片中有两张是在酒店拍的，H酒店和J酒店。如果您否认恋爱关系的话，这家伙就成渣男了。当然，我知道你们没有任何关系，您可能会比较为难。但是我会尽量不公开您的正面照。之后的分手新闻也会做得干脆利落。我在考虑三个月后发布分手消息怎么样。真的很对不起，我一定会站在出版社的立场上报答您的。"

允亨迫切地一口气说完了所有要说的话。在他快速说完这些话喘气的瞬间，异彩用平静的声音说道：

"发布新闻吧。"

"虽然您不会轻易答应……什么？"

"我说您可以发布承认恋爱关系的新闻，不过正面照还是算了。"

原本以为会被拒绝的允亨顿时愣住了。说话声也一下子变慢了。

"谢，谢谢。我很想说'祝您好运'。"

"那么，您就公布新闻吧。"

喝了一口摩卡咖啡的异彩淡淡地回答道。她的语气非常温和，就跟平时说咖啡很好喝时一样。看到这样的异彩，允亨反而变得有点儿糊涂了。

"您好像对这家伙不感兴趣，难道不是吗？"

"是的。"

听到异彩肯定的回答，孔作家挑了挑眉。他正准备开口反驳，允亨却着急地抢先说话。

"理所当然，这件事儿对您来说并不是件简单的事情。您肯定会变得很不方便。因为这件事儿会作为标签一直跟着您。偏偏被拍到的场所还是酒店。"

异彩抿嘴笑了。这些她都想过。但是她也觉得除此之外，没有其他办法了。最初也是因为她才会发生这些事情。而且为了道河，她也不能不管孔作家的状况。

"酒店总比汽车旅馆好吧。"

"什么？"

"事情已经发展成这样了，还能怎么办呢？"

"您是真心的吗？"

"实在没有办法了嘛！"

"那，现在可以发布新闻吗？"

允亨似乎被感动了。在他拿起手机，正要立刻打电话传达这条新闻时，孔作家阻挡了他。

"这件事儿不能就这么草率地决定。你再好好想想。"

正准备行动的允亨尴尬地笑了。这时，异彩一字一句地说道：

"大致可以想象得到，大概一两年内是不能谈恋爱了。之后孔道河女人的标签也会一直跟着我。万一照片曝光，还会被人拿来跟罗睿熙比较。大概就这些吧。"

"你知道还能那样轻易地答应？"

"酒店的照片，两次都是您为了帮助我才被拍到的。这个时候如果我不帮忙，那就是忘恩负义。关于恋爱嘛，我最近比较忙，以后会更忙。所以，这段时间内不谈恋爱也没关系。"

听了异彩的话，允亨的眼里满是感激。

"您太帅气了。"

但是孔作家却是一副不满意的表情。

"真的没关系？"

"但是，您得答应以后要帮我一个忙。不管是什么忙，不管有多么困难。"

异彩用期盼的眼神催促他快点儿回答。孔作家只好勉强答应。

"只要不是麻烦的事情。"

"那么现在算是理清楚了吧？"

一直在察言观色的允亨希望在异彩改变想法之前结束这场讨论。

异彩正要点头，孔作家又突然说道："先吃饭吧。"

"突然吃什么饭啊！"

允亨用哀怨的眼神看着孔作家。

"今天一顿饭都没吃。我如果饿死的话，Dam出版社也会倒闭吧？"

"你到底和谁一伙儿啊？"

"我永远都和自己一伙。"

孔作家的眼神里完全没有一点儿要妥协的意思。

允亨也知道孔作家为什么会这样。虽然他非常需要异彩的帮助，但是却不能让她稀里糊涂地做决定。

所以允亨觉得，是不是应该再努力说服一下异彩，先把新闻发布出去。

允亨这样想着,耷拉下肩膀。他希望孔作家能看在自己实在无奈的份儿上,睁一只眼闭一只眼。

"先解决眼前的问题再吃饭的话,会不会吃得更香?"

"你不要假装无精打采的样子了。让她吃饭的时候再考虑考虑。"

战略失败,允亨垂头丧气地说道:"异彩小姐,孔作家让你边吃饭边好好考虑。"

异彩津津有味地看着两人的对话。孔作家在和允亨在一起时,跟平时有些不一样,看上去更加沉着、冷静。

允亨心中充满不满,怏怏地站起来,在收集着外卖传单的抽屉里翻了起来。

"也不能出去吃,我们吃炸酱面吧?要不然吃猪蹄?上次点的那家还不错,店名是什么来着?"

允亨手里光猪蹄店的传单就超过了五个,他将传单并排摆放在桌子上,陷入了苦恼。孔作家对他开口道:

"随便点一家。"

"这一家很腥,都说了让你把不好吃的去掉啦!"

异彩觉得很奇怪,她看向专注于传单的允亨。

"记者不知道这儿吗?"

"就算知道也进不来,这里安保系统很好。所以有很多艺人住在这儿。当初选这儿的时候,他还指责我说太夸张了,没想到竟然还有这等用处啊!"

"啊,那就太好了。我还担心记者会和外卖一起进来呢。"

允亨翻着传单的手停了下来,然后直接把传单塞进了抽屉。

"得做着吃了啊!"

现在还是需要小心一些。允亨向厨房走去。

他打开冰箱一看,里面只装满了纯净水。面对孔作家那令人无语的"要饿死"的威胁,允亨瞬间来了精神。

"哎哟,你至少买点儿小菜放着啊!"

"有方便面。"

不知何时,孔作家跟了过来,他从洗碗槽的抽屉里拿出方便面。允亨一把夺了过去,动作之敏捷是异彩未曾见过的。

"我来煮。"

"你总是放太多水,哥。"

"你每次都把面搅开。"

"那我不搅了还不行吗?"

一直看着他们吵吵闹闹的异彩拿过允亨手里的方便面。

"我来煮吧。有金枪鱼吗?"

允亨和孔作家的脸上掠过一丝疑惑。

"金枪鱼?"

"啊,在这儿呢。您两位就坐着吧!今天的午餐是金枪鱼方便面。"

孔作家似是听到了什么奇怪的话。

"方便面里放金枪鱼吗?"

"您应该会喜欢的。用这个汤锅就可以吧?"

异彩自信地回答道。因为她已经确认过,道河是喜欢吃的。

异彩把汤锅放在燃气灶上,允亨便拉着孔作家坐到了餐桌旁,然后掏出手机,开始查看新上传的报道内容。

报道内容更加露骨了。允亨偷偷地回头,凝视着异彩。如果她拒绝的话,该如何应对呢?他苦恼着,不禁叹了口气。

如果她不同意,孔作家肯定立刻会当什么事儿都没发生过一样,一副"事不关己"的态度。

"折寿的总是我啊,总是我。"

允亨满眼幽怨地瞪向孔作家,但孔作家却凝视着其他地方。跟随他的视线看去,视线所及之处正是异彩。等着水烧开时,或许是因为无聊,她环视起四周,发现了放在厨房窗台上的一棵盆栽。

"是无花果树啊!"

一直注视着她的孔作家缓慢开口道：

"你认出来了啊！某人还以为是山蓟菜，说要用来包饭吃呢！"

那样说过的"某人"——允亨一脸不满地抬起头，小声嘟囔着"能认出无花果树才更奇怪呢"，可是两个人都不搭理他。

异彩走到窗前，认真地打量着盆栽。看叶子光泽油亮的样子，很明显是被精心照料着的。

"这是我很喜欢的树木。喜欢的东西本来就是能一眼认出来的。"

"无花果树吗？你对植物很感兴趣吗？"

孔作家难掩惊讶。大部分人连无花果树都不认识，可她竟然说这是自己喜欢的树木，他当然会感到好奇了。

"它很特别。不开花，就结果。怎么看怎么喜欢。开花又怎样，不开花又怎样。又不是必须要开的花。既然不会开花，也就不会凋零。虽然它的果实本身就有花朵的作用。"

异彩发现汤锅里的水刚好开了，于是走了回去。

看着那样的她，孔作家无法挪开视线。他的母亲照料无花果树的时候，总说："不同的东西只是不同，并不是不好。"他曾缠着问妈妈为什么不和爸爸生活在一起，这也算是对此的回答。

允亨看到孔作家微妙变化的表情，露出兴致盎然的神情。他知道孔作家对那个盆栽付出了多少心血。其原因当然也是听过多次的。

他心想：这还真是有趣啊！

不一会儿，异彩就把整整齐齐盛在碗里的方便面端上了桌，其美味令人震惊。就连平时胃口不大的孔作家也很快吃光了一碗。允亨更是把面汤喝得一滴不剩，他冲异彩竖起了大拇指。

"我以后也要这样吃啦！这完全就是美味新世界啊，新世界。"

最后吃完的异彩，放下手中的筷子，听到允亨的称赞，难为情地笑着喝了口水。孔作家把空碗拿到洗碗槽，允亨打开了窗户通气。

"那边没有纱窗。"

孔作家话音未落，就有一只可怕的黑色虫子飞了进来。看到虫子那笨重的身躯，允亨吓得瑟瑟发抖。

"是蟑螂！"

孔作家把碗放进洗碗机里，一脸淡定的表情。

"这栋楼里没有蟑螂。"

"刚刚，飞进来的。"

"什么？"

孔作家回过头，脸上布满了疑惧。就在此时，虫子又飞了起来。原本像是要飞出窗外的虫子在空中来了个大大的回转，一下子飞到了冰箱后面。

孔作家和允亨僵在原地，空气中瞬间充满了紧张感，静得仿佛都能听到呼吸声。是异彩的声音打破了这种沉寂。

"不是金龟子吗？要说是蟑螂也太大了吧。"

"金，金龟子？"

允亨回过头，满怀期望地反问道，孔作家无力地皱起眉头。

"不管是金龟子，还是蟑螂，谁放进来的，谁就去抓。"

"飞到冰箱后面了，怎么抓啊！就一起过吧。你一个人生活多孤独啊！"

"抓住之前，没有原稿可交。"

"喂，你怎么能这么卑鄙。"

孔作家没有回答，他刚坐在沙发上，藏在冰箱后面的虫子又飞了起来。异彩看着低空中向客厅飞去的虫子，镇定地说了句："是蟑螂，没错儿。"

燃起了一丝勇气的允亨，听到这话脸又垮了下去。如果是金龟子还好说，如果是蟑螂，就只有一个办法。

"咱们叫物业吧。"

"物业来之前呢？它可一直飞啊！"

两个人认真地苦恼着，实在看不下去的异彩站了起来。她环顾了下四周，拿起放在桌上的纸巾，卷了卷。她眼神犀利地扫视着四周，然后走向一个角落。

"抓住了。"

她的声音十分清脆。异彩起身后,举起包在纸巾里的蟑螂看了看。

"这个该怎么办呢?"

允亨连忙递过垃圾桶,孔作家连忙开口道:

"不能扔那儿!万一是雌的,万一产卵怎么办。先放到计量垃圾袋①里再扔。"

"好,那样比较好。据说它很顽强,不容易被杀死呢!"

允亨找到尚未半满的计量垃圾袋,递了过去。异彩刚把包在纸巾里的蟑螂扔进去,他便立刻紧紧地封住了袋口。

"我去扔垃圾了。"

他拎着垃圾袋子一溜烟儿地下楼去了,只留下孔作家和异彩两个人。孔作家凝视着泰然自若的异彩。

"你不害怕虫子之类的吗?"

"我并没感到怎么害怕。再大也不过我的手掌,有什么好怕的。只是它很脏,所以我用纸巾抓了啊。"

异彩似乎并不觉得有什么问题。

"你感到过害怕吗?"

"嗯,强盗闯进我家的时候。那时候我真的差点儿吓死。"

"强盗?"

"就在不久前。就是我们第一次见面的那天,我家里进了强盗。如果不是住在阳台那边的男人帮我的话,就出大事儿了。"

他想说一句万幸,但莫名地觉得心情很怪。

"有没有受伤?"

"脚伤了一点儿,但是很快就好了。就是吓到了。我真的很感谢帮我的人,我现在也在努力地报答他。"

---

① 韩国实行垃圾分类制度,按计量收费。

217

异彩和孔作家四目相对，灿烂地一笑。

孔作家失神地看着面带微笑的异彩，出神到甚至忘却了自己，可以说是进入了"无我之境"。他常常在小说中使用的"仿佛感觉时间停止了"的句子，竟然在现实中再现了。

咋咋呼呼回来的允亨打破了孔作家的沉醉。

"呀！外面来了好多记者。"

允亨觉得公布恋爱不能再拖了，于是坐到异彩身边。

"现在饭也吃了！虫子也抓了！好像该好好整理一下了。您没有变心吧？"

看着允亨亮晶晶的眼睛，异彩不禁笑了出来。感觉他就像一头善良的熊，就差怀里抱一个蜜罐儿了。

"好像也想不到其他办法呢。"

"是吧？那只要把您的简介告诉我就行了。"

异彩温柔地笑着，敛去表情。

"姓名，郑异彩。年龄，二十八岁。职业是文物修复师。目前就职于皇博物馆。和孔作家是因为小说的相关咨询而认识的。这么说应该就可以了吧，实际上也是这样的。"

两个人说话的时候，孔作家插了进来：

"你是姐姐啊！"

异彩突然觉得胸口一闷。阳台那边的道河比异彩大两岁，那就意味着现在的孔作家比异彩年龄小。

"不要叫我姐姐，绝对不要！"

异彩的声音听起来前所未有的坚决。

"为什么？"

"没，没什么。就是讨厌。显老嘛！"

"我知道了，异彩。"

她眯起眼睛，美美地翻了一个白眼，更加坚决地说道："也不要没大没小的。"

记录着异彩的简介的允亨，诧异地抬起头。从刚才起，他就感到有些奇怪。如果不是正在交往的女人，或者是想要交往的女人，孔作家一般不会不说敬语的。但是，他对异彩却没有说敬语。

"你好像是在勾引异彩。"

"我是在勾引。如果不得不传出恋爱绯闻的话，假戏真做不是更好吗？"

异彩平复了下不合时宜的心跳，不自然地笑了笑。

"您不会嫌恋爱绯闻麻烦，就真的要和我恋爱吧？"

"有点儿吧。"

"我拒绝。"

"我开玩笑。还不是因为每次见面，你都毫无保留地散发魅力，才会这样啊！既然话说到这儿了，我就再说一句，你不要去别人家帮别人换灯，也不要给别人煮方便面。我想象了一下，心情真不怎么样。"

允亨忽然变得很慌张。只不过是无心的一句话，气氛却突然变得很奇怪。

允亨心想：如果恋爱的话，会出更多原稿吗？还是说会沉迷恋情交不出原稿呢？

最近，没见他恋爱过，所以允亨无法得出结论。虽然也有很多女人说喜欢他，但他却像铜墙铁壁，奇怪得很。好像是听他说过谈感觉像在浪费时间。

允亨还在纠结是不是该阻止的时候，异彩简单地一锤定音了。

"我谢绝勾引。"

孔作家的脸一下子僵住了。没想到她会毫不犹豫地拒绝。看向自己的时候，她眼里流露出的好感是怎么回事儿呢？再加上，公布恋爱消息的事情，她也答应了。就算是被形势所迫，若是没有什么私心就直接应允，那也太奇怪了。

这并不是单纯地公开恋爱。这件事情还牵扯上了罗睿熙，搞不好会被骂声吞没的。这绝不是单凭轻微的善意就能答应的事情。

"是单纯的善意吗？"

孔作家因异彩陷入了混乱。异彩则是眨着眼睛，似是完全搞不清楚"他为什么突然开始勾引我呢"。不知为何，孔作家突然有种被甩了的感觉。他并没有伤心，反而对她越发地好奇了。

"哈哈哈。"

坐在一旁的允亨实在没忍住，笑了出来，孔作家的视线转到他的身上。

"哥，你别笑。"

"哈哈……哈……哈哈。'你是第一个甩了我的女人。'你不会要说这种奇怪的话吧？不要说，因为太老套了。如果你要说的话，提前打招呼，我去买爆米花来。"

允亨莫名地觉得有趣。他有一种预感，今后会常常和异彩见面的。

"你再笑，下部作品我就找其他公司了。你想重新回医院吗？"

原本开怀大笑的允亨，嘴角的微笑消失殆尽。瞬间敛去了所有表情的允亨再次移动着平板电脑的触摸笔，但他却藏不住嘴角的抽动。

"谁笑了，我明明这么一本正经的。"

一直旁听着的异彩歪着脑袋，不解地问道："医院？"

孔作家解答了她的疑问："他在医院做了三年住院医师，之后就从医院逃出来了。"

"那怎么能叫'逃'呢？那是我深思熟虑后，做的决定。我只不过是在父母的期望和自己的梦想之间，选择了自己的梦想而已。"

"因为他怕见血。"

"你这么随便地把我的秘密说出来，你觉得合适吗？"

"这是秘密吗？"

看着孔作家和允亨说说闹闹的样子，异彩情不自禁地嘴角上扬，露出了微笑。他们两个看上去像关系很好的亲兄弟。

或许，他和柳河也是这种关系吧！

打印机飞速地运转着，纸张从打印机里源源不断地被"吐"出来。道河拿着一沓还带有温度的A4纸依靠在沙发上，然后随手拽过一旁的靠枕枕在上面。

他和睿熙的关系发生了变化。因此，其他的利害关系也随之发生了变化。柳河的毒品案件、异彩的失踪以及多彩的尸体被发现，桩桩件件都按照时间顺序罗列在道河刚打印出来的资料上。虽然已经看过几十遍，但此时，道河还是集中精力一字一句地浏览着这份资料。

当他翻到案件资料的最后一页时，手机响了起来。打电话过来的正是"LAN"。

"韩国最棒的情报商人！我是向世界进军的'快快快'姜LAN。尊敬的孔道河顾客，您好！"

依旧是那让人脸红的声音。

"你好，我正在等你的电话。"

"怎么会这样！我'快快快'姜LAN怎么会让顾客等着呢！咳呵！下次我会以更加快快快的速度为您服务。我已经安排好人员了。按照您的要求，我已经将调查孔柳河和郑多彩案件的人员全都安排到郑异彩失踪案件中去了。因为案件时隔已久，所以线索不多。但是！我'快快快'姜LAN会将分散开的线索收集再收集起来！定会为您提供您想要的情报。"

"调查最晚要在两周内结束。在此期间，请将能收集到的情报全都收集起来。"

道河之所以到现在为止都没有采取任何行动，是因为异彩。他断定，确切了解异彩失踪案件之后，再采取行动才是最安全的办法。

"知道了。尊敬的顾客，您去过庆州吗？"

"三年前，柳河确实去画廊找过好几次郑画家。"

"是这样啊。经过调查，那位其实是画廊的实际所有者。"

"郑画家吗？"

"是的，正是如此。"

"请继续调查吧！"

"好的。那详细情况我会通过邮件发给您。郑异彩失踪案件的相关资料汇总之后我再联系您。尊敬的顾客，祝您度过美好的一天。"

阳台上的窗半掩着，从外面吹进来的风凌乱了道河的头发。看了眼时间，道河拿着之前打印好的案件资料，穿上了鞋子。虽然有些事情会私跑到他的记忆里，但是他没有亲自经历过的事还是要一一调查清楚。

郑画家曾跟他说过，如果将在"月池"之内写好的内容拿到"月池"之外，那么写好的文本会随着状况的变化而变化。

打开玄关门，向外走去的道河突然头晕目眩，趔趄了一下。与此同时，陌生的记忆跑进他的脑海当中。虽然他快速地抓住了玄关门的把手，但胳膊却用不上劲儿。他无力地倒在地板上，为了让自己保持清醒，道河紧咬着嘴唇。嘴唇的柔软触感夹杂着血腥味弥漫开来。

痛感渐渐消失，呼吸变得急促。脑海窜入的记忆的主人公正是孔作家。视觉、听觉以及嗅觉等各种感觉生动地传来，让道河历历在目。但那记忆中的主人公既是道河本人，又不是他本人。

在礼堂出现的异彩引导了道河的记忆。

"这个女人，到底做了什么！"

道河再三回味着跑入他脑海中的记忆。眉头紧锁的他扑哧笑了出来。

"挺可爱。"

不自觉发出感叹的道河嘴角挂上一丝苦涩。

昨天晚上，异彩那些奇怪的问题貌似是为了遇见孔作家而问的。微卷的头发，不夸张的妆容，端庄的天蓝色两件式套裙，柑橘调的香水。

她从头到脚都是按照道河的理想型来装扮的。这正可谓是"正中下怀"。但这并没有起到任何作用，因为孔作家关心的并不是她的外在。

从一开始他的视线就被她吸引了去，就好像有某种未知的力量在牵引着他。

虽然之前，他没有认识到这一点，但通过孔作家的视线，他好像看清了自己的内心。她身上有一种"灵动感"，是一种充满活力的存在感。

从第一次见面到作者演讲会，再到酒店，意料之外出现的她改变了孔作家的整个人生。

道河注视着手中所持案件资料的最后一页。那上面记录着他和睿熙的关系来往，他和她交往的日期以及他们分手的日期。

"开始交往日期：6月22日；分手日期：11月15日。"

11月15日那天，柳河被指认为杀人嫌疑犯，并被公开通缉。但是现在，道河手里拿着的资料的最后一页发生了变化。

"开始交往日期：月 日，分手日期：月 日。"

日期部分被删除。今天是异彩改变了未来的一天。

三年前的孔作家还没有察觉到，在他内心深处对异彩已经产生了某种鲜明的感觉。因此，就算睿熙再如何动摇他，之后的状况就像既有现实一样不会流逝。

道河回味着脑海中的新记忆。三年前，孔作家和异彩一起制造的记忆比他原来的记忆更加美好。

就像他们从阳台上掉下去时看到的天空一样美好。

回味着新记忆的他，心中莫名产生一种鲜明的感情——嫉妒。之所以感受到这种感情，是因为他与孔作家分离着，有着各自的感受。

他嫉妒着因为她而开始变化的孔作家以及孔作家的人生。

到了晚上，在出口处"布阵"的记者才慢慢散去。直到深夜时分，异彩才能从孔作家工作室里走出来。

车窗外，深夜中的城市散发着一闪一闪的光芒。异彩按下按钮，将车窗降下些许。舒适的风吹过来，凌乱了异彩那精心梳过的头发。

手握方向盘，注视着前方的孔作家佯装无意地说道：

"你好像用着跟我一样的香水。我倒是第一次见女人用这个,但还挺适合你的。"

异彩将视线转了过去。

"看来您喜欢柑橘味啊?"

"与其说是喜欢这种味道,不如说是不喜欢其他味道而已。"

"其实我喜欢玫瑰系列的香水,我也没想到我会买这种香水。想买的是另一种香水,但结算的却是这个香水。"

"人有时候想要的和选择的就是不一样。"

"确实是。"

孔作家开的车缓缓向市中心行驶着。他随着道路曲线自然行驶着,没有按下过喇叭,也没发过脾气,就这样悠闲自在地向前行驶着。

异彩用余光偷看着正在驾驶的孔作家——折了两折的袖子,解开三颗扣子的衬衫。果然,同处在狭窄空间里,这是个"危险"的男人。如果不放下车窗的话,她可能会喘不过气来。

正视前方的孔作家,一边的嘴角轻轻上扬。

"看够了吗?"

"什么?"

"你好像在看着我啊!"

"啊,是。"

"有什么感想?"

"性感?"

"我并不是为了让你猜中答案才问你的啊!"

这个男人,知道自己很性感啊。

"我就是在想'我们怎么会搅和在一起'之类的。"

"因为'酒店女'一直在对我发射致命魅力啊!虽然好像卷入了麻烦之中。"

这话听起来让人心情好奇怪。阳台对面的道河说过他讨厌麻烦难缠的女人。难道那是谎话吗?

"您的理想型是什么样的呢？"

"不麻烦的女人。"

如实说了啊！

"那应该不是我了，因为恋爱传闻不是让您感觉麻烦吗？"

"别担心。想要的和选择的往往不一样。"

异彩彻底将头转过来，直直地盯着道河的侧脸。

"为什么会这样"

同样的脸说出不同的话。

"还是不适应。"

"什么？"

"从小石子升级到女人的感觉？"

"看来那个梦让你印象很深刻啊！"

"就是说啊，确实印象很深刻。"

虽然是同一个人，但对待自己的态度却大相径庭。

而且就在今天出门的时候，她也想象不到事情会这样发展。异彩注视着前方，良久闭口未语。看着似是陷入沉思的异彩，孔作家问道：

"你不会是在想'这种男人怎么可能会喜欢我啊'之类的吧？"

"你刚才这句话，听起来让人很讨厌。"

孔作家脸上露出温柔的笑容。不觉间，车子驶入了通往TOMATO公寓的上坡路。异彩身子因坡度不由得向后斜去。

孔作家停下车，仰望着TOMATO公寓。

"是这里吗？"

"谢谢您送我回来。"

孔作家在异彩下车之后，也跟随下了车。他凝视着异彩，绕过车身向她走了过来，异彩下意识地向后退了一步。

孔作家注意到她的反应之后，也许是觉得有趣，他的眼里再次满含笑意。

"很抱歉把你牵扯进我的事儿当中，近期内可能会比较麻烦。"

"道河先生要抱歉的事儿还真是挺多的呢！"

话突然出口，异彩才感觉好奇怪。虽然她接连两天听到他对她说抱歉，但严格来说，他们不是同一个人，而且她刚才叫了他"道河先生"。不过万幸的是，孔作家并没有感觉到奇怪。

"回去吧。今天的事儿，谢谢你。"

"谢我帮您抓住蟑螂吗？"

"帮忙抓住蟑螂那件事也谢谢你。"

"以后报答我就行。回去的时候注意安全。"

异彩打开玻璃门进去之后，回头看，孔作家正轻轻向她挥手。异彩微微颔首转过身去，心情十分复杂。

她带着些许担心、些许期待，还有些许心动的复杂心情走上了楼梯，她现在要去见阳台上的他。

家里的各个角落被笼罩在黑暗里。异彩毫不在意地走进家中，放下了包。她之所以不害怕黑暗，是因为阳台对面有道河。

打开灯之后，她将桌子上的头绳咬在嘴上，把头发高高攒起，在化妆台前扎上了头发。镜子里反射着阳台上的风景。就在此时，窗帘缝隙间，一个黑影在移动。

"啊，吓死我了！"

惊吓之余，她才发现是道河。异彩打开阳台上的门，伸出头问道：

"怎么跳过来了？"

在阳台上徘徊的道河一脸不快。

"看来你成功了啊！"

"什么？"

"你不是去勾引我了吗？"

这才听明白的异彩耸了耸肩膀。

"也不是那样，不过确实是跟孔作家亲近了。未来发生改变了吗？"

他们传出了恋爱绯闻,再加上又承认了绯闻,这肯定会改变很多事情。

"到目前为止,虽然还只是一些个人的小事儿……比起这个,你到底是怎么想的?"

道河语气依旧不快。

"什么?"

"勾引我之后你想干什么?"

"我并不是为了勾引您才这么做的。比起突然没头没尾地对孔作家说'您弟弟绑架了一个女人,我们一起去找吧',还不如让他以为我是个疯女人。所以就先跟他亲近起来了,虽然可能有点儿过分亲近了。"

"也好,这样总比你一个人行动要好。"

"您不讨厌吗?以后我会尽量少跟他见面。总不能让道河先生的未来发生太多的变化。"

"没关系,必要的时候就去找他。"

从他的反应来看,异彩的行为似乎并未对未来造成很大的影响。虽然她为保持距离推辞了工作,但是孔作家对她还是表现出了好感。即使这样,也没造成多大影响,异彩突然觉得有些失落。

"未来有什么事情会发生变化吗?"

"跟柳河相关的事情没有发生任何改变。"

"嗯,因为现在才刚开始呢。"

两人的对话一时中断了。

到昨天为止,异彩还可以若无其事地面对短暂的沉默,但是今天却觉得有些尴尬。因为她感受到了道河眼神中透露出的好感,就像孔作家那样。

感到害羞的异彩干咳了一声,马上转移了话题。

"无花果树在哪里?应该长得很高了吧?"

"它枯萎掉了,已经被我扔了。"

"你没有用心照顾它吗?"

"为了找柳河，我有一阵子没能好好照顾它。"

异彩似乎问了不应该问的事情。看到道河脸上露出的遗憾，异彩觉得心里一阵难过。也许，在找柳河的过程中，真正"枯萎"的是道河。

虽然无花果树枯萎了，但是异彩希望孔作家的内心日益强大，也希望自己可以帮助到他。

想到这些，异彩觉得必须在柳河犯下更大的罪行之前找到他。异彩一边用手指轻轻敲着下巴，一边在思索着些什么。突然她走向书桌，从抽屉中找出笔记本和笔，然后向阳台走去。

"先把道河先生所知道的一切都记下来怎么样？我们需要确切地知道未来发生了哪些变化。"

"在月池，不受未来变化的影响。这个屋子里的所有东西，包括我，都因受到保护而不会改变。所以没有必要记录。还有，这个。"

道河递给异彩一条项链。异彩两手接住项链，用不可思议的眼神仔细查看。

"这是仿造的吗？做得真好啊！"

"我以为你会问是不是从床下面拿出来的。"

"您忘了我是从事什么职业的了吗？"

异彩看了看手里拿的项链，抿嘴笑了。道河缓缓地说道："这是我定做的，用这个也许可以让柳河现身。你做好心理准备。"

"这个不能带出去，未来的东西不能带到玄关门外面去。"

"带不出去？"

"是的。就像有什么东西在阻挡一样，带不出去。"

"那么，硬币呢……"

"硬币是在外面待了三年，才到道河先生手上的呀！"

"那这个……"

道河带着慌乱的表情看了看项链。

"这个用不了。不管怎样，只是需要一条仿造的项链而已。我来准备吧，我可以做得比这个更好。"

"那么这件事儿就交给你了。有需要增加的功能，我把订单给你看。还有，你见过的那幅画的作者是郑画水画家吗？"

"嗯，是的。"

"那个人是画廊的主人。"

"是挂着那幅画的画廊吗？"

"是的。我正在寻找与他见面的办法，很快就会有消息了。"

道河没有如实相告。他的心情因为不断堆积的谎言而变得沉重。

"我也会抽空去看看的。啊，索性把孔作家带来这里如何？他见到道河先生的话肯定会积极相助的。"

成洙都能进来见道河，孔作家应该也可以的。不过需要让他自愿跟着异彩进来。

"你能把他带来吗？"

"也许能吧！"

异彩决定帮道河这个忙。

"这是个不错的方法。孔作家见到我的话肯定会相信的。但是我担心……"

"担心什么？"

"时间旅行是偶尔用于科幻的一种设定。我在时间旅行时，见不到之前的我。两者在同一时间体系里见面的瞬间，一方也许就会消失。"

异彩惊讶地叫了起来。

"那就不能让你们俩见面了！"

"不管如何都是一种设定。像这种情况，消失的肯定是穿越时间的我。"

"不管是不是设定，不要做危险的事情。"

"好吧！"

异彩长叹了一口气。

"是不是太极端了？"

"什么太极端了？"

"道河先生也要考虑一下自己啊！即使您消失了也没有关系吗？未来变得一团糟也真的没有关系吗？找到弟弟和被他绑架的女人虽然重要，但是道河先生的人生也很重要啊！您不能忘了这一点。"

"我知道。"

道河很清楚这一点，他之所以觉得没关系，是因为他并不讨厌异彩改变他的未来。

不，甚至是有些期待。

"不管怎么样，绝对不能把孔作家带来这儿。想都别想！"

"知道了。那现在打算怎么办？我们最好商量好了再行动。"

"我打算去孔柳河的公寓看看。您知道他家锁的密码吗？"

"我去他家看过好几次了，跟项链相关的情报也是在那里找到的。"

"现在可能有所不同啊！"

道河犹豫着，他回想起在柳河的房间里没有与多彩或者异彩相关的资料。

"1234，如果不一样的话那就没办法了。"

"怎么会用这样的密码。"

"柳河就是那样的人。"

"这也太没想法了。"

道河似乎也深有同感，露出了微笑。

"关于恋爱绯闻，你打算怎么跟家里人解释？"

"就说是真的呗。要解释的话那就太复杂了。"

道河靠在阳台的栏杆上，倾斜着上半身。恋爱绯闻肯定会对异彩的未来产生某种影响。未来会有很多人认识她，而柳河也会对绑架自己哥哥的女朋友这件事儿有所顾忌。

"好的，这样你会更安全。"

"什么？"

"没什么。"

"不管什么事情，我们都要加快步伐了。要拯救被绑架的人啊！"

听到异彩的催促，道河的眼神变得意味深长。

"很幸运。"

"什么？"

"和我连接的人是你。"

异彩的脸又红了。这时，手机振动了起来，异彩一看，屏幕上显示着"孔道河作家"的名字。

"啊，真的很不适应。"

一接起电话，异彩耳边就传来了孔作家的声音。

"新闻出来了。你最好暂时把手机关机。"

"知道了。您回家了吗？"

"刚到家。晚安，酒店女。"

"不要那样叫我。"

手机另一端传来温柔的笑声。光听到他的声音，异彩的心底就会变得一片柔软。

如果每天晚上睡觉前都能听到他对自己说晚安，那该有多好。

"知道了，晚安。"

听到这无比亲切的声音，异彩顿时身体一僵，心跳加速，眼前浮现出孔作家的脸孔。而那张脸正好又和眼前道河的脸重叠，异彩的心跳得更快了。

当异彩正担心自己的脸有没有发红时，又有电话打来了。当她看到屏幕上显示的名字时，顿时变得垂头丧气，心里直呼"完蛋了"。异彩小心翼翼地接通电话。

"嗯，妈妈。"

第二天异彩醒来一看，早晨八点。她揉了揉惺忪的睡眼，爬了起来。朴女士的遣返令来了。虽然周末的早晨很想睡个懒觉，但是趁着还没挨骂，异彩决定赶紧行动起来。

打开昨晚关机的手机，未接来电和信息提示音连续响起。异彩陆续看到了很多很久没联系的朋友们的名字。

——你吗？

——不会是你吧？

——是你吧？

——看上去好像是你，所以我问问你的。

大部分信息都是差不多的内容。

唯独珠雅和成洙的信息有所不同。他们两个好像是商量好让异彩在"酒酒"酒馆请客。异彩忽略了所有的信息，换上了一身端庄的衣服。

异彩一边想着该如何应付朴女士，一边迈着沉重的脚步走出了家门。

"怎么说好呢？"

异彩思考了半天，还是没想好要怎么解释"酒店"和"承认恋爱"的新闻。

"死定了。"

虽然走得很慢，但是不知不觉就到了金枪鱼天国的店门前。办法只有一个。

"硬着头皮挨骂吧！"

异彩无奈地决定。她做了个深呼吸，打开了金枪鱼天国的店门。

"我来了。"

话音刚落，异彩顿时觉得眼冒金星。

"你这个疯丫头！因为博物馆离家远，就允许你搬出去住了。结果你就跟男人去酒店？酒店！"

"朴女士！冷静，冷静。当心血压！"

异彩为了躲开朴女士手中的汤勺，到处跑来跑去。但是汤勺还是准确无误地打在了她的背上。

"你让我怎么冷静！真是丢人！"

"好疼啊，好疼。妈妈。"

"就是要你疼才打你呢，难道要你痒才打你吗？"

"不是，妈妈！那里是酒店的咖啡馆。我们在那儿喝咖啡的。咖啡！！"

"喝咖啡为什么要去酒店喝！竟然去酒店！"

"我们是去酒店参加朋友的婚礼，然后在一楼的咖啡馆喝咖啡的。"

"所以那么醒目的新闻就爆出来了！"

被打了几下之后异彩掌握要领了，她急忙躲到了桌子的后面。幸好现在店里没有客人，不然真是丢人丢到家了。

"等，等一下！妈妈，我们确实在交往。但是酒店是个误会。我们一直保持着纯洁的关系。"

"你是丢了魂儿了吗。你觉得这像话吗？"

"是真的，妈妈。我们还没有交往多久，他就像爱惜宝石一样爱惜我。是真的！"

要深入追究的话，宝石也是石头啊！

"但是那个男的怎么没来？"

朴女士爱惜异彩，语气稍微有所缓和。

"他怎么来啊？家门外一群记者在候着呢，他连外卖都叫不了。"

"他跟那个叫罗爱熙还是罗睿熙的女人交往的新闻又是怎么回事！"

"我们朴女士最近经常看网络新闻嘛。那个是误会，误会。"

异彩把两只手挡在胸口自卫，围着桌子转圈。还好朴女士看上去稍微冷静点儿了，于是异彩提高了声音。

"那个是假新闻，我很确定。因为那天晚上他跟我在一起，怎么会去见罗睿熙。"

"晚上？"

"啊！"

朴女士和异彩的"捉迷藏"游戏又开始了。

又被打了几下的异彩躲在桌子后面揉着前臂，听到了朴女士严肃的声音传来。

"把他带回来一趟。"

"等事情平息下来，我就带他一起回来。"

"好，妈妈相信你自己会看着办的。"

现在好了。"妈妈相信你"这句话一出，就表示着挨骂结束了。异彩放下了揉手臂的手，向朴女士走去。

"妈妈，你相信我吧！"

"即使这样你也要好好考虑一下。长得帅的家伙并不一定就靠谱。看看你妈妈我就知道了。"

异彩的脑中瞬间闪过了爸爸的脸孔。朴女士的忠告让异彩顿时变得严肃起来。异彩比任何人都清楚，因为她那长得帅气的爸爸，朴女士不知道吃了多少苦。

"妈妈，我饿了。"

异彩为了转换下气氛，故意黏到朴女士身边，撒起娇来。

"你忙什么呢，连饭也不吃。"

"不是您让我太阳一出来就过来吗，我可是个很听妈妈话的女儿。"

"等会儿吧，我给你炖海带汤。"

"不要放肉，放金枪鱼炖吧。"

"你的饮食习惯和你爸爸一模一样呢！"

朴女士走进厨房后，异彩安心地舒了口气。现在算是迈过了一关。她坐在桌前，抬起头，正好看到调成静音的电视里出现了一行字幕——"孔道河作家真正的女人"。一个聚焦演艺圈新闻的节目正在播出孔作家和异彩的报道。

异彩瞟了一下朴女士，悄悄地换了频道。然而，换过来的频道里，播放的却是罗睿熙的相关报道。

"你今天在这儿睡吗？"

"嗯！"

异彩听到朴女士突如其来的问话,她惊慌失措地回答道。

"那晚上吃烤肉火锅吧?"

"好啊!"

异彩来回调换着频道,选定了一个音乐节目。恋爱绯闻的暴风雨来得可比想象中的更加猛烈呢!

为什么不祥的预感往往会变为现实呢?异彩抬头看了看眼前沉重的大门。

"什么大门这么……"她在内心思忖。

刚开始,她还以为这是一个独立门。

"请进吧。有人在里面等着您呢!"

那个开车将异彩带来的面无表情的男人,站到门里面催促她道。

"一定要进去吗?"

听到她哀切的问话,那个男人还是机械地回答道:"等着您呢!"

尽管她战战兢兢地跟着他来到这里,但其实他们并没有事先约过。那要不要谎称自己有急事而赶紧趁机跑掉呢?

"我……我以后再来行吗?我来得匆忙,衣服也……另外,我还有急事儿……"

"在等着您呢!"

那个男人又说了一遍"被输入的指令",那感觉就像异彩是在对着一堵墙说话。现在,连语音识别设备也已经处在了人工智能时代……

异彩连连叹气,跟在那个男人的后面。不过,在刚刚来的路上,她给孔作家发了短信,他肯定会马上来救她出去的。

这个府邸的入口处虽然有些窄窄巴巴,但越往里走,越是富丽堂皇。看到眼前壮观的庭院,异彩的肩膀慢慢地蜷缩起来。这可比从柳河的SNS里看到的要更加雄伟壮观。

刚走进高大雄伟的府邸里面,在熙就迎了出来。

"快请进。"

异彩打眼一看，她和孔作家长得可真像，尽管上了年纪，但依然气质清纯、从容优雅。异彩双手叠加在一起，恭敬地问候主人。

"您好。"

她之所以这样，也是有自己的打算的。她心想，万一这个女人说"我们家不能接受你"，然后递过一个装钱的信封的话，她就心安理得地收起来就好了。反正也就是超不过百天的恋爱绯闻，要是这个女人再问的话，就说只要给自己几天时间，她肯定会和孔作家分手。当然，她也有可能会遭到人身攻击，但稍微忍一下就过去了。拿到信封之后，她和孔作家按五五分……不行，要六四分才行。当然了，她要拿六成。

"往这边走。突然这么叫你来，实在是抱歉。"

这个女人和自己预想的完全不一样，她亲切地将异彩迎接到里面。多亏如此，异彩跟随的脚步也轻快起来。

异彩环顾着屋里的一切，曲折蜿蜒地跟着往前走。屋里面如此的曲折蜿蜒，这倒是很让人吃惊。

前面走着的在熙突然停住了脚步，异彩也跟着止了步。她脸上的微笑很温和，就像电视剧里出现的大善人一样。这样的情境下，如果她一下子"凶神恶煞"起来，那真可谓是大反转了。然而，这个女人却轻轻叹了一口气。

"你待会儿可能会听到一些很可怕的话。我在这儿先给你道歉了。"

在熙的眼里满是担忧和歉疚。异彩知道这话不是空穴来风。异彩努力地笑了笑。

"我来这里的时候做好了思想准备。"

"我的孩子，就拜托给你了。"

果然是一副慈母的模样。异彩鼓起劲儿，大声回答了一声"好"。

"谢谢你。"

那个女人又走在了前面。

随后进入的空间，看起来像是接待室。一个看起来有些古板的男人坐在一个庞大的沙发上，看着报纸。异彩看到如今竟然有人还看报纸，觉得有些神奇。

异彩走上前来的过程中，那个男人一眼也没看她。

"人来了。"

在熙通报了一声。那个看起来有些古板的男人抬起头看了一眼异彩，接着将视线又转移到报纸上。

"你就是郑异彩？"

异彩低着头。

"是的，您好。"

他的视线仍然没有离开报纸。异彩打完招呼，静静地站在那儿，有些尴尬地看了看他。

这时，似乎是为了化解尴尬，和善的在熙那恰如其时的声音传了过来。

"给你沏杯茶吧？"

"算了。又不是什么客人，沏什么茶啊！"

"可是……"

"你出去吧。"

听到这个顽固男人的话，在熙的嘴唇翕动了几下，转过身走了出去。

见此情景，异彩神色凝重起来。看到孔作家的母亲被这样随便对待，异彩心里有些不得劲儿。那个男人将报纸翻过一页，说道：

"听说你和道河正在交往。"

他既没有看异彩，也没有让她坐下，看来他将异彩叫来，并没有当她是客人。异彩有些不服气，将腰直起来回答道：

"是的。"

接下来，应该就是"你离我儿子远点儿"，或者更进一步，"你到底要多少钱"这些桥段了吧。

最近，彩票一等奖的中奖奖金大多都不到30亿韩元。因为还得交税，我是不是得提条件说"给我100亿韩元现金，我就离开你儿子"

呢。那，这个满脸固执的男人会说什么呢？

"结婚这件事儿，你最好想都不要想。"

这真可谓是"开门见山"啊。

"您倒是直言不讳啊！"

"哼。"

这个男人干咳了一声，异彩才觉察到自己说出了内心的话。

"我还以为您会说得委婉一些。我还担心前面的话会不会很长呢！"

"我这是提前让你清醒清醒。每个人都有适合自己的对象。你这年龄应该都懂吧。"

异彩低头看着自己的脚尖。没有听到她的回话，那个男人放下报纸，看着她。

"你的父母应该也对你满怀期待，让他们趁早死心吧。希望他们不是那种靠着卖女儿来改变命运的寄生虫。"

"寄生虫？"

异彩原本想识相地低头闭嘴，没想到对方却逾越了她的底线。她一下抬起头，直勾勾地盯着那个男人的眼睛。

"要怎样才能配得上你们呢？"

"你觉得呢？"

"我要是有100亿韩元的资产的话，够吗？"

男人的嘴角扬起一丝嘲笑。

"这个条件倒不算太差。"

"这么说来，我倒是很适合呢！"

那个男人顽固的表情出现了变化。他曾经打听过，异彩是被人收养的，而且家里条件也不太好。难道这只是她的伪装，她其实是某富豪对外隐瞒的孩子吗？

他重新审视着异彩的脸庞。看着她满脸自信的样子，似乎自己的猜测是对的。

"这么仔细一看,她倒是挺像金会长的第二位夫人呢!"男人心里想。

那个男人顽固的表情有点儿缓和,他继续问道:"你怎么会那样想呢?"

"一个月后,我可能会中彩票大奖,到时候估计会中三次大奖,如果100亿韩元不够的话,我会连二等奖也争取拿下的。"

异彩嘻嘻地笑起来。男人的脸上红一阵青一阵。

"拿着老人开玩笑,这可不礼貌。"

"未来谁能知道呢,也请您不要只以现在的状况就小看人。我现在也并没有和道河结婚的打算啊!请您先将反对结婚的意见搁在一边,等我来这里说要结婚的时候,您再跟我说也不迟啊!"

这时,走进接待室的孔作家的笑声传了进来。他大步流星地走过来,用力握住异彩的手腕。

"这次应该是父亲输了。看来,您得等着异彩中大奖了。"

"你!从哪儿找了个这样的女人啊!"

"您不是看照片了吗?从酒店里啊!"

孔作家将异彩拉到外面,她骨碌碌转了转眼珠,朝着那个顽固的男人深深地点了下头,一下子被拉到了外面。

尽管异彩很感谢孔作家能救她出来,但她很怀疑就这样出去是不是合适。

我是不是应该忍一忍的啊。异彩心里有些忐忑。

两个人又不是真正的交往,明明可以一个耳朵进一个耳朵出的。

"我们就这样出去,合适吗?"

"不出去的话,你要在我家里住吗?"

"不行,我可不想憋死。"

孔作家的嘴角泛起了笑容。异彩跟着他,绕过曲曲折折的路,再次来到玄关前面。在熙站在他们前面,脸上满是担心的表情。

"你们就这样走了,你父亲会生气大怒的。"

孔作家掠过她，穿上鞋子，幽幽地回答道："他有不发火的时候吗？"

"道河啊！"

"这是我女朋友。"

两个人的视线一下子涌到异彩的身上。对此茫然不知所措的异彩，只得尴尬地笑了笑。

"我们打过招呼了。"

"您没跟她说您是我母亲吧？"

他看着在熙，脸上多了一丝责备的神情。异彩对此很是诧异，马上插话进来："这还用说吗？这一看就是孔作家的母亲啊！很抱歉打扰您了。"

在熙有礼貌地低了低头。

"多谢。"

在熙温和地笑了。那笑容温暖美好，连异彩也都不自觉地跟着笑了。孔作家拉着连鞋子都没穿完的异彩，说道："我们走了。"

"什么时候再回来啊？"

"过几天再来。"

异彩着急忙慌地穿着鞋子，而他先走了出去。异彩再次点头打过招呼后，也跟着孔作家走了出去。不知道是不是因为庭院幽静美好的缘故，异彩从屋子里走出来，呼吸一下子就顺畅了许多。

"啊，活过来了。原来外面的空气这么好啊！"

"很抱歉，我没想到父亲这么快就采取行动了。"

"没事儿，不过请您不要让这样的事情发生第二次了。"

"我会的。"

孔作家看着异彩，眼神越来越深情。不过，他似乎太明目张胆地看她了，异彩实在忍受不了这尴尬的气氛。

"您为什么这么看我啊？"

"因为你太酷了。"

"如果经历过各种各样的事儿，再遇到一般的事儿，就会说'啊，原来不过如此'。"

"你都经历过什么事啊？"

"确实有过很多事儿，不过，您为什么不住在这里啊？看那些采访报道，上面说您在这里住啊！"

"我一般都住在工作室，你如果看过采访报道的话就知道了，也就不会问了。报道里不是说'我母亲去世了'吗？"

闻此，异彩的后背突然冒出了冷汗。她尴尬地笑了笑，咽了一口唾沫。

"报道里这样说过吗？来的路上，我就只是大概看了下照片……"

"那些报道不是真的，那位就是我真正的母亲。"

"……你们长得很像。"

"因为她是我妈。"

孔作家走在前面，横穿过庭院。

"就这样走掉没关系吗？伯父应该很生气吧。"

异彩嘀咕着跟在他身后，孔作家这才回过头。风吹乱了他的刘海儿，他的发丝透着光泽，令人感觉不像现实。

"话说我真的有点儿意外，你在我爸面前能那么不卑不亢，甚至还用彩票来开玩笑。"

其实不是玩笑，是认真的呢。异彩耸了一下肩膀。

"我不是说过嘛，什么大风大浪，我都有经验。"

"经验？"

"你在酒店楼梯间看到过了啊，那个男人的妈妈可不是开玩笑的，孔作家您的父亲和她比起来算小巫见大巫了。"

异彩一想到那时候就忍不住打寒噤，孔作家的脸也跟着皱了起来，他想起了在楼梯间润宇不由分说拉着异彩往下走的样子。

"对不起，让你想起了不好的回忆。"

"对不起的话，以后就答应我一个请求吧。"

"到底是多难的请求，需要你这样再三强调啊，怪让人害怕的。"
"我正在考虑，不久就会告诉您的，期待着吧！"
"好吧！"

异彩开朗地笑着，一棵树进入了她的眼帘。刚刚进来的时候太紧张没有发现，原来这里有一棵巨大的无花果树。

"是无花果树呢。这棵树种了多久了？"
"三十年左右。"

在熙牵着孔作家的手来到这个家时，带来的只有这棵树。这原本是在熙公寓里养的盆栽。其他东西都扔掉重新购置了，因为被雇用的乳母还搬行李进来会很奇怪。

"结果实吗？"
"嗯。"
"哇，无花果树一般在南方比较容易结果实，在首尔很难看到的。"
"因为妈妈很爱惜这棵树。"
"原来是因为爱惜才会长这么好啊！"

异彩抬头看着树，露出耀眼的微笑。

"要给你一根树枝吗？我工作室里的盆栽就是用这棵树的树枝扦插而来的。"
"不用了，就这样遇到的时候看看就好。平时想不起来，偶尔像这样看一次也不错。偶然地，就像收到礼物一样。"

异彩看无花果树时深切的眼神引起了孔作家的好奇。

"难道有什么故事吗？"
"说是故事的话也算吧。我从初恋那收到的第一束花就是这个。"
"无花果？"
"嗯。"

孔作家觉得很荒唐。

母亲在怀着自己的时候，父亲送了一个无花果树盆栽给她。同时父亲还给出了一个奇怪的逻辑，说虽然生活的方式和别人不同，但并不代表不爱她。

孔作家认为这纯粹是鬼话,但在熙却说很感动。这也是她无比爱惜那棵树的原因。孔作家以为这世上给女人送无花果树的男人除了父亲不会有第二个人了。

"真不浪漫。把无花果当成花送你的男人是你的初恋?"

"怎么了,很浪漫啊!"

"什么时候的事儿?不是二十岁以后吧?"

"七岁。"

"这算什么初恋,完全是小时候呢。"

孔作家拧着的脸好看地舒展开了。

"鉴赏结束!走吧。"

异彩昂首挺胸地往前走,先出了大门。看到外面胡乱停着一辆车。可见他来的时候有多急。这么一看他的衣服也有点儿乱。

"谢谢您这么快就赶过来。刚刚真的觉得您像王子呢。"

"是我害你陷入危险,当然要快点儿来救你啊。这年头故事情节发展太慢的话读者不喜欢。"

"就怕谁不知道您是作家似的。"

孔作家柔和笑着,突然发现了房子附近的记者,他赶紧打开副驾驶的门。

"公主,您还没吃午饭吧?我们去吃饭吧,好让他们拍。"

孔作家用下巴示意了一下,柔和地笑了。

服务员把整齐盛装在黑色盘子里的特选寿司端上了桌。装饰的金粉在雪白的鱼肉上闪闪发亮。

"一定很好吃。"

面对这诱人的画面,异彩的眼神充满了活力。她把一块鲑鱼寿司塞入嘴巴,细细品味入口即化的鱼肉,这时听到孔作家说。

"你怎么会去我家的?"

"我去我妈那儿,早上一出来就看到前面停着一辆黑色的车,车后门打开着,我还以为是绑架呢。"

异彩一遍嚼着寿司一边回答。

"那你为什么那么爽快地上车,万一真是绑架怎么办?"

她没想到这点。

"确实有点儿缺乏戒备呢。"

这次她夹起了一块撒着金粉的比目鱼寿司。孔作家看都不看一眼自己面前的寿司,一直注视着她的动作。

"虽然早预料到我们会再见面,但没想到这么快。"

"因为经常见,所以烦了吗?"

"我正在考虑要不要烦。"

他自然地托着下巴慵懒地笑着。

"您就当我不烦吧。毕竟我在伯父面前没有大哭大闹啊!"

"这点确实做得很好。"

异彩又塞了一块寿司到嘴里。这次是金枪鱼肉在嘴里慢慢融化。

"这家店真好吃。"

她正打算中了彩票就带朴女士和多彩一起来。这家榻榻米包间组成的正宗日料店,一眼看上去就很不错。每个包间有两张桌子,隔壁桌似乎坐着一家人。

"这家店是我们全家偶尔外出吃饭时来的地方。因为有出入限制,所以不会受记者的干扰。"

因为家庭情况不适合对外公开,因此一家人外出就餐的选择很有限。即使来这里也是父亲和柳河先进去,在熙和他另外再进去。他虽然不是很喜欢这个地方,但看异彩吃得那么香,心情也跟着变好了。

"以后一定要带妈妈和姐姐来这里。"

"这里是会员制的。"

异彩惊慌了一下,随即又找回了平常心。有100亿呢,管他年费还是什么，交就是了。异彩又得意扬扬地准备攻下面前的鸡蛋寿司，这时他说道。

"所以你下次带伯母来的时候叫上我。"

异彩眨了一下眼睛。孔作家在她又竖起铜墙铁壁之前继续说道。

"都出绯闻了，怎么也得问候一下伯母啊！"

"嗯，好吧！"

异彩把夹在手上的鸡蛋寿司塞进了嘴里。嫩滑的鸡蛋和酸甜的米饭相得益彰。果然，寿司中的精华就是鸡蛋寿司。

异彩感受到孔作家的视线，抬头一看，他正目不转睛地注视着她。他的寿司还一动都没动。

"您吃过饭了吗？"

"没有。"

"那您为什么光看着？很好吃的。"

"看你吃那么香的样子。"

真漂亮。

"嗯？"

"没什么，吃吧，多吃点儿。"

不再追问的异彩又往嘴里塞寿司。中间连孔作家递过来的寿司也毫不推辞地全部下肚，肚子吃得鼓鼓囊囊的。

这时，榻榻米房间里响起智能手机拍照的声音。异彩反射性地抬起头，看到隔壁桌的少女正在拍照。少女和异彩视线相对，赶紧慌张地放下手机。

"我们好像被拍了。"

异彩喝着乌龙茶，小声地说。孔作家慵懒地笑了一下。

"那正好。"

"正好什么？"

"比起酒店，日料店不是好一点儿吗？"

说得没错，比起酒店照片，日料店可以说好一百倍。就算照片传来传去出现在新闻上，毕竟异彩是一般人，新闻网站会给照片打马赛克。当然照片如果上传到社交网站上的话就有点儿问题了。

"早知道我是不是该吃得好看一点儿？"

虽然有点儿后悔，但吃都吃完了也没办法。总觉得网上会出现"酒店女饭量巨大"的帖子。

"你吃得很好看。"

这该死的心脏，又狂跳了。在现在和未来两个时空轮番和他见面也有半个月了。现在也该适应了，但心脏还总是剧烈跳动。

"罗睿熙应该吃得更好看吧，心脏啊，镇定一点儿吧。"

异彩暗暗安抚自己的心脏，这时她决定问一个好奇的问题。

"您和罗睿熙是什么关系啊？"

"你现在对我产生兴趣了吗？"

"不是，只是我也应该知道一下吧，万一以后不小心发生什么误会怎么办？"

"我和她吃过一顿饭，另外在大阪的见面是允亨哥搞的鬼。"

"嗯，这样啊。"

就算是允亨搞的鬼，但如果罗睿熙不配合的话，也不可能见面。看异彩不温不火地回答，孔作家的嘴角上扬了。

"你不用在意。吃完了的话我们走吧？"

"好吧！"

在他结账的时候异彩去了卫生间，出来的时候环顾了一下四周，发现孔作家已经在玻璃门外等着了。异彩走出门外，孔作家立即给她打开了副驾驶的门。

异彩有点儿犹豫，他催促道。

"上车。"

异彩后退了一步表示推辞。她还有地方要去。

"从这里开始我自己走吧。我还有地方要去。"

"上车，我送你。"

"不用了。"

"我想送你，上车。"

有点儿为难的异彩转了一下眼珠，坐上了副驾驶座。孔作家给她关上门，坐上驾驶座，然后转头看向异彩。

"你要去哪里？"

"就回家。"

"有点儿难过呢，你是嫌我烦吗？"

"不是，不是那样的，只是觉得那里不适合和孔作家您一起去。"

不能和他一起去柳河的家。

"你要不要换一下对我的称呼？"

"什么？"

"哪有人这样称呼自己男朋友的。"

他说得没错，别人听了应该会觉得很奇怪。既然决定承担女朋友的角色就要好好做。那就……

"道河？"

"这会不会太没有过渡了？"

"那您说想让我怎么叫吧。"

"亲爱的？"

这也太肉麻了吧。

"这个不算。"

"那哥哥？"

"你不是哥哥啊，这个也不算。"

孔作家的眼睛温柔地弯了起来。

"老公？相公？Honey？Darling？"

听了他说的一连串称呼，异彩眉头皱了起来。

"您是在捉弄我吧？统统都不算。"

"那……道河先生？"

"这个我不喜欢！"

原以为她会在"道河先生"这个词这儿妥协，没想到她拒绝得最果断。

"真挑剔。"

孔作家微微笑了一下。他不喜欢挑剔的女人，但很奇怪现在却不讨厌。

"那就再想想吧。"

整理称呼期间孔作家的车驰骋在市中心。

平时走路看到的风景在异彩的旁边疾速而过。异彩一会儿看看窗外，一会儿看看孔作家。不久TOMATO公寓就进入了眼帘，异彩开口道。

"谢谢您送我回来。"

"比想象中近呢，早知道是不是该开慢一点儿。"

他弯着眼睛笑道。车一停，异彩就麻溜儿地下车道别。

"您路上小心。"

本以为孔作家会直接回去，没想到这次也下车了。

"快进去。"

"你先走。"

"我看你上去之后再走，你住在几楼？"

"五楼。"

"我要再送你几次，你才会说让我喝杯茶再走？"

"我不会说的。"

她一板起面孔，孔作家便笑了起来。

"进去吧。"

异彩听他的话走进建筑，在关上玻璃门回头看时，发现孔作家在轻轻挥手。异彩笑得非常尴尬，精神恍惚地走上楼，今天一整天心脏一直遭到暴击。

"振作起来，振作！"

异彩抬起手将脸颊打得啪啪作响。当她收拾好心情，走进屋里打开灯时，看到了坐在对面阳台的道河。

"早知道挂上窗帘再出门了。"

道河的视线一直跟随着在房间里走来走去的异彩。异彩在冰箱里找到水喝了一口，当她将视线瞟向阳台时发现道河依然在看自己。

异彩放下水杯向阳台走去，刚打开门，道河便一下子越过了阳台，就像是进入自己家一样。

受到惊吓的异彩迟疑地退了一步。

"你，你有话要说吗？"

道河坐在餐椅上问道："脸红了，是感冒了吗？"

异彩反射性地照了一下镜子，发现自己的脸真红了。

"因为上楼走得比较快。"

"昨天晚上你为什么没回来，我还以为你发生什么事儿了呢！"

是在担心自己吗，仔细看了看道河的脸，发现他脸色不好，好像还有些生气。

"我去了一趟妈妈那里。你今天出去了？未来应该已经发生了变化。"

道河一下子皱起了眉头。

"又有什么事儿？"

"你爸爸叫我过去一趟，家里富丽堂皇的。"

道河带着更为严肃的表情转过身来。

"没事儿吧？"

"没事儿。"

"我爸爸不是一般人。"

"我也不一般啊，你爸没有在服用降压药或是有什么疾病吧？"

直到这时道河的表情才放松下来。

"很健康，你做什么了？"

"没做什么,只是稍微反抗了一下,孔作家也跟着一起反抗了。"说完这话后,异彩觉得有些难为情,便抿嘴笑了起来。

"有些不安啊!"

"没到不安的程度,所以至今还没去过孔柳河的家。"

"是明天要去吗?"

"要去啊,不过我们可以这样悠闲吗?我还以为要再着急一些,现在那个女生正被关在某个地方啊!"

道河的表情变得僵硬起来,现在多彩被绑架了,异彩一直相信多彩是去旅行了,看着这样的异彩感觉良心受到了谴责。

"因为在未来的半年都不会有事儿,不要太过急躁把事情搞砸了。现在首先要把项链完成,因为我制作的项链不能用。虽然感觉没什么进展,但现在没关系。"

异彩也知道他的意思,不过现在人被关着,感觉太过从容了。

"你想怎么做?"

"用仿造的项链引他出来,找到他的隐身之地。在此之前最好能说服柳河,或者还可以拿着项链去谈判。"

"有办法说服他吗?"

"孔作家应该会有所行动。"

在听到孔作家会行动这句话后,异彩眨了一下眼睛。

"你怎么知道?"

"托你的福,算是有机会了。他不是我吗?行动方式这种程度我还是能猜得到。"

异彩从塔罗牌着手,时不时地说了些能够让他想起柳河的话。但他只是眼神变得犀利,并没有提及其他什么,异彩还以为自己失败了。

"原来有效果啊!"

"项链你在做吗?"

"已经委托给我认识的厂家了。基本框架做好以后,我会进行精细作业。您别担心,我会做得一模一样的。"

"完成以后就立刻行动吧！"

"我知道了。"

异彩直愣愣地盯着道河的脸。现在只是这样看着他，异彩就觉得内心的一角火辣辣的。这和与孔作家在一起时的心动相比，又是另一种不同的感觉。虽然对同一个人产生两种感情，有些可笑。

"怎么了？"

"没，没什么。"

异彩尴尬一笑，走向阳台。她本想出来吹吹风，透透气儿，却觉得有些奇怪。原来是阳台有些变了。

"咦？"

阳台栏杆外多了个脚踏板。脚踏板又连着一个木板，木板把两个阳台连在了一起。相当于在两个阳台之间架起了一座桥梁。

"是您做的吗，道河先生？"

跟随异彩步伐，走出来的道河回答道："不要再掉下去了。"

"哇啊，谢谢。"

"没什么好谢的。拉你上来太累了，所以我才做的。"

道河虽然那样回答道，异彩却从他的眼神里感受到淡淡的温暖。现在她好像是从稍微有点儿用的小石子，变成了宠物小石子。

"你这么说是不想让我记得你做的好事儿吗？"

异彩嘻嘻笑着，用手抓住阳台的栏杆，一下子越过阳台。

"你干什么？"

"得启用啊！"

虽然越过了阳台，但因为有木板的遮挡，所以看不到地面。现在回想才发现，这里明明是五楼，她之前还来回翻越，真是无畏啊！异彩把右脚放在木板上，颇有弹性的木板十分光滑。

"这个能踩吧？"

"体重不超过一百公斤的话……"

"哈哈，那跑都没问题了呢。"

异彩耍着贫嘴踩下右脚,伸手抓住了对面阳台的栏杆。两个阳台离得很近,所以只踩一步就能轻而易举地越过去了。

异彩回过头,看着靠在阳台栏杆上的道河。

"谢谢。"

和他在一起的时间真好。就算无法一直见面也没关系。

细究起来,所有的缘分都是如此。没有人知道,到底能不能"一直"见面。因为没有人能预知未来。要"永远"在一起的决心,也只不过是现在的心意而已。因为所谓的人啊,也许会在未来,又对别人说着"永远"了。

所以,就算未来有些不明朗,也没有关系吧。因为"现在"喜欢,因为"现在"如此心动。

当嘟嘟,当嘟嘟,阳台上适时吹起怡人的清风。

异彩横穿过公园,走在通向博物馆的人行道上,和孔作家约见过的那家咖啡厅映入眼帘。

"得把外套还给他啊!"

今天不能再忘记把外套送去干洗店了。异彩散步似的走着走着,离博物馆越来越近。但奇怪的是,博物馆的正门前竟然人山人海。

"怎么回事儿?"

开馆前就聚集了那么多人,这可是鲜有的事情。

稍微走近一些,便能发现他们的肩上扛着长枪短炮的相机。他们站在正门前,打量着每一名上班的女员工。把长枪短炮拎在手里的一个男人,向经过的员工问道"您认识郑异彩吗"。

异彩吓了一大跳,连忙躲到林荫树的后面。家附近特别安静,所以她一时忘记了。异彩只是个普通人,他们竟然追到博物馆来采访,这也太过分了吧!

"怎么办呢?"

异彩眼珠骨碌碌一转,给珠雅打了个电话。提示音一声还没响,就传来了珠雅的声音。

"'酒店女'!你在哪儿?现在博物馆门前可不是闹着玩的啊!"

"我就在正门前。你是开车来的吗?快来把我捡回去吧。"

"我没开车来呢。等等,成洙!你的车开来了吗?快出去救异彩!嗯,成洙说他去。"

"得救了。让他快点儿来。我在'酒酒'门前等他。"

异彩倒退着躲进了胡同里。她蜷缩在酒馆"酒酒"的竖式招牌前,不一会儿,就看到成洙那辆蓝色的车赶了过来。异彩一溜烟儿钻进车的后座,长长地舒了口气。

"得救了,谢啦!"

"闯了一次大祸啊。伯母没说什么吗?"

"我和我妈的勺子好好儿地聊了聊。"

异彩理了理乱糟糟的头发,确认了一下后视镜。成洙的脸通过后视镜反射过来,他的眼睛充着血变得很红。

"你眼睛红了。十万块碎片不好拼吗?"

"是啊!"

车辆很快就驶进博物馆的停车场。

"趴下。"

"嗯?"

成洙抬了抬下巴,示意前方。

有几位热情的记者竟然手提相机,一一确认进入停车场的车辆。虽然成洙的车左右车窗贴了深色的车膜,但前后的玻璃并没有贴。藏起来是最佳选择。异彩为了不让外面的人看到,低下了身子。

幸好记者们以为车上只有一个男人,并没有多加留意。

成洙把车停在地下停车场深处。这儿离员工专用电梯也很近。两个人下车以后,立刻上了电梯。

"谢了啊!"

"在'酒酒'请一顿吧!"

"收到。"

异彩伸了个懒腰,电梯门一开,她就自然而然地朝修复室走去。刚进办公楼,成洙就轻轻拍了拍异彩的肩膀。

"你先回去,我先去趟资料室。"

"一会儿见。"

和成洙分开以后,异彩穿过博物馆的办公楼,听到到处传来的窃窃私语。

"听说她和孔道河一起去了高组长的婚礼。"

"牛掰啊!真是结结实实地打了他一个闷棍啊!'看我找到了比你更好的',不就是去示威这个吗?"

"早知道是这样,我就去负责孔道河的资料支援了。我为什么就没有做啊!真是怨恨过去的自己啊!"

"如果是你做的话,估计是做完资料支援就结束了吧。"

"你就这样直言不讳?"

虽然她们像是已经尽量小声儿了,奈何因建筑构造回声很大,所以连走廊里都听得清清楚楚。异彩刻意放低脚步声,径直走到修复室前,轻轻地打开门。

本以为修复室里会没有人,没想到却有几个人在闹哄哄的。

"来了啊?"

坐在一角的战略宣传室的崔科长站起来,仁慈地笑着。异彩眨着眼睛,心想"这是刮得什么风啊"。崔科长若是有事儿,只会把人叫过去,绝不会亲自找上门的。

"您好。"

异彩后知后觉地问候道,便有两个正在忙碌的男人映入眼帘。

"是为了安装这个。"

崔科长指着的地方,装好了一台全自动式浓缩咖啡机。旁边放着全新的尚未开封的咖啡原豆。那两个忙碌的男人是安装师傅。

"这……"

"这是对修复二组的奖励。这段时间辛苦了。"

"啊,是。谢谢。"

虽然接受了奖品,表达了感谢,却莫名觉得苦涩。

"整个周末,修复师和皇博物馆一直占据门户网站热搜榜的事儿,您知道吧?这也意味着有很多人原来并不了解修复师这一职业。我们博物馆也是一样,虽然规模很大,但因为地处外环,一直人气不是很旺。馆长对此也非常满意。"

"啊,是。"

没想到竟然会因为恋爱绯闻被表扬。

"好好恋爱哟!"

"是。"

异彩眉头微皱。又无法说出"一百天之后会发布分手声明",她只得尴尬地笑着。

"还有,既然事已至此,你们就在我们博物馆约次会吧。我们偷偷跟着拍摄一下,不会妨碍的。可以吧?"

浓缩咖啡机只是个幌子,这才是重点吧。

"那个有点……"

笑得一脸灿烂的崔科长加重语气说道:"怎么,既是你男朋友,还能连这都做不到吗?定好日子后,我会告诉你。"

崔科长又说了些鼓励的话语,然后消失了。打开门出去的时候,也没忘了向异彩挤眉弄眼。一直凝视着忙碌的安装师傅的异彩像是虚脱了似的,一下子趴在桌上。

"为什么刚上班就这么累啊!"

紧接着,成洙走了进来。走近的成洙来回看着趴在桌上的异彩,还有浓缩咖啡机。

"什么啊?怎么突然装了浓缩咖啡机啊?"

"天上掉的。"

异彩把脸埋在桌上，嘟嘟囔囔地回答道。在此期间，安装师傅收拾了一下安装材料，向成洙简单地说明了一下操作方法后，便离开了。

"要喝咖啡吗？"

"不喝。趁着还没有其他人来找我，我得去特藏书库。"

异彩慢腾腾地起身，拿上纸笔和相机，向特藏书库走去。刷了ID卡以后，她走进书库里。她是拜托了珠雅，才得到进入书库的临时权限。

皇博物馆的特藏书库占地一百多坪（译者注：相当于三百三十平方米）。墙上满满地陈列着古籍的原本、译本和释本。虽然原本不能阅览，但仅仅阅读译本和释本就已经很有价值了。

"该从哪儿开始看起呢？"

老旧的纸味儿刺激着异彩的鼻尖。这是异彩第一次来特藏书库，她有点儿兴奋。在经过几个小时的翻阅、查找后，异彩找到了自己想要的资料。

那是一本编有高丽时期口传民间传说的古籍，其中就有关于可以穿越时间的项链的记载，能够发现这个可谓是奇迹。但是译本里有很多晦涩的词语，很难一次读懂。

异彩一边读着译本上记录的文字，一边把每一页拍了下来。

"从门到门，连接那个人最需要的时间。"

读到"连接那个人最需要的时间"这个地方时，异彩不解地歪起脑袋。自己为什么会和三年后的道河相连呢，异彩不得而知。

"现在的我最需要的是钱吗？"

异彩就那样越过前面部分，直接往下读。根据民间传说，时间旅行的时间差并未固定为三年。

"那就不是因为钱啊！"

如果与一周后的成洙和珠雅相连的话，两人同谋，别说是一百亿了，就算是一千亿他们也能凑起来。异彩把视线再次转向释本。传说中的主人公将内房房门和龙宫的大门连接起来了。

"高丽时代没有阳台啊！"

故事的主人公在龙宫逗留了一个月。在龙宫里遇见的龙王极尽盛情地款待了他。度过了犹如梦境的一个月，回到家之后，发现家里已经乱作一团。家族被诬蔑为逆贼，惨遭灭门之灾。故事的后半部分记载的是独自活下来的男人开始向政敌报仇的内容。

异彩放下释本，确认了一下时间，没想到已经过了那么久。异彩匆忙走出书库，立刻感受到人们投来的视线。扑面而来的视线让异彩觉得相当疲劳。因为一个表情，甚至一举手一投足都要格外注意。

异彩原本打算穿过周围的视线，朝气蓬勃地径直走向修复室的，珠雅的一句话却让异彩备受挫折。

"'酒店女！'你去哪儿？"

珠雅调皮地笑着，手里拿着一个巨大的马克杯走了过来。

"别这样叫我，拜托。"

异彩眉毛微皱，站在她身边的珠雅悄悄问道："怎么回事儿啊？你不是说和孔道河不是那种关系吗？被拍的地方还是高组长的婚礼现场。"

"偶然碰到喝了一杯咖啡，被拍了照片。"

"噢，有趣的开始。这样下去不会真的走到一起吧？"

就算他们真在一起了，也毫不奇怪。孔作家表现出了对异彩的好感，而异彩见到他又会心跳加速。但异彩却不能干脆地给出答案，因为她想到了阳台对面的道河。虽然他们是同一个人，但为什么异彩会这样想呢？

"谁知道呢！"

"天哪！天哪！你竟然没否认。"

"就是感觉有点儿微妙。"

"哪儿微妙了？孔道河如果同意的话，你就该说'谢谢'，然后给人家行大礼都还来不及呢！"

"那个。现在的我，最需要的是钱吗？我最需要的是什么啊？"

"没头没尾的，这是什么话？对于我们来说，无论什么时候，最需要的都是钱。要不，就是有钱的男人？孔道河正合适啊！听说他家境不是一般的富裕啊！"

异彩脑海中的思绪越来越复杂。这时她才发现，她和珠雅正一起往修复室的方向走着。

"话说回来，你这是要去哪儿啊？"

珠雅晃动着手里的马克杯，嘻嘻地笑着。

"当然是要去试试浓缩咖啡机啊！"

她们打开修复室的门，发现成洙正聚精会神地盯着他那已拼到胸部的石像。他似乎并没有意识到珠雅和异彩已经走了进来。异彩向着成洙走去，而珠雅则直接走向浓缩咖啡机。

"怎么了？哪儿进行得不太顺利吗？"

成洙听到异彩的问题，视线却依旧固定在石像上。

"不是。我就是有点儿累。哦？珠雅来了啊！"

"你打起精神来，别这么失魂落魄的。"

"是得打起精神来啊！"

"你还不如先好好睡一觉，现在你的眼睛跟要冒火了一样。"

良久都未给予回复的成洙，在异彩坐下之后，后知后觉地嘟囔道："……那个，关于多彩姐。"

异彩正看着珠雅在那儿和浓缩咖啡机较劲儿。闻此她转过头来。

"嗯。怎么了？"

"没事儿了。"

"什么？说啊！"

"以后吧，以后再跟你说。"

成洙整理着道具，似是打算继续作业。突然，他拿起手机，招呼都没打就一阵风似的出去了。

"他怎么了？"异彩心想。

成洙不是那种说话支支吾吾的性格。他反而因为说话不经大脑思考，经常被异彩数落。

"难道又闯什么祸了？"

异彩把对成洙的担心放到一边，开始整理从资料室拿来的资料。她整理完高丽瓷器的相关资料，就只剩下跟软玉项链相关的民间传说资料了。

民间传说中的男人报完仇之后会怎么样呢？

"还是先做自己的工作吧！"

由于这几天，异彩都是恍恍惚惚地度过的，她现在要做的事情已经堆积如山。再加上为了进入特藏书库，她负责了高丽瓷器的修复工作。

"啊啊！"

一阵吵闹的声音传入异彩耳中，她抬头看过去，发现珠雅还在那儿跟浓缩咖啡机较劲儿。

"你能在今天喝上咖啡吗？"

"这个到底怎么用啊？牛奶放到哪儿啊？"

"成洙听了具体的使用说明。我也不知道怎么用。"

"他去哪儿了？"

"谁知道呢！他刚出去。"

"都说'狗屎入药也难找①'，看来圣贤的话没错。"

"不说那个，你有没有觉得他最近很奇怪？"

"他本来就很奇怪。"

"是吗？"

异彩微微转首，看向成洙的空座位。

异彩把外套放到干洗店，回到家后，她就开始打扫卫生。因为随时都有可能跳过来的道河，异彩渐渐变得更加勤快了。伴随着一阵带有春天气息的旋律，手机屏幕亮了起来。

她刚接通电话，就听到了珠雅那富有活力的声音。

---

① 韩国俗语，比喻很平常的东西一要用就很难找到。

"下班了吗？要去'酒酒'喝一杯吗？"

"我在家。"

"你走得还真快。亲爱的，你恋爱之后就变了。"

珠雅心血来潮，想拿异彩逗趣。异彩抖掉桌子上的灰尘，回答道："这不是恋爱。"

"你还想否认。经常纠缠在一起，再发展下去就是恋爱啊！恋爱是什么了不起的事吗？马上打开阳台门！"

"他看我就像看待小石子一样。虽然对我有好感，但仅止步于此。"

珠雅咂了咂嘴，不快地说道："你现在穿着什么呢？"

"衣服？就怎么舒服怎么穿了啊！"

"虽说是在家里，但不是说你们每天晚上都会见面吗？没办法了，得拿出那个了。"

珠雅的语气里满是悲壮。

"哪个？"

"成洙送你的生日礼物。"

"算了。那个让我怎么穿啊！"

"嘿嘿！先穿上再说。明天告诉我后续哦，加油！"

挂掉电话的异彩，不自觉地将视线转移到衣柜那儿。她掏出那件被她塞进角落里的雪纺衫，盯着那上面的蕾丝和网纱看了好久。

"就是，先穿上试试，先穿上。"

异彩穿上雪纺衫，站到镜子前。从前面看，穿上这件衣服的异彩很端庄。纽扣装饰也给人一种高端优雅的感觉，异彩很喜欢。这件衣服的问题就在背部，虽然蕾丝花纹细密交织在一起，但穿上还是跟什么都没穿一样。反而比不穿更加给人一种暧昧不明的感觉。

"这件衣服是不能穿着出门了。"

异彩看看正面，又看看背面，深深叹了口气。道河并不是一件衣服就能勾引到的男人。睿熙穿着迷你超短裙去找他的时候，他明显一脸的不耐烦。

异彩打算脱掉雪纺衫的时候，耳边传来了下雨的声音。她被淅淅沥沥的雨声吸引，向阳台走去。打开窗帘向外看的异彩不自觉地发出感叹。

在阳台相连之处，竟然没有掉下一滴雨，就好像在玻璃栈道内一样。异彩走到阳台上，呆呆地看着消失在她上方的雨滴。她想和道河一起见证这个瞬间。

"道河先生！"

虽然她喊了道河，但阳台对面并没有任何动静。没有见到经常出现在阳台对面的人，异彩的心情有些奇怪。她平时回首看的时候，他经常正坐在T型桌子上。

"您不在吗？"

异彩扶着阳台栏杆越过来。多亏了那木头桥，她才能更轻松地走到对面。异彩打开他阳台上的门，向屋里探头，再次喊到他的名字："道河先生？"

依旧没有回答。本来是想和他一起观赏这眼前的雨景，不知怎得，异彩心里有些失望。

"还想跟他说说关于古书的事情呢。"本打算回家的异彩突然停住，她被眼前的笔记本电脑吸引了视线。她的眼睛瞬间亮了起来。

"对啊，并不是说我不帮他，只不过是提前拿到报酬而已。钱越多的话，案件解决起来就越容易嘛！"

自我合理化之后，异彩走到客厅，打开了笔记本电脑的电源。天蓝色的桌面上有一个名为"文章"的文件夹和一个记事本标志。

那是一个极简主义的电脑桌面，和她第一次在酒店见到的他的手机屏幕很相似。异彩按着鼠标一通点击，找出互联网窗口后，她又遇到了问题。这个笔记本电脑，没有联网。

"这个做事儿彻头彻尾的男人。"

异彩找到了WIFI地址，但她还是止步于连接WIFI的密码。无法得知彩票中奖号码的她，发着牢骚坐到了沙发上。她抬头看见打印机上放着一沓资料。

那是柳河的案件资料，但那好像和异彩之前看到的资料有点儿不一样。她拿过资料看了起来。

异彩仔细阅读着资料，渐渐地她的眼神失去了焦点。

"被害人是郑多彩？……这儿为什么会出现姐姐的名字？"

六个月之后被发现尸体的女人的名字是郑多彩。

"应该，是同名异人吧？"

多彩并不是那种招人怨恨的人。她处理任何事情都很冷静，绝对不会感情用事。她和"被绑架之后被人杀害"这种字眼儿并不搭。

"对，肯定不是的。"

她用颤抖着的手翻到下一页。就好像是约好一样，下一页附加照片上的人正是多彩。

"不可能……"

瞬间袭来的紧张感差点儿让异彩丢掉了手里的资料，但她必须得继续看下去。她努力控制住即将爆发的情绪，当她看到最后一页时，大脑变得一片空白。

"死亡当时已怀孕。"

异彩颤抖着双唇，将资料放回原位。

呆滞了一会儿的她开始翻找客厅里的东西。她见到抽屉就打开看。她找到了一个装着一沓A4纸的箱子，她翻阅着其中的纸张。虽然大部分都是一些小说修改稿，但其中也有一些道河做的笔记。异彩将那些不知有何意义的笔记全都一一确认。

客厅渐渐变得杂乱无章。抽屉里的东西全都撒在了地上，整理好的文书也都一张张分散开来。

异彩扫视了下，便将书架上的书一本一本地抽出来，确认着其中的内容。在一摞书倒在地上的时候，异彩在书倒地的沉闷声中，听到了金属材质"当啷、当啷"的声音。她的视线集中在了刚才被她抛掉的书上。

撒落在地上的书当中，有一个异质性的物体。她捡起来那个外形像书籍的保管箱。里面放着一个手铐和折刀。

异彩鬼迷心窍地拿起那把折刀。

家里进强盗的那天，道河是这么和警察说的："虽然他手里拿着折刀，但看上去没有要伤人的想法。在我和他发生争斗的时候，他就把刀收起来了。"

异彩稍微一想，这分明就是不像话的证言。在和对方发生争斗时，怕伤到对方而收起刀，如此心软的强盗也太不像话了。

她注视着那把折刀上雕刻着的大写字母。

G.R.H.

这是孔柳河的。

他觊觎着项链，所以才伪装成强盗闯入异彩的家。所有的事情渐渐拼凑了起来。异彩拿起折刀，带着那些资料，越过阳台回到了家。

按照目前的状况，她连道河也不能相信。回到家的异彩，坐着懵了好一会儿。她心里暂时还是无法接受她在脑子里整理好的内容。按照她的理解，现在被柳河绑架的人正是多彩。

不知所措的异彩拿起了手机。

"对，肯定是中间有什么差错。"

会没事儿的，不！一定要没事儿！异彩抱着最后一丝希望，打开了她与多彩的对话框。不知何时冒出的泪水模糊了她的视线，她连眼前的对话框也看不清了。她看着这几天和多彩的对话哽咽了起来。

我为什么没早点儿发现呢？

奇怪的点很多：不自然的语气，不曾使用过的词语，不知道朴女士是谁，消失的随身物品和衣服。还有冰箱里没有动过的蔬菜、水果和小菜。

异彩再次确认着说去旅行的多彩发来的信息，如果真的是多彩发的，那她问的那些平时一点儿都不关心的问题未免有点儿太多。因为原来的多彩并不会对异彩问那么多。

"不是的，不是这样的。"

异彩整个身体开始颤抖。虽然她心里不愿意去面对这个现实，但是大脑已经厘清了状况。

异彩擦掉不受控制的眼泪，拿过笔记本电脑。在这个时代，是可以通过互联网查到出入境信息的。虽然不是本人查询不了，但是如果有ID和密码就另说了。

多彩是平时只使用一个ID和密码的人。异彩顺利登录之后，可以很容易地查询到想要的信息。但并没有查到多彩出国的记录。

"还在韩国。"

异彩再次拿起手机，她反复啃咬着手指甲，最终输入了信息。

——等姐姐回来之后，咱们再去一次"Kitchen95"吧。你不是很喜欢那儿的食物吗？而且，我还想给你介绍一个人。

回复信息马上发了过来。

——孔道河？

——你看到新闻了？姐姐你得帮我把把关啊！每次我的男朋友不都是先带给姐姐看的吗？

——好吧。等我回去了，定个日期。

——姐姐。

——怎么了？

——快点儿回来吧，我想你了。

——我也想你。

异彩放下手机，用嘴巴咬起了手指甲。

"Kitchen 95"是"酒酒"酒馆楼下的一家手工汉堡店。多彩觉得那是人生中吃过的最难吃的饭店。并且到现在为止，异彩从没向多彩介绍过自己的男朋友。多彩唯一知道的润宇，也是因为同是博物馆的员工才见到的，从来没有特意约出来见过面。

最让人觉得肉麻的是，多彩从来不会说"我想你"这种话。

异彩的眼睛又变得湿润了。道河没有告诉自己最重要的这件事儿。如果异彩早知道被绑架的人是多彩，她是不会光坐等着道河的指示的，也不会用彩票中奖号码作为补偿来开玩笑，更不会对道河动心。

异彩的悲伤渐渐地转化为愤怒。她看了看对面阳台，重新拿起了手机。现在，应该去做一些力所能及的事情了。伤心也只是浪费时间。

但是，当她按下112[①]数字后，却始终无法按下通话键。即使她能证明多彩的失踪，却无法证明柳河就是罪犯。还是不要无端地去刺激柳河为好，不然多彩的处境会变得更加危险。

"不能报警。"

异彩删除号码后又拨通了另外一个电话。她用甚至连对方都听不清的语速快速地说道："前几天预订的软玉项链，有办法能再快点儿拿到吗？附加费用无论多少我都可以照付。最后的收尾工作可以交给我做，麻烦快点儿把项链做出来。是的。没关系。配送的话麻烦用特快专递，我把包含快递的费用一起转给您。是的。拜托您了。真的很不好意思。是的。"

制作公司可以缩短两天时间，普通快递转化为特快专递又缩短了一天，就这样一共缩短了三天的时间。异彩立刻通过手机银行把附加费用转了过去。

"我需要线索。"

等待软玉项链的这段时间，异彩一刻也闲不下来。

她再一次看了看阳台，勉强平复了突然失控的情绪后，拿着雨伞和钱包出门了。

异彩走出公寓，快步走下了坡道。撑着的雨伞不停地左右摇晃，以至于雨水打在了她的身上。但是异彩并没有因此放慢脚步。

她走进一家公寓附近的五金店，大声向店主问道："我希望他不能

---

① 112为韩国的报警电话。

越过来！"

　　五金店的店主因为异彩这没头没脑的话而感到莫名其妙。而且眼前这个女人虽然打了雨伞，却还是被淋成了落汤鸡。

　　"越过哪里啊？"

　　"阳台栏杆。"

　　"是凸出型阳台吗？"

　　"是的。"

　　"是不是一楼啊，那确实危险。装有防盗窗的围栏怎么样？今天预定的话后天就可以装上。"

　　"现在就要。我需要马上就能够挡起来的东西。"

　　异彩的声音变得急切起来。

　　"可以临时用铁丝网围起来，就是看上去不太美观，但是绝对越不过来。"

　　"那就用这个吧。"

　　"有钳子吗？"

　　"没有，全都给我吧，再给我个锯树用的锯子。"

　　店主把橡胶工作手套、一捆铁丝网、钳子和锯子递给了异彩。异彩拎着这些东西爬上了坡道。因为东西太多，她中途收起了雨伞。

　　全身被雨淋湿的异彩一回到家就立刻奔向了阳台。道河好像还没回来。异彩戴上橡胶工作手套，拿起锯子，开始锯道河之前做好的木桥。异彩锯掉木桥后，又拿起铁丝网，把阳台上的栏杆密密麻麻地围了起来。虽然戴着橡胶工作手套，但是铁丝网的刺还是弄疼了她的手掌。

　　五金店店主说得没错。这样围起来的话，没有人能越过来。异彩看了看变得乱糟糟的阳台，冷漠地转过身去。

　　孔作家走进餐厅入口，他的肩膀被雨淋湿了。他甩了甩身上的雨水，整理了下衣服。这时穿着制服的服务员向他走了过来。

　　"欢迎光临。请问几位？"

　　"Dam出版社之前预约过的。"

服务员用平板电脑确认过预约情况后,做了个"请"的姿势,带他向里面走去。

"您的同事已经到了。"

孔作家跟着服务员往里走去。餐厅金荧荧的装修显得华丽而又温暖。这是怎么回事儿,居然会在这样的地方聚餐。经常吐槽聚餐总吃五花肉的编辑们这次算是如愿了。

窗外下着大雨,孔作家看着打在玻璃窗上的雨点,想起了柳河。

柳河小时候最怕下雨天。每次遇到像今天这样的下雨天,他就会抱着枕头闯进孔作家的房间。

"不知道他过得好不好。"

最近因为异彩,孔作家经常会突然想起柳河。并不是因为相信不靠谱的塔罗牌,而是很在意异彩说过的话。

"曾经没有相信某个人的话。即使他很委屈地说真的不是他,也始终不相信他。"

没有相信他。当所有证据都指向柳河时,孔作家选择了相信证据。但是,他当时是不是也应该考虑下柳河的处境呢,而不仅仅相信证据?

因为他们是家人。

"错过重要的东西,也许以后会后悔。"

回想过去,孔作家确实觉得有些后悔。

"把我赶出家,你来以爸爸儿子的身份生活,感觉如何?哥哥你一直想得到爸爸的承认。现在愿望实现了,恭喜你。"

孔作家从没有期待过这些。虽然他希望爸爸能承认他这个儿子,但是他并没有觊觎柳河的位置。他只是希望能和爸爸及柳河成为真正的一家人,他只是希望不再看到柳河介绍妈妈时称之为保姆。

事情发生后的几个月里,孔作家默默地接受了柳河的所有埋怨和讽刺。但是最后他还是没能忍受了这种反复发生的情况。在断绝联系后,他们也没有再见过面。

"要不去看看他。"

那么，他会欢迎自己吗？还是会继续埋怨自己？

"在4号房间。"

听到服务员亲切的声音，孔作家抬头一看，不知不觉已经走到4号房间前面了。

孔作家以为是允亨和负责人联合起来催他交稿，所以他故意装作疲惫的样子打开了门。本来期待着那些熟悉面孔的孔作家看到一个女人独自坐在那儿，顿时板起了脸。他退出房间，重新确认了一下房间号。他希望是自己搞错了，但是这里确实是4号房间。

坐在那里的女人是睿熙。睿熙看着他笑了起来。

"请进吧，您没走错房间。"

如果要用一句话定义睿熙的话，那就是漂亮。白色连衣裙很好地勾勒出了她的身体曲线，再结合她那张漂亮的脸蛋，绝对是女神。

孔作家的眼神迅速扫了一下空位，周围那原本轻松的氛围也一下子消失了。

"怎么回事儿？出版社的员工们呢？"

"是我拜托他们的。"

睿熙露出了更加迷人的笑容。孔作家虽然板着脸，但是对于睿熙来说，那是最为熟悉的表情了。如果他站在自己面前而不紧张，那才更加奇怪。

"我是不是应该打扮得再漂亮点儿？"

得意扬扬的睿熙微微低下头，轻轻地捋了捋头发。

"坐下吧。我的脸都快被您看穿了。"

但是孔作家却没有坐下。现在有两个选择，他正在衡量哪一个会比较好。是留下来听听睿熙的来意呢，还是按自己的性子回去，然后再听允亨啰唆？哪一个更令人厌烦呢？

孔作家很快得出了结论，听允亨啰唆更令人讨厌。从小一起长大的允亨非常了解孔作家讨厌什么。最近几天他专挑孔作家讨厌的事情来做。

孔作家扭曲着表情，坐在了睿熙对面，然后在怒气即将爆发之前说道："如果是因为恋爱绯闻的话，这不是一个好的方法。如果被别人看到我们在一起，对我们双方都没有什么好处。"

孔作家觉得，这样的见面和对话让人很不舒服。在大阪也是用的这种方法。虽然睿熙说是偶遇，但是她分明是打听到了自己的行程，然后在那儿等着自己的。

虽然孔作家毫不掩饰地表现出了自己的不满，但是睿熙并不在意。

"我已经把菜点好了。没关系吧？"

"如果我说有关系，您准备怎么办？"

"这里的套餐很不错。特别是牛排，极力推荐。"

睿熙又笑了，用一种演员所独有的、无论从哪个角度看都非常漂亮的笑容。

"如果你要聊食物，那我就先走了。"

面对孔作家一成不变的冷漠态度，睿熙的表情并没有变得不高兴，反而撒起娇来。

"骗人！你才不会走呢，再次见到我你肯定很开心。反正那个恋爱绯闻是假的。"

孔作家的眼神变得犀利起来。

"你好像很确信新闻是假的。"

"当然是假的。自从在大阪见到我之后，你的眼前应该经常闪现我的脸才对。其他女人是绝对入不了你的眼的。"

孔作家没想到睿熙会这样回答。不应该跟她说这么多的。她好像是真的那么想的，对自己说的话完全没有一点儿怀疑。

"如果不是呢？"

"那么今天开始你眼里就会一直有我了。"

孔作家觉得自己快要窒息了。她怎么知道自己现在的恋爱绯闻是假的？

想来想去，允亨嫌疑最大。

"我的恋爱绯闻使得罗睿熙小姐被人议论，我感到非常抱歉。"

"准确地说是因为'假的恋爱绯闻'。"

"我不明白你为什么觉得是假的。"

"哼，我知道不是真的，所以你也不用演戏了。反正过了一百天就会宣布分手了。"

果然罪魁祸首是允亨，孔作家喝了一口面前的水。

"不好意思，现在正在变成真的。"

"那么就是目前还不是真的喽！太好了。"

睿熙夸张地松了口气，轻轻地笑了。孔作家感觉自己面对的是一种稀有生物。

"你这样做的理由是什么？"

孔作家已经从厌烦转为好奇。有着超高人气的罗睿熙到底为什么要这样。

"你知道我的外号吗？"

"不知道。"

因为并不感兴趣。

"芭比娃娃。只是娃娃，没有睿智的形象。你知道还有一个外号是什么吗？"

"我需要知道吗？"

"无脑性感美女，是一次在综艺节目里说错话后得到的外号，并且在相关检索语里保持了一年时间。当然现在这个外号没有了，因为被'孔道河恋爱绯闻'替代了。"

"祝贺你。"

孔作家毫无感情地说出了祝贺的话。

"谢谢你。不过之前那个外号确实不适合我。"

"很庆幸对你有所帮助。"

"但是还剩下一个相关检索语，是'狮身人面像和金字塔'。"

孔作家过了一会儿才想起来。在周末综艺节目里，当主持人问到埃及的首都是哪里时，罗睿熙自信满满地举手回答"金字塔"。当一起出演的人都笑起来时，她又摇着头说："狮身人面像？"

金字塔和狮身人面像在实时检索语里维持了好几天。接着，这个外号又变成相关检索语，像标签一样跟着她。这确实是一件让人头疼的事儿。

罗睿熙接着说道："我想改变形象。孔作家应该能帮我这个忙。当然，我也会帮助你。很快就要选举了吧？"

孔作家觉得非常无语，现在终于知道她的目的了。她确实头脑简单，完全不考虑对方是什么样的性格就安排这样的见面。

"'我们在畅谈作品的过程中关系更亲近了。''我们很聊得来。''我被她那完美的外表下掩藏的知性美而深深吸引。'看来您是想要我在被采访的时候这样说吧。"

听到孔作家开门见山，睿熙的眼神一下子闪亮起来。

"那作为条件，罗睿熙小姐也得在参加节目的时候说，'道河的父亲非常洒脱。刚开始，他还因为我是演员而担心，但现在他非常喜欢我。通过深入的了解，我才知道他非常慈祥，也是个很顾家的人。'"

睿熙激动地点了点头，甜甜地笑了。

"到时候，只要我父亲在舆论采访中再'推波助澜'一下就好了。'睿熙这孩子平时的行为，完全符合大家所喜爱的演员形象，而且她很有思想，也很聪明。'如此一来，整个剧情就可以告一段落了吧？"

"我就知道我们聊得来。首先，我们可以说，'道河是为了保护我免受恋爱绯闻的骚扰，才将那个女人推到了风口浪尖。'然后，'我看到道河因为那些恶意的回帖而饱受折磨，才最终决定承认这段恋情。'那个女人虽然有点儿可怜，但我们给她一些补偿就是了。反正，你们之间的恋情也是假的，这样的结局也干脆利落。我们可以先以'商务关系'开始，当然了，如果假戏成真，我也是可以接受的，怎么样？"

"郑异彩。"

"什么？"

"她不是'那个女人',她叫郑异彩。"

"这有什么关系啊!"

一个推着餐车的服务员走进来,打断了他们两个之间的对话。在服务员将菜碟一个个地摆在桌子上的期间,两个人始终保持着沉默。

就在服务员结束了摆盘准备出去时,孔作家从衣服内侧口袋里掏出了手机,按下了那个明显就是"同谋"——允亨的号码。

"喂,道河啊,你见到罗睿熙了吗?"

允亨的声音倒是很温和,不过这让人听起来有些不爽。电话铃声还没有完全响起来,允亨就接听了电话,看来他已然做好了思想准备。

"从下一个作品起,我要换出版社。"

"哎呀,我也是没办法啊!如果我不让她单独见你,她就罢演。万一罗睿熙罢演了,你知道事情的状况会变得多么可笑吗?"

"现在这个状况更可笑。"

"你就好歹哄哄她就行了。这很难吗?'您真漂亮。''您最棒了。'奉承她几句,这事儿就过去了。她一直求我,让我安排跟你见一面,看来她是真喜欢你。你就当是单独的粉丝见面会吧。"

看目前这情形,允亨似乎并不了解她的来意。

"哥,这是你惹出来的事儿,你自己收拾吧。"

孔作家挂掉电话,看着睿熙,扬起嘴角笑了笑。在他通话的时候,饭菜都已上齐,房间里又只剩下他们两个人了。

"刚刚您这么好的提议,我就当没听见。请您慢用。饭钱会记在出版社账上,所以您不要有负担,把这两人份的饭菜全都吃光了再走吧。"

睿熙惊愕地瞳孔一震。

"您这是要拒绝的意思吗?"

"是的,我拒绝。"

睿熙的经纪人——金代理也认为这提议对道河来说是一件好事儿,完全没有任何理由拒绝。然而,睿熙却没想到道河竟然是这样的反应。

"啊,对不起。我说是'商务关系',是不是让您心情不好了?您见了我肯定会动心的,是我一时疏忽了。"

睿熙一脸通情达理的表情,点了点头。

"崔允亨社长没跟您说吗?我最讨厌麻烦的事情。"

道河故意加重了"讨厌"两个字。看到她美丽的脸上满是惊慌的表情,道河的心情莫名地好了起来。

"这不可能。难道,您是说我让人觉得很麻烦吗?"

对于她的反应,他也慢慢适应了。

"算是吧。那,就这样吧!"

说完,孔作家站起身来。睿熙见此,久久合不拢嘴巴。这真让人难以置信。他竟然扔下她走掉了,怎么可能有这样的事情。

"您再,再考虑一下吧!"

"没有考虑的必要了。我对您的客气就到今天为止了。"

"就这么出去,您会后悔的。我会让您非得再次来找我不可。"

"好吧。那就让我后悔吧!"

孔作家毫不犹豫地走了出去。窗外,大雨还在哗哗地下着。

"爱情啊——是多么的残酷——"

异彩沉浸在出租车司机那悦耳的歌声中,凝视着车窗外面降临的夜幕。窗外大雨倾盆,街道看起来有些倾斜,周围弥漫着忧郁的气氛。雨点连绵不断地叩击着车身,那声音似乎也有些凄凉。

"我得赶紧救我姐姐。"她暗暗想道。

尽管她心急如焚,却想不到任何办法。

"死亡当时已怀孕"这几个字眼儿一直萦绕在她的脑海里,已经让她无法再正常思考了。不知不觉中,不知道是不是她咬破了嘴唇,一股血腥味儿在嘴里弥漫开来。

"您好,到地方了。"

听到这话,她顾不上查看周围,就将卡递了过去。结完账下了车,她才发现自己已经到了公寓入口。密密麻麻的雨点伴随着内心的不安,瞬间打湿了她的全身。

"109栋。"

109栋在小区的最里面。她走在路上，凉丝丝的气息包裹着她的身体。雨水打湿了她的衣服，同时也带走了她的体温。

她哆哆嗦嗦地来到109栋前面，身体抖个不停。她走进停在一楼的电梯，按下了最高的楼层键。顿时，她耳边传来一阵"嗡嗡"声。走出电梯，她看到了一个银色的玄关门。

首先映入眼帘的，是楼道里堆积的果汁桶。装果汁的桶太多，存放的空间明显不够，便一直整齐地摆到了玄关门前面。桶上印着的配送日期是周一和周五。她数了数果汁的数量，看来这家的主人得有三周多没有收了。

异彩深呼吸了一下，将门锁的罩盖推上去。她按顺序按下"1、2、3、4"，紧接着传来了解锁的声音。她一把拉开门，暗暗担忧，万一柳河在家可怎么办呢？她可是什么能当武器的东西都没准备。

异彩深吸一口气，将头往门里面探了探，空气一下子凝固了。幸亏屋里什么人影也没有。

异彩先打量了一下客厅。偌大的电视机前面，有一个主机游戏机，一个能看到里面密密麻麻地塞满了各种饮料和啤酒的冰箱。窗口位置的钢琴旁边，放着一个跑步机。沙发后面，陈列着一个仿佛是收藏品的茶器。这些不是单纯的装饰，而都是货真价实的正品。

对一个杀人犯来说，这个空间给人的印象似乎太平凡、太普通了。

异彩尽可能地努力将所有东西尽收眼底。自从她知道被绑架的人是多彩，她就无法好好地静下心来思考了。尽管有很多地方需要她注意，她也需要缜密地行动。如果被柳河觉察出了蛛丝马迹，那他说不定会带着多彩藏起来。

即使这样，异彩还是忍不住来到了这里。尽管她需要一些线索，但她今天的行为也太冲动了。她不顾危险地来到这里，肯定得找到一些有用的线索才行。

异彩湿透的身体开始颤抖,她打开了刚才一进来就看到的卧室门。里面放置着一张硕大的床和床头柜,一侧的墙面上玩具模型和公仔琳琅满目。

另外一侧的墙面上是衣柜,里面挂着大约二十条风格相似的破洞牛仔裤,还满满当当地挂了一些奢侈品牌的T恤衫和针织衫。这里面,不仅有男人们比较喜欢的黑白色,还有原色的衣服。抽屉里面,塞满了许多连包装都没有拆的T恤衫。看来,房子的主人只是整理了一下那些能被人看到的地方。

第二个房间里,满满的都是书。塞得满满的书架上,有一半是关于经营和营销的专业书籍,剩下的一半是漫画书,还有一部分历史书籍。

"孔柳河,你到底是个什么样的人啊?"她思忖道。

异彩又打开了另一个房门,走了进去。看到里面的情景,她一下子无力地瘫坐在了地上。

墙上贴满了与软玉项链有关的资料。在墙上贴着的有的是复印的图片和文献,有的是便笺纸,还有一张用荧光笔标记了很多地方的地图。这一幕幕彰显着柳河的执着。异彩用手抓住摇摇欲坠的双腿,硬撑着站起来。

她按捺住剧烈跳动的心脏,脚步慢慢地移了过去。

"打起精神来。"她暗暗给自己打气。

异彩拿出手机,一张一张地将墙上贴着的资料拍了照片。接着,她又仔仔细细地翻遍了抽屉,没有发现什么特别的东西。

异彩从房间走出来,向厨房走去。厨房的储物柜里塞满了袋装食品。异彩看了看堆满了各种通知单的餐桌,心里满是疑惑。

"这个人在两年里一直过着逃亡的生活,难道他没有留下任何痕迹吗?"

她曾经看过他的相关材料,在这两年里,别说信用卡的使用明细了,就连网络登录记录都没有。他刚开始绑架多彩的时候,那些所有伪装成多彩的信息都是他在网吧里发出来的。根据推测,他可能是辗转用了好几个国家的IP地址，而且六个月后开始对他进行搜查时，曾经监禁多彩的地方和位置也找不到了。在他被怀疑有杀人嫌疑后，就再也没有了消息。

"我需要更多的线索。"异彩心想。

异彩非常后悔，当时她听到有人被绑架了，可是她没有刨根问底。她只是依赖着道河给的信息，自己并没有更进一步去追查。

这时的她能确定的事情只有两个：一个是姐姐的失踪，一个是用手机回话的人并不是自己的姐姐。

正在制作的假项链过几天就会送到异彩的手里。在那之前，自己还有什么事情能做呢？马上将多彩救出来的念头又蹦了出来，可是她现在什么都做不了。

什么都做不了。

她下意识地想要避开道河。不过，现在道河手里掌握着最多的信息。尽管她现在一点儿也不相信他，但至少自己和他的目标是一致的——那就是找到柳河。

异彩使劲儿攥了攥拳头。

"没错，我也利用他不就行了吗？"

为了共同的目标而互相利用，他们之间维持这样的关系也不错。如此一来，其他的事情也都顺理成章了。异彩想尽快找到多彩，她必须得想想怎样才能找到多彩。

异彩来到公寓一层，雨势依旧很猛。她不假思索地走进了雨里。倾泻而来的雨水沿着她的脸庞流下去，花坛的泥土气息和水腥味儿涌进了她的鼻子里。

她走在马路上，鞋子也湿透了。尽管她使劲儿挥舞着手臂，那些来来往往的出租车却依然无视她的存在，飞速呼啸而过。

汽车的雨刷不住地摇来摇去，刮着车窗上的雨点。可能是周末的缘故，今天路上的车格外得多，而且，不知道是不是运气不好，偏偏今天的红灯特别多。孔作家的车就停在斑马线的前面。

"他在家吗？"孔作家心想。

上次去柳河家到现在已经过去半年了，如果见了面跟他说什么呢？孔作家看着越来越猛烈的雨势，等待着信号灯的变化。

这时，在倒映着步行信号灯那绿色光线的人行横道上，他看到了一个连伞也不打就那样走着的女人。她就这样任由雨点打在身上。

孔作家下意识地打开车门，跑了过去。

"异彩？"

雨中的女子慢慢地回过头来。"哗哗"的雨水沿着她的头发和肩膀流了下去，那双充血发红的眼睛里流下来的水珠，不知道是雨水还是泪水。

孔作家连忙伸出胳膊，将异彩拥在怀里，仿佛如果他不这么做，她就会融化掉，瞬间消失得无影无踪一样。

"你为什么每次下雨天都淋湿啊？"

湿漉漉的雪纺衫下，异彩的肌肤若隐若现。初次见面的时候，她穿得还是黑色的雪纺衫，今天偏偏穿了米黄色。

难道是他们之间的关系变了？又或者是他们的感情变了？总之，他碰触到异彩的那些身体部位有些热辣辣的。从他发现这个女人的那一刻起，心脏就"怦怦"跳个不停。孔作家感受着自己全身的变化，搀扶着这个弱不禁风的女人。

"你又在散发致命的魅力了吗？"

"松手！"

她胳膊上一用力，将孔作家推开。

"坏家伙。"

异彩的话里糅杂着很多种复杂的感情。

瞪着眼的异彩眼皮一下子耷拉下来。她眨了眨眼睛，水滴顺势流了下去，他们这才看清了彼此的脸庞。

信号灯一变，旁边车道上停着的车开始向前移动。汽车快速地掠过他们，飞驰而去。那些排在孔作家的车后面的汽车纷纷变着道，并发出了刺耳的鸣笛声。

所有的一切如同慢放一般。无休无止的雨水，被一下推开的孔作家，就连刚刚特别嘈杂的鸣笛声也都失去了自己的速度。

紧跟着，呼吸也慢下来，只有喘息声越来越急促。在越来越急促的喘气声中，两个人的感情有些澎湃。异彩的眼睛里，眼泪扑簌簌地往下流。这眼泪一旦溃堤，就再也止不住了。

孔作家很讨厌哭泣的人，尤其讨厌哭泣的女人。因为他不知道该如何安慰她们。是这样置之不理呢，还是找个话题呢，他一无所知。因此，每次看到哭泣的女人，他都想躲得远远的。

然而现在，比起想逃避的心情，他更多的是担心。被一把推开的孔作家再次走了过来。

"先上车吧。"

他紧紧抓着异彩的手腕，原以为异彩会顺从地跟他上车，没想到她却将手抽了出来。

"您为什么要对我这样？"

她那低沉的声音淹没在雨声之中。

"什么？"

"为什么！"

异彩用尽全身的力气推开孔作家喊道。

无力地被推开的孔作家一下子愣住了。不乐意的绯闻传出的时候，被父亲叫过去的时候，她都没有发火过。

"你应该告诉我的！"

到底应该告诉她什么呢？

"不管我会怎么做，你都应该告诉我的！"

孔作家满脸疑问地凝视着异彩的脸。他不曾做过任何值得她如此怨恨的事儿。

"你慢慢说，到底发生了什么事儿？"

"你应该早点儿告诉我的,你明明有很多机会可以说。从第一天起你就只想着要利用我对不对?"

孔作家这才意识到,她怨恨的对象不是自己。

"做人怎么可以这样?把别人骗得团团转,看着一无所知的我,你是不是觉得很有意思?"

孔作家往上捋了一下因被雨水打湿而垂落的刘海儿。

"这样我觉得没意思。"

他低沉地说道。

刚刚以为她是在怨恨自己,还有点儿惊讶和困惑,现在想到她怨恨对象是别人,他的心情有点不痛快。异彩的埋怨还在继续。

"你这样还算是人吗?"

干脆堵住她的嘴吧?

"我被蒙在鼓里,每天好吃好睡,因为你而心动。"

她到底是因为谁而心动?

心情急剧恶劣的孔作家托住异彩的后颈,用自己的嘴唇覆盖住了还在大吼的异彩的嘴唇。感受到他的气息侵入,惊讶的异彩张开了嘴巴。雨水从火热交缠的气息之间流入嘴里。

孔作家更用力地抱紧异彩。后知后觉意识到情况的异彩想要挣脱,但他丝毫不放开。直到他移开嘴唇,异彩才得以大口呼吸。

异彩用锐利的眼神盯着孔作家。孔作家先开口说道。

"别再把我当成别人。"

异彩的眼里这才出现了波动。她又听到他的声音。

"因为这让我很不爽。"

他的唇再次覆上了异彩的唇。

放慢的世界重新恢复了正常的运转速度。纷乱的鸣笛声,打落在身上的雨滴,都变鲜明了。

震惊又困惑的异彩双手把道河推开,后退了一步。雨中的男人是活在现在的孔作家,不是阳台对面的道河。孔作家并没有做任何对不起她的事儿。

不对，有一件。

异彩用指尖摸了一下自己的嘴唇。

"以后每当下雨就向我报告你的位置。"

"什么？"

"不然我可能会到处找你。"

这张脸，这声音，和他一模一样。

"你别说得这么亲密。"

"我不要。"

"你到底为什么对我这样。"

"我以为你挺有眼力见的，看来不是啊！"

异彩甩开他再次握住自己手腕的手。

"不要管我。"

异彩固执地瞪着在柏油马路上肆意横流的雨水。

"我也想不管你。淋得全身湿透了，这算什么事儿啊？要想让我不管你，就不要把自己弄成这样。"

"你当没看到不就行了。"

"你总散发致命的魅力，让我怎么能不看，我眼里只看得到你。"

异彩真想堵住耳朵。到昨天为止还令人心动的他，现在却令她无比抗拒。

"上车，我送你。"

"你走吧，我没有时间和你吵。"

"我看上去很闲吗？上车。你这样子打不到车的，难道要走回家吗？"

"是的。"

异彩的嗓音很坚决。她不想和他待在一起。一想到自己对孔作家和道河心动那些瞬间就觉得很可怕。

"别固执了。"

"我要自己走。"

异彩转过身。

孔作家看着她大步向前走的背影，猛地皱起了脸。他小跑着跟上去抓住她的手腕。异彩因他的力道跟跄了一下，瞪着眼睛看着他。

两人的视线在遮挡视野的雨丝之间碰撞。

"你在做什么！"

异彩扭着手腕喊道。但孔作家紧紧握着她的手腕迈开了步子。他的手烫到惊人，被握住的手腕那里散发出了热气。

孔作家的目的地是前面的一家服装店。全身湿透的两人一进入店里，里面的人视线都聚焦到他们身上。

他指着橱窗里的模特儿说。

"请给我那套衣服，这位女士直接穿走。"

惊讶的店员随即又找回了销售式的笑容。

"好的，马上就给您准备。"

营业员进小房间准备的间隙，异彩甩开了孔作家的手。

"不用了。"

"你就换上吧。"

"衣服有什么……"

异彩烦躁地转过头，看到全身镜里自己的样子，瞬间闭上了嘴。她居然穿着成洙送的生日礼物出来了，甚至还淋了雨全身湿透。

"今天没有外套可以脱给你，就换上吧。"

异彩没法再固执地就这样出去。她静静地跟着店员走向更衣室。

"对不起，因为淋了很多雨。"

她走过的地方雨水滴滴答答滴在地上，在店员面前有点儿不好意思。

"没关系，待会儿擦一下就行了。"

程式化微笑着的店员还给她递了一条毛巾。异彩拿着毛巾和衣服进了更衣室。她先脱掉湿透的衣服，胡乱擦了一下身上的水。内衣只能用毛巾擦掉一点儿水分。

异彩把模特儿身上整套的衣服穿上后,打开包想要拿出钱包。但理应和钱包一起在包里的手机却不见了。异彩确认了一下刚换下的裤子的口袋,里面什么都没有。

"放哪儿了呢?"

异彩回想了一下,心猛地一沉。最后的记忆是在柳河的公寓,拍完墙上的资料后好像就没有放回去。

"是落在那里了吗?"

异彩暗暗安慰自己。孔柳河已经好几周没回家了,不可能会突然回去。问题在于外面站着的孔作家,她不能带他去一起去柳河的公寓。

"先出去吧。"

异彩拿出钱包打开更衣室的门。门外站着的店员递给她一个购物袋。

"湿衣服就请放这里吧。"

异彩把湿衣服塞进购物袋里,掏出了卡。

"请帮我结账。"

"那位男士已经结过了。"

"请取消掉用我的卡再结一次。"

异彩再次递出卡片,孔作家抓住了她的手腕。

"不用了,谢谢。"

他拉着她径直向车走去。

孔作家打开副驾驶的门把她推进去又关上了门。坐上驾驶座的他夺过异彩手上的购物袋扔到后座。直到驾驶座的门关上,耳边的雨声才安静下来。

"这个我拿走。"

"干嘛拿别人的衣服?"

"把它撕烂,像什么样子,只有一半的布料。"

孔作家不爽地瞪了一眼购物袋。

"什么啊,又不是真的男朋友。"

孔作家这才意识到自己正表现得像一个保守的男朋友。

"所以，你觉得我为什么会这样？"

被他一反问，异彩反而答不上来了。

"这……"

"去哪儿？不，你还是直接回家吧。"

异彩茫然地看着孔作家。

"你为什么这样对我？"

"真过分，你难道希望我在这种情况下对你告白吗？"

"不是，别。"

"我是不是该觉得受伤？"

她没有回答。异彩转过视线注视着沿车窗滑落的雨水，这才想起塔罗牌让她小心水的警告。

"真不想进去。"

异彩站在最后一级台阶上看着玄关门，情不自禁地低语道。孔作家一直把她送到了公寓门口，所以她没能马上去柳河的公寓。要等他走远的话，还是先洗个澡再出去比较好。

打开门，眼前一片漆黑。现在不能再期待他的帮助了，早知道就开着灯出门了。按下开关，家里虽然照亮了，但心情却不怎么明亮。

关得严严实实的阳台门和拉紧的窗帘说明了她的内心。起初真的很想甩他一巴掌，想大喊大叫地问他怎么可以这么对自己。如果当时他在家的话，她肯定就那样做了。

现在可能是对孔作家撒了气，她的心情多少平静了一点儿。异彩把视线从窗帘上移开，脱掉衣服进了浴室。用热水冲了一下，疲劳感稍稍退去。

"清醒一点儿。"

异彩嘀咕了几遍，用毛巾裹住头发，坐到了笔记本电脑前。自动登录的社交网站页面上跳出了新消息。

——成洙：穿了呢，穿了。我就说可以的，记得请我吃饭。

——珠雅：真像拍电影一样，明天要详细告诉我哦，我期待着。

异彩产生了一种不妙的感觉。她在网上搜索"孔道河"，"雨中之吻"这个相关关键词最先进入了眼帘。

看到这些被实时上传的照片，她的脸上充满了惊讶。太阳已经落山，光线很暗，加上天又在下雨，异彩的脸并不清楚。问题在于她和孔作家承认恋爱没多久，谁都会觉得是她。

皱着眉头点着图片的她又发现了一个视频。

正是道河和异彩在纷乱的鸣笛声和雨声中的样子。虽然是远距离拍摄，但他拥住她样子和吻她的表情清晰可见。

异彩自暴自弃地把头哐地砸到桌子上。虽然感觉到额头上的冲击，但她不以为意。两人接吻的画面在全世界公开了。

异彩又把头往桌上撞了几次，然后再次抬起头。和他纠缠在一起对营救姐姐有帮助吗？还是会妨碍呢？虽然努力在头脑里衡量，但也判断不出个结果。

她暂时放弃判断，拿出A4纸开始记录在柳河公寓里的感受和疑问。一目了然地整理完，才发现大部分内容都需要向道河询问才能知道。

异彩从椅子上站起来向阳台走去。正当她抓着窗帘犹豫不决时，门铃响了。她转头看向玄关的方向。

"是谁呢？"

这个时间一般不会有人来找她。正在享受新婚旅行的润宇也不可能会来。

"是谁啊？"

"开一下门。"

熟悉的声音。异彩反射性地打开门，看到孔作家正全身湿透地喘着粗气。

"什么大楼连个电梯都没有。"

他虽然抱怨着，嘴角却带着柔和的微笑。反应过来对方是孔作家，异彩赶紧穿上拖鞋走到外面把玄关门关上。如果把孔作家让进屋,他和道河不小心遇上的话就出大事儿了。

"有什么事儿吗?"

"拿着。"

异彩下意识地接过来一看,是药店的袋子。白色的袋子里装着感冒药和热饮。他自己都全身湿透了,还去药房买药过来。

"……谢谢。"

异彩的感情总是被孔作家的好意搅乱。

"不请我进去呢!"

"别做梦了。"

"太过分了,做梦都不行。"

异彩后知后觉地想起一个问题,他是怎么找来的。虽然跟他说过住在五楼,但并没有告诉他门牌号。

"你是怎么知道我家的?"

"是水流带我来的。"

在异彩还嘴之前,孔作家便首先举起了双手向后退,他就这样挥着手转身下了楼。

在孔作家的脚步声逐渐远去之后,异彩发现了从楼梯一直延伸到走廊的一摊雨水痕迹。不过雨水留下的痕迹不止一行,因为孔作家也一起淋了雨。

异彩再次看向拿在手中的药店纸袋。

回到家喝完热乎乎的口服液后,异彩感觉身体暖呼呼的。她浅浅地呼出一口气,这时手提电脑画面跳出了珠雅发来新信息的提示。异彩下意识地点了一下,立刻跳出了睿熙的脸。

照片中睿熙正看着窗外的细雨,底下的文字是"下雨的夜晚,眼泪也夺眶而出"。问题是下面接连添加的照片,有一张羊腿[1]的特写照

---

[1] 韩文中羊腿和劈腿同音。

片，没有任何文字说明。

"羊，腿？"

在照片下方有无数回帖，似乎不用读也知道是什么内容。

异彩直接关掉了窗口，现在没有时间关心这个。

首先要去找手机，还有事情要问道河。在考虑优先顺序的异彩拿起了放在书桌上的短刀。

她在拉窗帘时故意发出声响，然后走到阳台。坐在对面阳台的道河抬起了头，用平淡的表情说道："回来一看这里变成了军事禁区有些吃惊。"

阳台的栏杆装上了密密麻麻的铁丝网，看起来很吓人，让人联想到军事分界线。异彩耸了一下肩，死盯着对面阳台的道河。

"你要说的只有这些吗？"

"我要和你说对不起吗？"

如果他仔细说明，异彩反而会觉得心里不舒服吧。因为她应该知道自己为什么会做出这样的选择。

"算了，即便道歉应该也不是真心的，如果觉得抱歉就不应该这么做。还记得这把短刀吗？"

异彩拿出了之前藏起来的短刀。

"记得，因为是我收起来的。"

"是强盗拿着的那把刀对吧？"

"对。"

异彩把短刀转了一圈，给他看刀把部分。

"这个首字母是孔柳河的意思吧？"

"对，是我送给他的。"

"你一眼就认出来了吧，而且是你放走他的吧。"

虽然不是自己放走的，但道河还是点了点头，因为和自己放走的没什么两样。道河立刻承认，反而让异彩感觉无力。他的行动似乎说明已没有什么可隐藏的了。

"孔柳河为什么会成为嫌疑人？"

虽然问得很突然，但道河立刻回答道："在郑多彩穿的衣服上有柳河的血迹，而且还发现了他的随身物品。"

"随身物品？"

"柳河戴在手腕上的手镯，韩国只有四个，是限量版。"

异彩抚了抚额头。

"是和短刀一起放在保管箱书里面的那只手镯吗？"

"那个是我的，柳河的手镯作为郑多彩的遗物转交给了遗属。设计是一样的，本来就是一对。"

在听到"遗属"这个词后，异彩猛咬了一下嘴唇。

"妈妈呢，我妈过得还好吗？"

"还在经营金枪鱼天国。"

在那个地方等着你。

"身体呢……"

"看起来还不错。"

异彩用短暂的呼吸平复悲伤，她不想在他面前表现出脆弱的一面。

"好吧。"

"对不起。"

还不如不说。

犯了错还摆出那种表情，这可是犯规。虽然佯装淡定，但他莫名躲闪的眼神还是被异彩察觉到了，她还没有那么迟钝。

不是一直都巧妙回避吗？那怎么不继续厚颜无耻下去。

"算了。因为在您的立场上，我的姐姐是毫不相干的人。但是怎么办呢？在我的立场上，孔柳河也是毫不相干的人。我打算不择手段地用尽一切办法去寻找我姐姐，至于孔柳河会怎样，我无所谓。"

"我承认我骗了你。但是，你不能这样感情用事。机会只有一次。因为有人质，所以没有第二次机会。希望你不要轻举妄动。"

他的话一下子点燃了异彩。

"我现在看起来像感情用事吗？我非常冷静。当然，我确实一时失去了理性。但托您的福，我又清醒了。现在，我不再信任您了。"

道河感觉自己仿佛坠入了地狱。想要开口求她原谅，却怎么也说不出口。她说的没错。一开始就不应该那样做。为什么总做会让自己后悔的事情呢？

异彩怒视道河良久，最后视线落在了铁丝网上。

"这里就是我们的'军事分界线'。今后您只要好好地确认未来有没有改变就行了。考虑到您也许不会那么坦白，所以我打算半信半疑。"

"你是想把我排除在外吗？"

"即使没有您，也有人帮。"

异彩的眼神变得冰冷。

待机室里一片繁忙的景象。造型师把赞助的名牌连衣裙整齐地挂在衣架上，不知和谁打着电话的经纪人，提高了嗓门儿走向门外。他走出去以后，就只听到老幺经纪人大声朗读台本的声音。

睿熙坐在沙发上，一边翻着杂志，一边用吸管喝着美式冰咖啡。她突然停下动作，流露出不满的神色。

"冰都化了。去重买。"

吓了一跳的老幺经纪人放下台本，猛地起身。

"是！"

她像一阵风似的消失在门外后，睿熙放下了跷着的二郎腿。像是和老幺经纪人交接班似的，金代理走进待机室，她使劲按压着自己的太阳穴。

看到金代理，睿熙悄悄地问道："怎么样了？"

金代理坐在老幺经纪人刚刚坐过的位子上。

"评论已经超过了两万条，相关帖子已经超了七百条。现在粉丝俱乐部已经做好了战斗的准备。听说Dam出版社接二连三地接到抗议电话，我们的代表已经抓狂。您现在满意了吧？"

"没有，不满意。这个男人还没给我打电话，不是吗？为什么没打呢？"

睿熙的手指"咚咚"地敲着杂志上刊登的孔作家的照片，开口问道，金代理狠狠地咬紧了后槽牙。

"您不会又要做出什么挑衅的举动吧？"

"看心情吧！"

金代理藏在桌子下面的拳头直发抖。如果能这样给她一拳，就别无所求了。虽是这样想，但她的声音听起来特别温和。

"现在事情已经闹得很大了，已经远远超出了炒作的范畴。"

"没关系，挨骂的又不是我。"

"所以说，他们两个人也没做什么该挨骂的事儿啊！"

见他没站在自己这边，傲慢无礼的睿熙再次把视线转回到杂志上。

"做了啊！"

"什么？"

"怎么能扔下我，直接走掉？我甚至提出了那么好的提案。"

金代理松开拳头。再这样下去，自己好像真得会给她一拳。忍、忍、忍。据说默念三声"忍"才不至于杀人。如果大发雷霆地怒喊出来就输了。

"从您的立场来看，那确实是好的提案，罗演员。对孔作家来说，可没有什么好处啊！"

"你不是也说了嘛，金代理。你也说这对他们家族来说是很好的提案，他没有理由拒绝的。"

"我说的是，'只是'对他们家族来说是好的提案。看来，您是选择性地只听了自己想听的部分，然后发挥了选择性遗忘的能力啊！我们，趁着现在为时不晚，找找其他办法吧。去掉热搜关联词的方法，难道就只有恋爱绯闻而已吗？"

"还不是到现在也没去掉！"

睿熙似有不满地翻着杂志。下一页也刊登着孔作家的全身照片。

"穿正装的线条还不错呢，紫色的领带也很适合他。但是，皮鞋不怎么样……这个男人，我该做什么，他才会先打来电话呢？"

金代理这才明白，这不是热搜关联词的问题。热搜关联词从一开始就只是个借口而已，她的目标不是别的，正是孔道河这个男人。

金代理用更加温和的语气说道："如果再做什么，您只会变得可笑。现在的情况不就是，孔作家在您和圈外女友之间劈腿，最后选择了圈外女友吗？"

她抬起头，一副难以理解的表情。

"怎么会？"

"就是这样。看起来像是罗演员您占下风呢，而且是和普通人相比。您得到的同情票越多，就输、得、越、惨。您不是讨厌输吗？"

睿熙的眼神开始动摇。

"还真是啊？你怎么放任事情发展成这样？"

她反倒是一副指责的语气，不过金代理娴熟地接过话头："还不是因为您不和我商议一下，就上传了羊腿的照片吗？"

"知道了，那么删掉。"

如果就这样心脏爆掉，患上癌症，能算工伤吗？勉强压下强烈的辞职冲动的金代理，再次咬紧了后槽牙。

"相关报道都已经出了。"

"可我不喜欢输啊！"

"所以说您得悠着点儿，不对，您得适可而止啊！上传SNS之前，一定要和我商议。"

"我不管，我不管。你快善后，另外，给制作公司打电话，说我要罢演。"

"上个月已经签约了，您难道忘了吗？"

"没忘。"

"您知道要付多少违约金吗？"

"谁说真的罢演了？那个剧本很好，角色我也喜欢。我也没想真的罢演。"

"那为什么……"

又胡闹。

"如果我说罢演,他肯定会给我打电话吧。会打的吧?"

睿熙的眼里闪烁着期待的光芒。即使是这样,她依然美得发光。金代理以一种安抚不听话的幼儿园小朋友的心境问道:"您若是和孔作家结下梁子,有什么好处呢?您不是对他有意思吗?"

"我补偿他不就好了。"

"怎么补偿?"

"我会和他恋爱。我会给他能够真正和我谈恋爱的特权,不是假恋爱。"

"什么?"

"不管怎么说,他好像是听我说要假恋爱才闹脾气的。"

"是,应该是吧。"

"不是吗?"

"是的,管他是不是呢!"

金代理决定放弃了。怎么可能说服她呢,简直是对牛弹琴。

反正,整个世界都是站在罗睿熙这边的。就算出版社起诉,挨骂的也是他们。

"不过,他真的喜欢卷发吗?一般不都是喜欢直发吗?我更适合清纯风呢!"

"您现在也很美。"

"那是当然了。我是问你确定吗?"

"出版社的代表说他们从小就认识,一起长大的。"

"好吧,那他应该是很了解。不过我造型百搭,所以没关系。干什么呢?怎么还不给制作公司打电话?"

金代理自暴自弃地拿起手机。这期间,她收到了代表发来的信息。

——金代理,这个看了吗?打算怎么办?连自己负责的一位演员都掌控不了吗？不要把事情闹大，赶快善后。

她暗自嘀咕着："明明代表您自己也掌控不了。"

信息里附带的视频一播放，就传来了雨声。视频里孔作家和某个女子在路边接吻。

"啊……完蛋了。"

如果睿熙看了，又要发疯了。她偷偷打量了一下，发现她的手里也拿着手机。

"等，等等。罗演员！"

"怎么了？"

"头，头发好像有点儿乱。重新让人给您做一下？把，把手机给我，请您先坐在那边的椅子上。"

"知道了，我先看一下信息。"

"那个，啊。"

金代理意识到自己晚了一步，很是绝望。打开视频的睿熙眼眸一震。

"厉害！这个男人接吻都那么性感！果然深得我心。快，快给制作公司打电话。"

异彩抬头望着柳河的公寓。凌晨的公寓小区非常幽静。异彩迈着碎步匆匆走进电梯，便看到镜子里的女人，她看起来焦急又悲伤。异彩抬起手指，抚摩了下自己柔嫩的嘴唇，镜子里的女人也随之而动。异彩突然想起了孔作家的呼吸，她连忙摇摇头甩掉思绪。

到达顶层后，异彩刚下电梯，摆在玄关门前的果汁就映入眼帘。

"没关系。他没回来。"

一、二、三、四。按下密码，进入公寓，她便开始寻找手机。手机就很显眼地放在第三个房间的橱柜上面。

有一个未接电话和一条未读信息。未接电话是孔作家打的，和他送感冒药的时间一致。

"他应该以为我是故意不接的吧。"

他真的会帮忙吗？虽然她对道河说了大话，但她也不确信。如果对他说他的弟弟孔柳河是绑架犯，他会作何反应？

她又确认了未读信息。

——睡了吗？

这条凌晨两点收到的信息是润宇发的。

异彩没有理会信息，抬头看着贴在墙上的印刷品。第一次来的时候太紧张，也许错过了什么。

异彩重新一一察看着公寓里的线索，甚至连垃圾桶里的发票都确认了一遍，不知不觉就到了上班时间。她再次巡视了一遍房间，把有人来过的痕迹统统抹去，并再次确认是否带上了手机。

一走出玄关的门，清晨的空气便扑鼻而来，异彩深吸一口。就在这时，门开了。

听到突然传来的电梯提示音，异彩大吃一惊。

她心想："不会是孔柳河回来了吧？"

她想要从楼梯逃跑，却和刚走出电梯的男人四目相对。异彩和那个男人都僵在原地。

走出电梯的男人眉头微蹙，是孔作家。他那看起来像是受了惊吓的表情，转瞬间又变成了困惑。

"你为什么在这儿？"

他的语气听起来相当不悦。孔作家一靠近，异彩便慢慢后退，连忙慌张地躲开他的视线。孔作家一把抓住她的胳膊，拉住了她。

"怎么回事儿？"

"啊，嗯，那个，就是……"

异彩焦急地想要逃避眼前的处境，孔作家却直直盯着她。

"我想知道你为什么会在这儿。而且还是在这个时间。"

异彩低下头，有一种窒息的感觉。

"怎么办？"

感觉脑袋快爆炸了，慌张的心立马找回了平静。如果想要得到他的帮助，早晚要把柳河的事情统统告诉他。既然事已至此，她打算厚起脸皮。

"您说过会答应我一个请求吧？我现在要兑现。从现在起我说的话，请您全部相信。不要问我是怎么知道的，也不要怀疑那是不可能的。"

"你是故意接近我的吗？"

"什么？"

真是敏锐啊！

虽然已经下定决心厚起脸皮，但第一个问题她就被问得哑口无言。见她眼珠转动，孔作家再次问道："是吗？你是故意接近我的吗？是柳河指使的吗？还是我爸爸？"

见他一再逼问，异彩也下意识地加快了语速。

"你不要扯远了。没有人指使我，是我自己决定的。"

"看来确实是故意接近我的啊？"

他的脸上浮现出一抹嘲笑。

"在结婚典礼遇到您的那次，确实是。我那天是为了见您才去的。"

"你怎么知道我会在那儿？"

那场婚礼并不是孔作家朋友的婚礼，他只不过是帮父亲跑腿儿才去的。所以，异彩说她知道他那天会出现在那儿，并且特意制造了偶遇，这让他感觉很奇怪。

"所有关于我行动的理由和信息的来源，我都不能告诉您。"

她一字一句地回答道。她那理直气壮的样子让孔作家感到有点儿失落。

"那是塔罗牌的一种骗术吗？我被那句话迷惑住，所以发展到现在这个地步？"

"是的。"

"虽然很抱歉，但我没有办法。"异彩将这句话咽进了肚子里。

"回答得倒是挺容易。"

"请答应，我的请求。不是说好会答应的吗？"

孔作家用锐利的眼神盯着异彩。在他那不带一丝深情和温柔的眼神里，异彩似乎看到了阳台对面的道河。

"那好，你说说看。"

"先进去吧！"

异彩转身按下玄关门的密码，门被打开的一瞬，孔作家一脸疑惑。

柳河的家空荡荡的，从家里各处东西的摆放可以看出，这里已经很久没有人住过了。他跟随异彩走进一个房间，眼前的画面使他踌躇不前。墙面上贴满了让人不明所以的笔记和印刷品。之前来的时候，这里还是柳河的电影观赏室，而现在却完全变成了另一个空间。

异彩指着那张印有软玉项链的打印纸，说道："孔作家您的弟弟，也就是孔柳河，他正在找这条项链。这条项链是我姐姐正在研究的文物。"

"所以呢？"

"我先告诉您结论吧。我姐姐现在被孔柳河绑架了，我要找到我姐姐。"

"柳河绑架的？"

他反问道，似是觉得很不可理喻。

"是的。"

"你是要我现在相信你说的话吗？"

异彩用尽全身力气控制着自己，尽量不让他看出自己在颤抖。

"我知道我现在说的话没头没尾，您可能无法理解。但还是请您相信我。"

孔作家的视线从异彩的身上转移到了墙面上，他仔细端详着那些印刷品。比起说是预谋某种犯罪，看起来更像是文物收集。

"我虽然不知道你姐姐发生了什么事儿，但这肯定是误会。柳河不是那样的孩子。"

"毒品案件，他是被诬陷的。"

孔作家转过身来，眼神变得阴森可怕。

"什么？"

"他以为那是真的饼干,就拿起来吃了。从他包里搜出来的毒品,是朋友为了逃避当时的危机故意放进去的,他是被嫁祸的。律师也怂恿他说,既然不得不判刑,那就在陈述的时候说自己不小心失误了,到时候就说自己会接受缓刑判决。但孔柳河应该得到的是无罪判决结果。或许,您的父亲当时是知道这件事儿的。"

最后一句话,仿佛给了孔作家当头一棒。

孔作家当时看到柳河的相关资料就觉得奇怪。了不起的父亲在那之后,拦下了所有的调查,他难道不知道儿子是被诬陷的吗?

孔作家的眼里满是惊讶。

"你怎么对我们家的事儿这么了解?"

"我不是说了吗?我在找被孔柳河绑架的姐姐。所有的事儿都得从此着手。"

孔作家无法相信她的话,但感受到她的真诚,他也无法把她说的话都当作谎言。他眼神犀利地打量着异彩,摆了摆手腕示意她继续说下去。他决定先把话听完。

异彩再次用手指着那幅印有软玉项链的画。

"孔柳河正执着地找着这条项链。因为他相信找到它就能纠正所有的事儿。"

"纠正?"

"他好像相信这条项链可以使时间倒流……您别用那种眼神看着我。相信我说的话,不要问我理由,这两件事儿是我的请求。"

时间倒流?孔作家越听越感觉是在浪费时间,但他也没有阻拦她继续说下去。

"继续说。"

"孔柳河打算抢到这条项链,所以才绑架了我姐姐。我想找到姐姐,因此必须先找到孔柳河。"

孔作家挠了挠头,直勾勾地盯着异彩。

"所以你才接近我?希望我出面帮你找到柳河?"

"对不起。就算我解释了您可能也不会相信,所以才采取了这种方法。我需要您的帮助。"

孔作家反而更加厌恶她现在表现出的迫切感。那种不快感马上从脚尖蔓延到全身。

"我讨厌被人利用。"

"您不会帮我吗?"

"这件事儿,并不包含在你的请求里。"

孔作家再次将视线转移到墙面上贴着的资料。这条项链他好像在哪儿见过,但再也想不起其他与这条项链有关的事情。

"这是您弟弟的事儿啊,不是吗?"

到现在,他的忍耐心已经见底了。

"够了,滚!"

异彩吓了一跳。她想起了睿熙说过的话。"说'滚'的时候,很性感"。但此时并不是该想起这句话的时候。

她站在那儿一动不动。孔作家回头看着她,说道:"你没听见我叫你滚开吗?"

沙哑的嗓音让异彩觉得他更性感了。

"……您感冒了吗?"

"不用你费心。"

他转过脸去,回避了异彩的视线。

异彩内心传来一股刺痛感。道河利用了异彩,异彩利用了孔作家。她不带任何愧疚地改变了他的未来。因为未来的道河说着没关系,她便进行了自我合理化。

或许,他的人生会发生天翻地覆的变化。

但那也没办法。就连这样的苦恼,对于异彩来说都是奢侈。因为她的首要任务是要找到多彩,其次才能考虑道德和人生观的问题。

异彩在这沉重的氛围中转过身,攥紧了拳头,似是下了什么决心。

"就算您找到孔柳河,也不要跟他提起我和姐姐的事儿。因为告诉您这一切，本身就是一种冒险。对于我来说，这关系到我姐姐的性命。请您切记这一点。如果我姐姐出了什么事儿，那孔柳河也无法回到原点了。"

"出去！"

他又一次下了逐客令。异彩走到玄关门处，在穿鞋子之前，她回过头，透过门缝偷偷看了眼他的肩膀。

他没有相信她的话，这也是理所当然。她从没想过他会一下子就相信。但他或许会起疑心，哪怕只是一点。

走出公寓小区，一股早上特有的活力气息向她袭来。

她走进刚开门的超市，买了杯热热的咖啡拿在手里。她的身体在发抖，不知是因为昨天晚上淋了雨，还是因为孔作家那阴冷的眼神。但她能明确感觉到冷，冷到让人起鸡皮疙瘩。

她坐上出租车来到博物馆正门前，看到围在那儿的记者，皱起了眉头。她感觉今天比昨天来的记者还要多。异彩拜托司机师傅把车开到博物馆后门附近。

如果后门也是这种状况的话，她又得拜托珠雅和成洙来接她了。万幸的是，后门只有来上班的职员们。异彩飞快地走进博物馆，和遇到的职员们微微打招呼，但她明显能感觉到他们跟随她移动的视线。

她后知后觉地想起昨天晚上席卷网站的劲爆视频。

"雨中热吻……"

跟最近发生的事儿相比，这不算什么大事儿，所以异彩早就把它抛之脑后了。

异彩的肩膀耷拉了下来。如果可以的话，她想尽可能不跟职员们对视，兜着圈走进去。就在这时，珠雅紧紧跟上了她。

"早上好啊！"

她突然向异彩递过来一个纸制小袋子。

"什么啊？"

"快递放在前台就走了，你怎么没接电话？"

异彩打开纸袋,里面放着一个带有她熟悉的标志的箱子。那是异彩订制的仿造项链。昨天打电话要求更改了完成日期,今天早上就到了,看来是昨晚通宵加班完成了。

"谢谢啦!我最近迷迷糊糊的。"

"也确实会迷糊。昨天晚上,哇!了不起的丫头!我就知道你能做到。怎么回事儿啊?"

"就是你看到的那样。"

"我可是一脸满足地看了那个视频。但罗睿熙的照片又是什么啊?她拍了羊的腿上传到SNS了。那是用来攻击你的吧?"

"估计是吧。我真是搞不懂那个女人为什么会这样。"

发生改变的不仅仅是孔作家的未来,睿熙的未来也发生了变化。也许本应以恋人关系发展的两个人,关系会发生变化。

"这是在耍心眼儿?真是个疯子啊!你问过孔道河了吗?别现在睁一只眼闭一只眼,最后被人从背后打一闷棍。"

异彩已经被人从背后打了一闷棍了。

"那也有可能。我先进去了。"

异彩对着珠雅微微一笑,加快脚步,走远了。

异彩走进修复室,随即打开了箱子。里面的软玉项链被一层羊羔皮绒包裹着。异彩合上箱子,连同脑海中各种复杂的思绪都放到了箱子里。

"首要任务是要完成项链。剩下的之后再考虑。一个一个,慢慢地思考。别激动,越是这时候越要理性。"她心想道。

听到门被打开的动静,异彩回头发现是成洙。接下来应该是成洙关于"雨中热吻"的评论和"多亏我送你的生日礼物"之类的贫话。但他只是挥了一下手,便坐回了自己的位置。

异彩歪着头看向他。

"发生什么事儿了吗?"

"就是状态不太好而已。"

成洙趴在了操作台的桌子上。

异彩将视线转移到显示屏上，坐正了身体。要说状态，她更不好。眼睛像快要掉出来似的疼痛，脑子一片混沌。但她却无法像成洙那样趴下。

她得给孔作家发邮件了。异彩必须向他说明她认为孔柳河是犯人的原因，再附加一些她可以提供的证据。

邮件刚发送过去就被孔作家确认了，但他没有任何回信。他应该是很难相信，不，应该是不愿意相信。

"他会联系我吗？"

道河说得没错。她太感情用事了。虽然她放出大话，说自己很冷静，但她确实还没有打起精神来。所以事情才会发展到如此困难的地步。

异彩转过头，注视着趴在一旁的成洙。

"要跟他说吗？"她心想道。

她想把现在的状况都说出来，找个人商量一下该怎么办。现在这种状况让她一个人承担，未免有些太过沉重。"时间旅行"这种荒谬绝伦的话，如果是成洙也许会相信。

她渴望着有人能对她说"会没事儿的"，渴望着有人能够抱抱她，渴望着有人能抚慰她内心的不安。

但她担心成洙是否能冷静地看待这件事。只要是和多彩相关的事儿，成洙都不能保持理智。就算是毁掉自己，他也会毫不犹豫地做出一些鲁莽的事儿，他就是这样一个人。

在大学时期，有一个男人喜欢多彩。在多彩拒绝他之后，那个男人像跟踪狂一样纠缠着多彩。正在服兵役的成洙休假时知道了这件事儿，找到那个男人对他拳打脚踢。也因此，成洙的服役时间多延长了两周。

"对，不能跟成洙说。"她心想道。

她好像有点儿能理解，道河为什么之前一直保守着这个秘密了。异彩正打算开始工作，她手机屏幕上显示了一个陌生号码。

"是谁呢?"异彩在心里疑问道。

异彩接通了电话。电话那头传来一个熟悉的声音。

"您好,我是Dam出版社的崔允亨。"

虽然是第一次和他通电话,但只听声音,异彩眼前就浮现出一个抱着蜂蜜罐的小熊维尼的形象。

"您好。"

"您那天顺利到家了吧?"

"您打电话有什么事儿吗?"

"我想请求您一件事儿。真是不好意思,但我也毫无他法。请问您看过罗睿熙的SNS了吗?上传了羊腿的那张照片。"

"看到了。"

"我现在准备了一个小型的在线新闻采访,请问您可以和道河一起接受采访吗?"

"采访?"

察觉到异彩不快的语气,允亨赶紧补充道:"大部分都由道河来回答,所以您不要有负担。"

"我可以接受书面采访。"

"那个,因为还得拍照片。当然!我记得您说过不想曝光脸,但碰巧随着那个视频的上传,您已经被迫公开了。"

他说得没错,现在的情况无异于已经公开了正面照。

"公布照片对于我来说有点儿为难。"

"就放小小的一张照片也不可以吗?非常小的那种。"

"那也不行。"

"啊,您可能误会了那件事儿了,罗睿熙和道河真的什么关系也没有。如果早知道他们会疯狂地跟踪骚扰,我会不顾一切地阻止。这次是我的失误。拜托您救救我和道河吧。现在由于劈腿的照片和雨中视频都被曝光了,所以道河成了国民渣男。而且虽然现在还没有报道,但是有传闻说罗睿熙那边要退出拍摄了。"

事情又朝着预料之外的方向发展了。

异彩再一次把家里的灯开着去上班了。道河看着眼前围着带刺铁丝网的阳台，想到异彩说不允许他再过去的话，心里感到一阵阵刺痛。

她感到愤怒是理所当然的。

但还算幸运的是，异彩并不知道事情的全部。比如在道河生活的时间里，她处于失踪状态。道河希望，她永远不会知道这个事实。就算异彩最终会知道，道河也希望那是在他找到解决方法之后。

道河干搓了几下脸，看向了电脑画面。光标在空白页的第一行闪烁着。虽然他一直在反复地写写删删，但是原稿一点儿进展也没有。

如果过去会有所改变的话，那么在那段时间里写的原稿会怎么样？不，不管那些事情变成什么样都无所谓。在很久以前，创作原稿就已经变成在阳台上等待异彩的借口了。

只剩下半个多月的时间了。

走出月池变得越来越困难了。异彩越是动摇孔作家的人生，道河走出月池时的头痛症状就越严重。

道河重新凝视着对面阳台，这时LAN打过电话来了。

"我是韩国最优秀的情报商人，业务拓展到海外的极速姜LAN。孔道河顾客，您好。"

"找到线索了吗？"

"还在收集情报。因为在调查郑异彩失踪事件时有意外发现，所以事先联系您了。郑异彩的母亲朴仁今女士，并不是她的亲生母亲。"

道河听到这个消息，顿时皱起了眉头。

"请详细说说看。"

"郑异彩是在七岁的时候被领养的。刚开始，朴仁今女士抚养了被亲生母亲抛弃的郑异彩一段时间，之后就领养她了。郑异彩因为被抛弃而深受打击，失去了七岁以前的记忆。虽然经过四处打听，她的亲生母亲有了消息，但是她亲生母亲的态度很是冷淡。即使听到郑异彩失踪的消息，也只是说已经扔掉的女儿就不想再管了。"

道河只是从LAN那儿听到这个消息，就已经感觉到了一阵阵的心痛。

"她的亲生父亲是谁？"

"亲生父亲是……"

当道河听到异彩的亲生父亲是一个什么样的人时，他产生了想要改变过去的想法。如果可以的话，他想删除掉异彩所有的痛苦和伤害。但是他能做的，终归是有限的。就连越过阳台去安慰异彩，也不被允许。

"朴仁今女士知道吗？"

"她不知道，也没有想要去了解。"

"请帮我调查下这件事儿跟郑异彩小姐的失踪有没有关系。其他的呢？"

"因为还在收集情报，没有其他信息可以报告给您了。"

"麻烦加快速度，现在时间很紧。"

在异彩草率地行动之前，道河必须掌握事件的来龙去脉。

"是否能告诉我您这么着急的原因呢？也许会有助于调查。您现在还相信目击者就是郑异彩吗？"

"那个是我的错觉。我只是觉得必须要弄清楚郑异彩小姐失踪事件的情况，所以才比较着急。"

"是的，您说得对。我也觉得郑异彩失踪事件和郑多彩被杀事件八成是有联系的。而且郑异彩的失踪时间过长，已经死亡的可能性也非常大。"

一阵让人不安的风从时间的另一边吹来，钻进了道河的衣领里。

走进画廊的异彩站在了《相遇》这幅画前面。虽然她已经一动不动地看了很久画中的提示，但还是没能找到有用的线索。

"姐姐，你到底在哪儿啊？"

能够得到拯救姐姐的机会，是多么幸运的一件事儿。但是异彩又害怕自己会错失良机。错误的判断和行动都有可能让一切无可挽回。

异彩的脸上流下了泪水。她多么希望有人能够告诉她安全解救多彩的方法。

"你就是郑异彩吧。"

异彩突然听到有人叫自己的名字，赶忙擦掉眼泪。她转过头去，看到一位白发老绅士正温和地看着自己。

"您认识我吗？"

"是不是你给我留言的？"

异彩听到"留言"这两个字，顿时打起了精神。

"您是郑画家吗？"

郑画家没有表示肯定，也没有表示否定，只是慈祥地笑着。异彩觉得自己遇到了救星。

"听说老人家您也穿越时间了？"

听到异彩焦急的提问，老绅士并没有感到惊慌。

"你觉得会是怎么样的？"

"请告诉我您曾经穿越过。我现在需要您的指点。"

郑画家看着异彩那恳切的表情，抬起手看了看手表。

"你有什么想知道的就问吧。我会把我所知道的告诉你。"

异彩想了想自己需要确认的那些疑问，急躁不安地问道："期限是一个月吗？"

郑画家再次露出了从容的微笑。

"就像施了魔法一样，经过月圆再到月缺时，一切就结束了。大部分情况是一个月。"

"大部分情况？"

那就是说，也存在不满一个月连接就断掉的情况。

"你想想各种各样的变数。即使很小的变化也会使未来发生改变。你也有可能在原来绝对不会去的路上遭遇事故。两个人中有一个死去或者严重受伤的话，连接就算断掉了。"

异彩也跟道河讨论过相似的话题。郑画家的话使她再次认识到道河可能会随时会消失。

"连接断掉之后呢?"

"按照被改变的人生轨迹生活下去。未来那边会更加艰难些。根据被改变的程度,抱着完全不同的记忆生活。"

郑画家亲切地解释着。异彩反复思考着他的话语。

"为什么只能连接一个月呢?"

"我也不知道原因。但是一个月的时间足够改变人生,不是吗?我也因此得到了新的人生。穿越时间就意味着不得不改变所有的一切。虽然谁也不知道这段旅程的结局是怎么样的。"

"老人家您……"

异彩觉得有些失礼,就没有继续说下去。但是郑画家笑着说道:"我变得无比幸福。可能运气比较好吧!"

异彩很想知道,自己是在迈向幸福,还是在走向不幸。

郑画家再次看了看手表。异彩知道时间不多了,于是问起了其他事情。

"除了我,还有人来找过老人家您吗?"

"偶尔有人会来。"

异彩的声音变得更焦急了。

"那有没有一个年轻的男人来找过您?一个叫孔柳河的,长得帅气的男人。大概二十五岁左右。"

"孔柳河?"

"是的,孔柳河。"

"嗯,想起来了。因为名字很特别,所以我记得。他当时在找项链。也不知道他是怎么知道项链的存在的,一直坚持不懈地给我留言。我也看到他好几次找到画廊来,但是没有直接见面聊过。"

"留言的内容是什么?"

"他想确认是否真的存在可以穿越时间的项链。"

"您回复他了吗?"

"我只告诉他确实存在这样的项链。至于项链在哪里,我也一无所知,所以没能告诉他。"

"那是大概什么时候的事儿?"

"大概三四个月之前吧。也可能更久些。"

郑画家努力回忆着,皱起的眉头重新舒展开来。

"对了,大概是半年前,那时下了很大的雪。"

那应该是吸毒事件曝光之后的那段时间。

"老人家,我必须找到那个男人。孔柳河为了项链绑架了我的姐姐。"

"绑架?因为项链?"

郑画家的脸上露出了惊讶的神情。

"因为我姐姐一直保管着那条项链。她把项链的照片传到了网上,孔柳河因此盯上了她。"

"……孔柳河当时看上去确实有些危险。我实在不应该告诉他项链是真实存在的。"

"您那儿有没有孔柳河的联系方式?"

异彩抱着一丝期待问道,但是得到的回答却是让人失望的。

"这是很久以前的事儿了。要不是名字特别,我都不会记得这件事儿。如果找找看的话,也许能找到电话号码。"

"我也知道电话号码。"

异彩失望地耷拉下了肩膀。

"不好意思,没能帮上忙。虽然还想继续跟你谈下去,但是我得先走了。"

"还能再见到您吗?"

"如果你再来找我时,我正好在这儿的话,那就能再见到了。祝你好运。"

说完,郑画家走出了画廊。异彩一个人又默默地在那幅画前站了好久。

"你从来不感冒的,怎么突然感冒了呢?所以才叫你好好吃饭好好睡觉的。就是因为免疫力下降了,才会感冒。淋了点儿雨就感冒,这像话吗?"

好不容易找到机会的允亨不停地对孔作家唠叨着。躺在沙发上的孔作家恨不得把耳朵捂起来。

"不是感冒。"

"怎么不是感冒,还发高热呢。"

"头痛,你别说了,快走吧!"

孔作家因为不请自来的允亨变得很烦躁。因感冒引起的头痛更加剧烈了。

"你把这个喝了。"

允亨把满满的一杯水递给孔作家。

"我不口渴。"

"你出了很多汗啊!不是说不想吃饭吗?那至少喝了这个我才能安心地走啊!"

孔作家勉强爬起来,喝了杯子里的水。泡着药店里买的电解质粉末的水,味道跟离子饮料差不多。

看到孔作家喝掉了一半的水,允亨开玩笑地说道:"是不是应该让异彩小姐来照顾你?哎哟,昨天真的是……哎哟。"

"不要提到那个女人。"

孔作家放下水杯,允亨一边大声笑着,一边问道:"你被甩了?"

"不是。"

"果然被甩了。"

"说了不是。"

"被甩了,真的被甩了,分明是被甩了。"

看到孔作家没有反驳,笑嘻嘻的允亨停止了开玩笑。

"等下!那恋爱绯闻呢?是不是要撤下新闻?不对,暂时还没说什么,那应该不用撤下来吧?"

孔作家做出一副厌烦的表情，重新躺回沙发，突然看到了三叶草形状的电灯。

他抬起一只手遮住了眼睛。

"我水也喝过了，你可以走了。"

"事情变得更加复杂了。你看到那个疯子上传到SNS上的东西了吗？"

"她通过SNS上传了羊的照片，不过只给了腿部特写镜头。"

……

"不光这样，她还约见了跟导演和制作人见面，说要罢演电影。"

"那就让她罢演吧。真麻烦。"

"不行！如果罗睿熙罢演的话，你肯定会沦为'国民渣男'的。"

"我知道了，你走吧。"

管它"国民渣男"还是其他什么呢，孔作家完全不放在心上。

"这个圈子就这样。如果引导舆论的人去扮演受害者角色的话，那对方就只能'躺着中枪'了。"

……

"所以，你和异彩打算怎么办啊？"

"我说了让你走。"

孔作家的声音有些低沉，允亨只得站起身来，仿佛如果他再对孔作家追问下去，孔作家应该就会要挟他说要换出版社了。

"我走，我走。明天晚上有一个采访，你记得把时间空出来。异彩小姐也会来。"

孔作家听到后，放下胳膊，抬起头来。但此时，允亨早已经逃也似的溜出了玄关门。

异彩透过窗帘的缝隙往外面看，透过铁丝网看到了对面的道河的侧脸。道河今天也来到了阳台。异彩的心里泛起一阵波澜，就像有风拂过。

"如果时间连接中断的话……"

如果异彩能找到柳河和多彩,那孔作家就不用到处去找弟弟了。那他也就没有必要搬到阳台对面了。阳台对面的这个男人也会消失不见。

消失在时间里面。

三年过后,异彩即使找到了道河,那时的他也不是现在的他了。那时候的道河,将是一个拥有着其他记忆的另外一个人。他不再是道河,也不再是孔作家,而是完全另外一个存在。

"算了,消失就消失吧。坏家伙。"她心里想。

异彩拿起手机,一下子瘫倒在了床上。

她翻来覆去看着和多彩的聊天儿窗口,但她始终没有发送出新的消息。她想和往常一样试着给多彩发消息,但最终却没有发送出去。异彩的心仿佛就要爆炸了。

道河送给异彩的存钱罐"看着"异彩,一脸邪恶地笑着。异彩盯着存钱罐,伸出手把它拿在手上。异彩看着手里的存钱罐,这模样似熊非熊,似狗非狗,还有点儿水獭的样子。这模糊朦胧的模样倒是跟那个男人很像。

就在异彩百无聊赖地用手指"咚咚"地敲着存钱罐的额头时,门铃响了。

"难道是孔作家?"她心想道。

异彩立马从床上弹起,跑到玄关门前面。

"请问是哪位?"

"是我。'

润宇的声音让异彩变得紧张起来。

他怎么又来了?

润宇确定异彩就在房间里,听到无人应答,他便开始敲门。

"开门!"

急躁的润宇用脚踢着门。玄关门被踢得"咣咣"作响,异彩门前顿时喧闹起来。异彩想着,等他敲累了自然就回去了,但他却不是那种轻易放弃的性格。别说隔壁住户了,就连楼下的邻居也都跑上来了,但他还是会连眼睛都不眨一下。

异彩深吸一口气,打开了玄关门。门一打开,一束花映入她的眼帘。那是一束异彩喜欢的捧花样式的花束。

异彩略过花束,眼睛瞪着站在自己面前的润宇。他身上散发出一股淡淡的酒味儿。

"你不要这样看着我,我刚结束了新婚旅行就跑来找你了。"

"我们有必要见面吗?"

"为什么没有必要见面?让开,让我进去。"

异彩为了不让润宇进去,挡在玄关门前。

"你要进哪儿去啊?我只不过因为你太吵了,才不得不给你开门。在我报警之前,你赶快回去吧。"

"你先把这个收下。"

润宇再次把花束递给异彩。异彩接过花束,朝楼梯扔去。花束在空中画了个抛物线飞出去,掉在了地上,沿着楼梯"骨碌碌"地滚了下去。美丽的花瓣散落了一地,异彩连眼睛都没眨一下。

"走的时候麻烦把花束捡起来再走。你,还有那个花束,都不能进我的家。"

"你!你想看到我疯掉的样子吗?"

润宇大声吼道。

"你好像已经疯了。"

"结婚典礼上也好,新婚旅程中也好,我脑海里始终只有你。"

"看来你确实疯了。不过,人的想法是自由的,所以你自己看着办吧。不过不要和我牵扯在一起。因为那让人很恶心。"

"我,睡一觉再走吧?"

"滚!"

"你就这么漠视我对你的真心吗?"

异彩瞪着润宇。他口中所说的"真心"两个字,听起来那么的轻巧。

"真心?对你来说,哪里还有什么真心啊?"

"只要条件符合，和谁结婚都无所谓。但是，爱情不是这样的，不是吗？我爱的只有你。你和那个男人分手吧，不要再和他见面了。我知道你是头脑一热才跟他交往的。你对我发火也是应该的。"

他这是结婚不到一年就打算要离婚了吗？这样想来，这对那个女人来说也算是一个好的结局。

异彩后退一步之后，才知道他是什么样的人。和这样的男人交往了三年的自己已经够糟糕的了，那个和他结婚的女人才更加可怜。

"高组长，既然您已经结婚了，就好好地生活吧。这是我的真心话。"

说完话，异彩准备关上玄关门。但润宇飞快地伸出手，挡住了将要关上的门。

关上一半的门再次被打开。

"郑异彩，你把那个家伙带到我的结婚典礼上，是不是故意的？故意为了让我看到？"

"不是。"

"你！现在还爱着我。"

"没有。"

"你也是故意拍了那样的视频上传的，对吧？"

润宇一边大叫着，一边用拳头"咣咣"地捶打着门。震耳欲聋的吵闹声持续不断地传来。即便那样，异彩也丝毫不关心润宇的手是否会受伤，反而更担心周围已经入睡的邻居们。此时此刻，异彩对润宇的感情似乎真的消失殆尽了。

"你知道现在几点了吗？"

"说！说你还爱着我！"

润宇将手从门上放下，然后猛地抓住异彩的肩膀。

"放开！"

异彩此时才后悔起来。要是自己不给他开门，事情就不会这样了。

"你还爱着我，不是吗？"

"你疯了吗？放开我！"

"说你爱我！"

异彩感到手臂一阵发麻，使劲甩了一下胳膊。瞬间，润宇松开了抓着异彩肩膀的手。异彩为了挣脱润宇的手，使出了吃奶的劲儿，但她没想到润宇那么轻易得放开了手，异彩一下子倒向后方。她为了保持身体平衡，往后踉跄了几步。这时，有东西托住了她的后背。

淡淡的柑橘香味。

"怎么会……"

他怎么会在这里？异彩发现了站在自己身后的道河，但她眨了眨眼睛，还是不能相信。阳台栏杆那边，明明有一个密密麻麻的铁丝网。

突然出现的道河嘴角泛起微笑，将愣在那里的异彩拉到自己的身后。因为如果润宇将异彩拉出门外，他将束手无策。

幸好异彩毫不反抗地被道河拉了过来。

"不要碰我的女人。"

听到道河低沉的声音，异彩的心脏差点儿跳出来。异彩怔怔地站着，手里抓住道河的衣角，凝视着润宇。

惊慌失措的润宇双眼里冒着火苗。

"你算什么东西？为什么老是在异彩周围纠缠？！"

"老是纠缠她的人难道不是你吗？你最好就此收手。你这么个纠缠法，让别人的心情糟糕透顶。"

润宇一侧的眉毛挑动了一下。他宣战似的，指着道河："你给我出来。咱们找个地方单聊一下。"

"你走吧。"

"我叫你出来！"

润宇突然大声叫喊，异彩的心脏吓得整个蜷缩了起来。

"不是我不想出去，是这个房间不让我出去。"

现场的火药味越来越浓。

"不要说些胡话，出来！怎么了？你害怕了？"

道河的嘴角不自觉地扬起来，笑了笑。

"你这家伙，居然还在笑？"

润宇突然伸出手，抓住道河的手腕，想把他拉到玄关门外。但事实却没有像润宇预想的那样，他没能将道河拉出去。

道河往下看了看自己被润宇拉着的手腕。

"你这是干什么呢？"

润宇原本想提小狗一样将道河拉下楼，但此时，他的脸垮了下来。不管润宇如何用力拉道河，道河都一动不动，就像是被一个巨大的石头拽住了的感觉。

相反地，道河这边却悠闲自在，他甚至将一只手放进了裤子的口袋里。

实际上，道河并没有用什么力。他只是巧妙地利用了自己的身体不能从玄关门里出去的事实。所以，就只有润宇一个人在那儿使劲儿用力。

道河转了一下自己的手腕，很自然地甩开了润宇的束缚。润宇被气得脸通红。

事情还没有要结束的迹象。实在看不下去的异彩忍不住向前走了一步，道河见此，轻轻抓住她的手臂，再次将她推到了自己背后。

道河挡在异彩前面，表情凝重。

"你想过没有？为什么我可以作为宾客去你的结婚典礼？既然不是你给我的请柬，那是谁给我的？当然是新娘那边给的。"

"你想说什么？"

"如果把我现在目睹的情况告诉给我请柬的那位，应该会发生一些有趣的事情，你认为会怎么样？"

"你这是在威胁我吗？"

"如果你听起来是威胁的话，那就当是威胁吧。所以，你是要回去呢？还是继续留在这儿？"

润宇脸上红一阵白一阵，凝视着异彩。

"那以后再说吧。"

自尊心受挫的润宇着急忙慌地沿着楼梯跑下去了。

异彩的脑袋一阵阵地疼。真是一件顺心的事儿都没有。她关上玄关门，慢慢地走回房间。

道河一脸不满，双手交叉放在胸前，站在那儿。

"你怎么会和那样的家伙交往啊？"

自己明明也交往过那样的坏女人。

异彩将已经到嗓子眼儿的话咽了下去。确实是自己把事情搞得一团糟，现在又得到了他的帮助，自己还有什么资格顶嘴呢？

"还有，你为什么总是给他开门？"

道河看起来好像生气了。不，他确实已经生气了。

"以后不要再给他开门了。"

异彩直直地盯着道河，问出了内心好奇的事儿。

"你是怎么过来的？"

异彩的这个问题，马上逆转了整个事态。

"就那样翻过来的啊！"

道河不自然地想要转过身去，但这个动作没有逃过异彩的眼睛。她一把抓过道河的手腕，看见他的手掌上全是伤痕。

"你这不是受伤了吗！"

"没什么。"

她的视线转向阳台，看到铁丝网上盖着一个厚厚的毛毯。

异彩再次看了看道河的手掌，接着忙不迭地察看他身上其他地方。不只是手，他的T恤衫的颜色也变深了，应该是里面渗满了血渍。

"没事儿。"

这真是个坏男人，他总是让人恨不起来。而异彩却很想恨他。

可是要怎么做，才可以让自己恨他呢？

异彩无力地放下道河的手腕。异彩知道他的情况，所以不能一味地埋怨他。她知道他是如何度过那三年的，也知道他是如何改变的。

不对。实际上，异彩正在努力地去了解他。她想找些借口来原谅他，尽管她不想承认，但确实是这样。

"讨厌。"她在内心呐喊道。

异彩虽然明白自己的处境，但还是止不住地同情他，她真是讨厌这样的自己。想恨他的心和想原谅他的心一直在激烈地碰撞。

"过来。"

她拉起道河的手臂，平静地说道。

异彩让他坐在椅子上，将装有医药品的抽屉整个都抽出来。道河的手上，被铁丝网刮伤的伤痕不只一两处，要从哪个地方开始，要怎么治疗，她完全没谱儿。要不先消毒吧，她想到这，便拿出了棉签。

"把T恤脱掉吧。"

"你这是又要对我施展'致命魅力'了吗？"

看他反常地开起了玩笑，可见伤得应该蛮重的。异彩没力气睬他，只是瞟了他一眼。

"脱下来。"

"不用了，回去抹点儿药就行。反正还要翻过来的。"

他波澜不惊地说道，随即想站起来。

"真是令人不满意！"

他总是能击溃异彩的理智。异彩抓着他的棉T恤往上撩。

"你在干什么？"

抗拒的道河看到异彩惊呆的表情，马上闭上了嘴。他的腰侧布满了细小的伤口。

"只是稍微刺了一下。"

他刚想拉下T恤，异彩不容拒绝地命令道。

"脱下来。"

被她气势压倒的道河乖乖地脱下T恤。幸亏除了手掌和腰侧以外没什么大的伤口。异彩用涂了消毒药的棉棒仔仔细细地擦拭刮伤的地方。

虽然是在治疗，但他起伏的胸膛就在眼前，让她没法不紧张。原以为他很瘦的，没想到肌肉还挺多。他的胸膛硬实而宽阔。

指尖划过感受到他的体温，房间的温度都上升了。好像能感受到他的呼吸一样。尴尬的异彩不露声色地擦拭伤口。

"疼吗？"

"还能忍。"

手每次碰到他的伤口都能感觉到他的瑟缩，但异彩假装不知用力按下去。仔细地给伤口上完药以后，又在上面贴了一层纱布。手则干脆用绷带层层裹了起来。

道河侧着头凝视着异彩。因为她正弯腰查看伤口，所以道河看到的只有她的后脑勺和头顶。他正凝视着她的发丝，她抬起了头。

道河干咳了一下，抬起用绷带层层包裹的手。

"这样我就不能写稿子了。"

"你还想用这手写稿子？时间连接结束之后不知道会变成什么样，你为什么那么努力？"

"即使如此，我做的事情也不会是全无意义的……即使我消失。"

"真是心烦，你知道你很不让人称心吗？"

他泰然自若的样子，让她觉得无比讨厌。仿佛只有她一个人在着急。

"关于郑画家的记忆变了，他说起了你。"

"我今天去画廊见了他。他还记得孔柳河去找过他。"

"柳河去找过他？"

虽然已经知道了，但道河还是重复问了一下。

"他给孔柳河确认了项链的存在。"

"原来如此。"

"他说不要把改变未来想得太简单。如果找到孔柳河和姐姐的话，道河先生就完全变成另一个人了。这三年的记忆就消失了。"

"不是早就猜到了吗？只不过进一步证实了而已。"

又是一副若无其事的口气，让人没法讨厌他。

异彩深呼吸了一下。

"除了姐姐的事儿以外,你还有什么事儿骗我吗?"

"没有了,虽然还有一些我没说的事儿。"

"是什么?"

没说的事儿实在太多了,所以一下子不知道从何说起。

"我是说万一啊!"

"嗯。"

"你丈夫出轨了,但事情都已经过去,现在已经断干净了。那你会想知道实情吗?还是宁愿不知道,就这样过下去?"

"……你说的该不会是我的未来吧?"

"只是打个比方。我说了万一。"

"我爱我的配偶吗?"

"假设爱的话呢?"

"那我会想知道实情。这样我才好决定要不要原谅他。我不喜欢被欺骗。"

道河讲出了其中一个秘密。

"如果你想找你的亲生母亲,那我可以告诉你。"

异彩的所有动作都停止了。突如其来的"亲生母亲"这个词足以让她僵住。那么道河举例的"万一"难道是朴女士的故事吗?

"……你是怎么知道的?"

"调查了。"

"查我?"

"嗯。"

这人怎么可以这么厚颜无耻地说出背后调查这种事。

"……不用了,我不想勉强去找她。"

"你对你的亲生母亲不好奇吗?"

"偶尔会好奇。"

"就像你说的,得先见了才好决定不是吗?"

异彩确实好奇过。

好奇她为什么要抛弃自己。为什么要让自己在那家人家前面等着。为什么偏偏选在双亲节那天。虽然没有什么日子是适合抛弃孩子的，但至少不应选在双亲节吧。

"那不一样，这不是我一个人的问题，这关系到家人。如果找到她的话，其他秘密也就知道了。比如我的父亲是谁。"

"你不知道你的父亲是谁吗？"

"那天……被抛弃那天之前的记忆我都想不起来了。人的大脑非常方便，主人觉得难以承受的事儿，它会自动埋藏起来。我正在充分利用这种功能。还有其他的吗？"

"没有了。"

他又说谎了。异彩开始整理用剩的棉棒和药品。

"我，不对，孔作家会再联系你的。他生气是因为觉得自己被利用了。但他大脑理解你为什么会那么做。他联系你的话，你就尽量利用他。就像你说的，比起我，孔作家会更有帮助。"

异彩眼前浮现最后一次见到孔作家时他冰冷的眼神。

"他会愿意被我利用吗？"

"应该会的。"

虽然选择了"应该会的"这个不确定的单词，但道河的脸上很平静。

"感觉他不是很好糊弄的。"

"他会被你利用的，因为他喜欢你。"

异彩猛地僵住了。可以用这样的方式窥探孔作家的心吗？另一方面又觉得安心了，因为她迫切需要他的帮助。

异彩提着胡乱收拾好的药箱站了起来。她下定决心，既然事已至此，能利用的都好好利用吧！

"好吧，我们休战。"

柳河带回来让多彩翻译的古书有二十二本。每本都是真品，保存状态完好。古书激发了多彩的好奇心，因此翻译工作正在很顺利地进行。

她对待柳河的态度也变了。她决定成为对他有利用价值的人。她相信这样下去，一定能有逃跑的机会。

她不想像恐怖电影里的人那样哭天喊地地结束生命。

多彩翻译完一个段落，翻到下一页。古书里大多是关于神秘文物的记载。尤其现在翻译的句子是关于"软玉项链"的部分。

"和最需要的时间连接。"

异彩在笔记本上写完第一句话，在下一句上停住了。

"有时连接过去，有时连接未来。"

如果连接未来的话，那什么都不能挽回。虽然项链不可能会连接过去和未来，但如果真有这种功能，柳河还不知道项链能连接未来这部分。

多彩偷偷观察了一下柳河的脸色。他正趴在远处的沙发上看笔记本电脑。她故意漏掉了可能会连接未来的部分。

还是让他相信会和过去连接比较好。如果打破他的信念，可能会更危险。

多彩正考虑如何把下一句自然地接上，这时柳河开口说道。

"这位哥喜欢你吗？"

多彩掩藏自己的情绪，慢慢转过头。

"你是说成洙吗？"

"你知道他喜欢你啊！也是，那么明显，怎么可能不知道。"

柳河做出调皮的表情，他有时候会露出这样少年般的一面。

"我知道，因为已经很久了。"

"很久了？那你为什么不接受他？他长得挺精神的，车也不错。"

"那倒是的。"

"你觉得他不怎么样吗？"

"……就因为他不是不怎么样所以觉得不怎么样。"

"这是什么话啊？"

柳河感兴趣地坐起来。

"就是这个意思。一开始因为他是异彩的朋友，所以拒绝了。我还以为他会就此罢休。那时他是高中生，我是大学生。"

"然后呢？"

"但很奇怪他居然一直喜欢我，真的很奇怪。一开始我就是想看看他能坚持到什么时候，后来我也对他产生了好奇，但内心有点儿害怕。因为我没有他想象的那么好。他了解我以后肯定会讨厌我的。如果他了解我以后离开我，我会很失望。虽然你可能无法理解。"

"嗯，无法理解。不过我知道一点儿，姐姐很坏啊！"

"我自己也知道。"

说出口以后，才发现是一个很不像话的理由。

"没关系，我也变坏了，所以喜欢坏的人。"

多彩苦涩地笑了。很奇怪，对柳河居然能轻易地说出这些，并没有因为暴露自己的阴暗面而觉得不舒服。难道是因为知道对方比自己更坏吗？还是因为没有其他说话对象呢？

"你为什么问到成洙？"

"即使不睬他，他还是不折不挠地发短信过来。"

多彩的嘴角闪过一丝短暂的笑容。

"他一直那样，虽然我都不怎么睬他。"

但他还是始终如一地靠近自己。他的感情真是盲目到让人觉得新奇。

"真有意思，这位哥到底喜欢姐姐哪里呢？也是，你的能力我也认可。没想到你会翻译得这么快，半年应该都能翻译完了吧。"

柳河看着叠放的古书说道。

"你让我在半年内都翻译完吗？"

"快点儿翻译完对你我都好不是吗？"

多彩转过身凝视着古书。

她不相信什么时间旅行。找到项链摆脱现在之类的奇迹是不可能发生的。所以她要想尽办法自己逃出去。

她专注于翻译的时候，柳河也把视线转回了笔记本电脑上。他按了几下鼠标，抬起头，按下了仓库角落里一个收音机模样的机器上的按钮。然后打开手机电源，把手机放到耳边。

"叔叔，好久不见，我手机关机了。"

第一次看柳河和别人通话的多彩悄悄竖起了耳朵。他一边朝自己的房间走过来，一边说话。

"最近不怎么去。是的。这里？金浦……"

门关上了，后面的话没有听到。但有一个单词听得清清楚楚。

"金浦。"

异彩从桌上摊开的刻刀中拿了一把，在软玉上刻字。刻完字以后还剩下做旧的工作。她参考了多彩上传到社交网站上的照片和道河给她的仿制项链。这个项链一定要能骗过柳河，所以她的每个动作都特别小心。

沉浸在工作中好一会儿的她突然重重地放下了刻刀。

"她现在过得好吗？"

异彩对亲生母亲只有被抛弃那天的记忆。现在回想起来，那天的事情还仿佛昨日那般清晰。

"在这等着，千万不要动。"

女人放开年幼的异彩的手，嘱咐道。

"妈妈你呢？"

"我有地方要去。"

"一起去不行吗？"

"不行。"

作为一个抛弃孩子的女人，从她身上感受不到任何悲伤和苦恼。年幼的异彩压根儿没想到要跟着她走，只是蜷坐在原地。因为她说过千万不要动。

她说在这里绝对不要动。

异彩将这些回忆抛到脑后，再次拿起了刻刀。一直埋头苦干的异彩感觉很疲惫，使劲儿按了按上眼皮，已经好几天没有好好睡觉了，感到非常疲惫。

虽然夜晚的空气可以通过稍微敞开的阳台门透进来，但心情却无法得到转换。

阳台的铁丝网已经没有了，偶尔可以感受到他在阳台上的动静，已经凌晨三点多了。

"他在做什么？"

以前他也经常熬夜在阳台工作，因此并不感觉奇怪。但他的手受伤了，应该什么也做不了，却依然守着阳台。

异彩放下刻刀，偷偷望向阳台。他用缠着绷带的手正在读书，除了翻页看起来有些不方便以外与平时并无两样。

"该不会是因为我吧？"

不，不会，不要在他的行动中寻找意义。

异彩再次坐到椅子上拿起了项链，当她开始在软玉上刻最后一个字时，手机铃声响了。她抬头一看，发现手机屏幕上显示着孔作家的名字。

"正如道河说的一样，他首先打来了电话，这两人都不睡觉。"

虽然从严格的意义上讲他们是同一个人，但每次发现两人的不同点和相同点时都感觉怪怪的。异彩立刻接起了电话。

"你又想聊了？"

"为什么同意接受采访？即便露脸也无所谓？"

孔作家一下子问出几个问题，并没有去听异彩说了什么。这刻薄的声音反而让异彩觉得很亲切。正如道河说的一样，他似乎并没有很生气。

"是让我露脸，又不是让孔作家露脸。"

"你应该和我商量才对。"

"这是可以商量的事儿吗？"

"你应该先想想再行动。"

"因为没有时间去想，代表拜托我了，而且因为某人视频已经在网上传开了。事到如今还有什么可等的。"

异彩稍稍顶了下嘴，沉重的心情也变得轻松了些。

"即便接受采访也不会有所改变，不要误以为我会帮你。"

"你不帮我也可以。"

"……以后不要后悔。"

孔作家就这样挂断了电话。感谢的话就直说啊，真是一个不诚实的人。

直到现在罗睿熙的粉丝俱乐部成员还在大肆上传恶意留言。虽然经纪公司已经发了公告，让他们保持克制但并没有起到效果。允亨现在需要可以转移视线的热议话题，不能不顾他的请求。

异彩再次开始将精力集中在工作上。如果熬夜工作的话，应该可以完成一半，她加工项链的动作变得更加小心了。

但从某一瞬间开始已经感觉不到对面阳台的动静了。

"进去了吗？"

抬头一看阳台上一个人也没有。但手提电脑还放在茶几上，不像是进去睡觉了。异彩向道河家客厅里看了看，在大门前看见了脚。

"脚？"

异彩睁大了眼睛，人在大门前晕倒了，异彩跨过阳台，进入道河家。

"道河！"

异彩看到了抓着大门把手晕倒的道河。他无法支撑住自己的身体，眼睛凝视着上空。

"道河？"

可能因为太痛了，他的表情很扭曲。由于无法触碰躺在大门外面的上半身，因此异彩抓住他的腿往里拉。

即便在这个时候，道河还在确认手中纸上已改变的内容，然后将纸推出了大门外，这些内容还不能让异彩知道。

异彩因为在拽道河并没有注意到他的动作。在将他拉回一半的时候，道河用手撑住了地，等到他的身体完全进入屋内，大门自然地关上了。

道河将背依在大门上，喘着粗气。

"你没事吧？"

异彩惊恐地打量着道河。见他的呼吸渐渐恢复了平稳，她再次问道："怎么回事儿？"

"……没什么。"

虽然一副无所谓的语气，但他的额头上布满了涔涔的冷汗。

"是因为被改变的记忆吧？经常这样吗？"

"之前没这么严重。好像是因为改变的幅度变大了才会这样。"

异彩咬着嘴唇。为什么会觉得没有代价呢？随心所欲地改变着未来，为什么会轻易地觉得没关系呢？

"这种程度还不至于担心。"

道河这样说道，他的手上还依然缠着绷带。

该拿这个男人如何是好呢？

他或许不会知道他此时此刻是怎样的眼神。异彩努力地掩饰住混乱的情感，直直地注视着道河的眼睛。

"您看到被改变的未来了吗？"

"嗯。"

"有怎样的变化？"

"柳河和你姐姐的事情都没有改变。只有我私人的事情变了。"

一开始，她不明白私人的事情意味着什么。但是，现在她明白了。应该是他和罗睿熙的关系发生了改变。

"罗睿熙她，真的会罢演电影吗？"

"不用担心。只是作秀罢了。"

好大一场秀啊！异彩无法理解她。

"两位没有交往吗？还是说那也是假新闻？"

"一开始是那样的。很神奇，她感觉整个世界都围着自己转。她也有孩子气的一面，也许是单纯吧！"

看来"单纯"都灭绝了。

"单纯的罗睿熙并没有真的罢演，真是万幸啊！"

为他焦灼的心情瞬间消失殆尽。异彩冷冰冰地说完，便越过阳台回去了自己的家。

"郑异彩。"

他低声念着她的名字。昨天为止，还是带给他无限心动的名字，现在却觉得有些陌生。看到她走在雨中的一瞬间，他认清了自己的心，但还不到一天，那颗心又迷失了方向。

孔作家掏出手机，再次读了异彩发给他的邮件。

"柳河不可能是犯人。"孔作家在心里极力否认。

没有任何直接证据，都不过是间接证据而已。

即使是这样，他为什么还会如此在意呢？从第一次见面的那天起，他就已经任她摆布了。虽然他努力不去在意，实际上却在意得近乎发狂。

邮件读到一半的时候，手机屏幕上跳出了信息对话框。

是之前他给柳河发的问候信息有了回复。

——不要到了现在才打算当我哥。若是想当我哥，半个月前就该做了。

感觉到异常的孔作家快速地输入信息。

——半个月前怎么了？你出什么事儿了吗？

——5月1日TOMATO公寓501号。这样说你还不知道吗？已经过了半个月才来问候我，看来，即使是以那样的方式碰面，你也毫不吃惊啊？郑异彩也知道我是你的弟弟吗？还是说，你在她面前也假装不知道？

柳河一直在说些让人无法理解的话。

——你说什么呢？说明白点儿。

——好吧。你到底还是假装不知道。

孔作家觉得很郁闷,按下通话键,但是他的手机依旧关机。

"5月1日TOMATO公寓?"

孔作家这才后知后觉地想起,TOMATO公寓501号是异彩家。孔作家盯着信息的脸阴沉下来,冷若冰霜。

"好,就拜托您了。我会准时去拜访您。好,谢谢。"

挂掉电话的异彩把身子靠在椅背上。一直紧绷的身体放松下来,她不由自主地发出一声呻吟。

已经连着几天没有睡好了,她的状态非常糟糕。她左右摇了摇头,放松了一下僵硬的脖子,把第四杯咖啡放到了嘴边。

虽然告诫自己不要焦躁,她却变得越来越焦急。

按照之前得到的信息,以后能在阳台见到道河的时间就只剩下十三天了。必须要有效地利用时间才行。

异彩用签字笔把该做的事情一一写在台历上。没有条理地写着写着,她倍感分身乏术,就是有三个自己好像也不够用啊!

"应该很难吧?"

要把写得满满的日程全部消化,看起来绝无可能。正当她想要把计划表调整得更可行一些的时候,修复室的门猛地开了。

"下午好!"

听到洪亮的声音,异彩不由得回过头。

"一整天都没看见你,有什么好事儿吗?"

成洙摆着手,站到了全自动浓缩咖啡机前。冲泡咖啡的他一脸油腻的表情冲泡着咖啡,突然又哼哧笑了起来。最近几天,他看起来一直都很抑郁,还以为他得了躁郁症了呢!

"有啊,有非常非常好的事儿。"

冲完咖啡的他一把拉过椅子坐下。像是有什么话想说,一副欲语还休的样子。

"到底什么事儿?"

他像是早就等着异彩开口，一下把手机递到异彩面前。屏幕上显示着多彩和成洙的对话框。

"姐姐说会认真考虑我呢。约定回来后见面呢！"

信息内容真的是这样。

异彩见此便浑身不自在。这不是多彩，而是柳河发的信息。

"……所以你就得了急躁症吗？"

"还说了想我呢。"

异彩咬着嘴唇。柳河到底是怎样一种精神状态，都把人绑架了，还能开这种玩笑？

她一把夺过手机。得找一下能够提供线索的信息。异彩想要浏览一下他们说了些什么，但信息对话框却滑不上去。反倒是页面滑向一侧，露出了应用程序的图标。

"你截屏设置成壁纸了吗？"

"她说想我嘛。她说想我，我能怎么办啊！这很值得设置成壁纸啊。看，能看到吧？说想我。是谁？是多彩姐，想我！"

她不想打破成洙的幸福，把手机还给了他。

"姐姐常常回你信息吗？"

"从昨天开始秒回呢。现在，你可以放心地叫我姐夫了。"

异彩非常矛盾。她嚅动嘴唇刚要开口，这时珠雅走了进来。她随意挥了挥手，朝全自动浓缩咖啡机走去。

"这位最近天天来报到啊？"成洙开口数落道，按下双杯键的珠雅耸了耸肩。

"你们的组长不在，我可是给消息闭塞的你们带来了新鲜出炉的新闻。要不然我直接回去？"

"什么新闻？"

异彩颇感兴趣。

"听说东宫和月池，要重建了。虽然还没有正式公布。"

成洙和异彩面面相觑。异彩先反应了过来，大声喊了起来："疯了吧！"

庆州曾是新罗的首都，此地迄今仍沉睡着相当多的文物。虽然迟早要全部发掘，但其规模之大，发掘工作推测至少要进行上百年。业界的主流意见是，以现在的技术，仅调查就要花上足足五十年。

但是几年前，渐渐兴起一阵"新罗王京核心遗址复原·整修工作"之风。上届政府主导的这一工作的规划时间推测至多十年。过度的发掘会接连造成严重的文物破坏和历史扭曲。

"难道是聘请了英国的哈利·波特吗？连原型都不知道，为什么总闹着要修复文物呢？"

异彩不停地抱怨着。这是因为她想起了正在修复中的月净桥，明明是新罗王京遗址，却采用了一部分朝鲜时期的风格。

成洙也吐露着不满。

"如果是需要景点，就建主题公园啊！为什么要扯上修复啊！如果是做得好我也就不说什么了。总是马马虎虎，匆匆了事。这又不是建公寓。"

珠雅端着浮满了牛奶泡沫的马克杯转过身。

"反正，我们博物馆也因为这件事儿闹翻了天。现在正在召开组长会议，只有你们组组长没在。所以我才来了啊！怕你们还什么都不知道。"

异彩的脸上浮现出丝丝诧异。

"会议？和我们博物馆有什么关系？"

"我们会参与修复工作。"

成洙惊得张大了嘴巴。

"我们吗？"

"嗯。"

"疯了。疯了。这真是大灾难啊！地球要灭亡了。"

他痛声疾呼，异彩不停地摇头。

"我们馆长老糊涂了吧！"

如果多彩知道的话，肯定会戴上发带，去国会前进行一人示威的。

珠雅又给两个人扔了个重磅炸弹。

"你们也是参与对象。提前做好心理准备哦!"

"我不是。"

"我也不是。"

异彩和成洙连忙表示拒绝。如果是按这种方式,"东宫和月池"复原说不定会成为韩国复原史上的耻辱。他们并不想"染指"这样的事情。

"虽然很可惜,但是你们没有决定权。会议好像也只是走个形式而已。据说复原组除了保留最基本人员以外,全部要去。"

"我不去。"

"我也不去。"

两个人坚决否认到底。

"那么提交辞职报告就可以呢!"

成洙抱着脑袋发出一阵呻吟。他感觉如果就这样参与到庆州修复工作中,多彩好像是不会再看他一眼了。

成洙陷入了绝望,但异彩立刻恢复了平静。

"我从明天开始休假半个月。等休假结束,应该已经出发去庆州了吧!"

珠雅的眼睛瞪得圆圆的。

"你怎么做到的?什么休假这么长?!"

"算是伏假吧。剩余的年假和月度休假我全都放弃了。"

"那也不能这样吧?"

"我敲定了孔道河的采访。在博物馆的庭院里进行。"

"什么?什么时候?"

"今天。"

"你是说他今天来?"

"现在差不多该到了呢!"

异彩确认了时间,拿起手提包,成洙哀号了起来。

"我不去!我要辞职!"

柳河倚在沙发里咻咻笑着。最后，他开始笑得像得了失心疯一样。在床上吃着汉堡套餐的多彩时不时地瞟他一眼，很是在意。

"真是好兴致啊！"

多彩哭丧着脸狠狠地咬了一口汉堡。虽然是她平时喜欢吃的汉堡，但现在却天天吃，就有些腻了。

一直以来，她的午餐永远是便利店的盒饭，晚餐永远是汉堡。有时候，也会给她打包寿司便当，但一周难保会有那么一次。

多彩把软绵绵的薯条放进嘴里，看到柳河面前放着的笔记本电脑的屏幕，瞪大了眼睛。是她的SNS。

多彩拿起旁边的靠垫扔了过去。

"你干什么呢！"

靠垫准确无误地砸中了柳河的后背，而后滚了出去。万万没想到能砸中的多彩瞬间僵住了。

她紧张起来，柳河却只是继续咻咻地笑着。

"看来他真的非常喜欢姐姐啊！"

听他提到成洙，多彩的脸瞬间绷紧了。即便如此，考虑到自己扔中的靠垫，她按捺住自己，缓和了声音。

"你用我的账号干什么？"

"好奇吗？等等啊！之前他一直不停地发信息，我嫌烦都没回。昨天我告诉他说会积极考虑的。然后这是今天他发来的信息。"

他拿起笔记本电脑，把对话框的内容给多彩看。但因为距离太远，多彩根本就看不清。柳河见多彩没有反应，就开始用肉麻的语气读给她听。

"早上好！昨晚睡得好吗？"

"我在上班的路上。好困。姐姐要是能重新回到博物馆工作就好了，到时候我们就一起上下班。"

"我们修复室有浓缩咖啡机了。姐姐如果回来的话，我会泡超好喝的咖啡给你喝。吃早饭了吗？我在来的路上买了三明治吃。"

"我每天都望着姐姐的空桌子,姐姐要是能快点儿回来就好了。"

柳河笑吟吟地盯着多彩,说道:"有趣吧?他这完全是把自己当您男朋友了啊,连吃了什么都向您汇报。"

多彩抑制住内心的愤怒,问道:

"你怎么回答他的?"

"就马马虎虎地回答他了啊!说睡得很好。说这里不是早上,而是中午。说期待你泡的咖啡。还说我也很想你?"

柳河在戏弄成洙。

"耍人玩儿很有意思吗?"

"就是说啊,这个还真挺有意思的。再发送些什么信息呢?"

"停止吧!"

"为什么?感觉丢脸吗?时间倒流之后,您就不会觉得丢脸了。那这信息也就不复存在了。"

柳河坚信只要时间倒流,就能解决一切问题。而那种坚信似乎已经演变为了信仰。多彩对此更加感到不安。若信仰被打破,他会变成什么样子呢?

"那条项链,我也承认它确实有很多神奇的地方,毕竟我也研究了快一年时间了。但说能通过它穿越时间,也有可能就是个传说啊!"

柳河并没有做出很大反应,他只是冷笑一声。

"别担心,我见过穿越时间的人了。"

"那个人也有可能是骗子啊!"

"您觉得我连那个都不确认下吗?不是一个人,是有两个人!听说和我们生活在同时代的人当中,有两个人穿越了时间。那两位告诉我,那条项链是真的可以使时间倒流!"

多彩再次怀疑地问道:"你真的见到了穿越时间的两个人?"

"其中一位,虽然只是信息联系过,也跟见过没差别了。我看到那个人画的画了。可能还有一些我找不到的人,说不定穿越时间的人更多呢!姐姐您研究古书的时候,没有感觉到什么吗?"

多彩将视线转移到她正在翻译的古书上。

"还有这个，这个又是从哪儿找来的啊？这可都是真品啊！"

"这是我妈妈的收藏品。"

提起"妈妈"这个字眼儿，柳河突然变得抑郁。多彩后背冷汗直流。柳河极端的感情起伏对于多彩来说，实在不容易习惯。

柳河经常会突然大叫，或者摔东西。虽然他没有直接加害于多彩，但这事也说不准，说不定他什么时候就会发生突变。

多彩把吃剩的半份汉堡套餐推到一边，将身体蜷缩在一起。

在这时，信息提示音适时地响起。这次发来信息的又是成洙。撇着嘴笑的柳河大声朗读出了信息内容。

"姐姐，我们博物馆这次参与了庆州的复原工作。但是好像我得去参加了。从形势上看，是这样。"

多彩皱起了眉头。柳河敲击着键盘输入了什么。

"祝贺你！好棒呀！"

他将输入进去的信息读出来的那一瞬间。

多彩的眼神变得锐利起来。

"要加上'等我回去之后，开个祝贺派对吧'。"

她将开始颤抖的手藏进被子里，看似无心的样子，转过头去，回避了视线。

"给他发信息说'听说有人挖掘到了消失的AYUGO壁画？这个壁画完美融合了谷仓地带和天空的景色。你如果去庆州，帮我确认一下是不是真的'。"

柳河咻咻地笑着，饶有兴趣地输入了多彩的原话。多彩拿起了古书，眼神里透露着不安、焦虑。